探偵・竹花

再会の街

藤田宜永

ハルキ文庫

角川春樹事務所

本書は二〇一二年二月に小社より単行本として刊行されました。

探偵・竹花

再会の街

主な登場人物

竹花……………………………………私立探偵。
新浦大二郎……ブローカー。元大手証券会社社員。
奥宮真澄…………カジノの女性ディーラー。
奥宮健太……………………真澄の息子。
中里睦夫……………真澄の父。元総会屋。
ジョージ・イチロー・マツイ（ベーブ）
……………真澄の元夫。アメリカのマフィア。
遙香…………………カジノの女性ディーラー。
辰野勝彦…………遙香の兄。バーのマスター。
北見達也………………真澄の知人。大学生。
紀藤幸一郎………………………暴力団員。
榎木田修司………元付け。元農林省役人。
小杉義一……ブローカー。元裁判所書記官。
根来寛次…………元大手銀行海外支店長。

神崎雅人……ブローカー。元マルボウ刑事。
余田文彦……ブローカー。元製薬会社社員。
平山正武……………………………金主。
アブドゥル・ビルマン
……………………インドネシア人の通訳。
バタオネ………インドネシア料理店オーナー。
ナタリー……クラブ『キャシディ』ホステス。
エレナ…………………………………同。
田上隆一…………………生活安全課の警部。
中田………………………………捜査一課刑事。
川口……………………………………同。

解説　大矢博子

序章

奥宮《おくみや》親子の住まいは古川橋から少し入った静かな通りにあった。道幅はあるが、薄暗い通りだった。節電が呼びかけられる前から節電しているような通りである。

六月の中旬。街路灯に霧雨がまとわりついている。竹花《たけはな》の衣服も髪もじっとりと濡《ぬ》れていた。

大震災から三ヶ月。

竹花が子供の頃、アメリカや中国が核実験を盛んに行っていた。放射能の雨が降ると言われ、子供たちは、「お前、禿《は》げるぞ」と髪を濡らした友人を明るくからかったりしていた。測定器が簡単に手に入るはずもなかったし、親も教師も、今ほどには神経質ではなかった。竹花も放射能の含まれた雨を随分浴びたが禿げることもなく、被曝《ひばく》による疾患も認められず、還暦を超えた。当時は、無知の強さが力を発揮していた時代だったということだ。

奥宮親子は、何の変哲もない矩形《くけい》のマンションに住んでいた。かなり古いものである。それでも管理人が常駐しているらしい。防犯カメラが天井からエントランスを監視している。右側に郵便受けが並んでいた。三〇五号を目で探していると、ガラス張りのドアが内側から開いた。

若い女だった。男の子の手を引いている。細身のデニムに黒いブーツを履き、V字に切れ込んだ臙脂《えんじ》色のカットソーを着ていた。そして、大きなサングラスをかけ、名探偵が被《かぶ》るような帽子を被っている。子供には雨合羽を着させていた。

竹花は、母子であろう、女と子供が気になった。午後九時少し前、放射能が含まれているかもしれない雨の中、女は子供を連れてどこにいくのだろうか。それなりにお洒落《しゃれ》をしているのだから、近くのコンビニに出かけるとは考えにくい。

ホステスが子供を二十四時間営業の託児所に預けて出勤することはあるが、それだと時間が合わない。一時間半ほど前に、この光景を目にしていたら、そう思っただろうが。

六本木のドンキ辺りに出かけたいが、子供をひとりにしておくわけにはいかずに、一緒に連れていくことにした。おおかたそんなところかもしれない。

探偵特有の好奇心は、女と子供が見えなくなったところで消えた。再び郵便受けに視線を戻した。

三〇五号室の郵便受けには〝奥宮〟と書かれてあった。

インターホンを鳴らそうとした時だった。表で悲鳴が聞こえた。

竹花は通りに飛び出した。

探偵の好奇心を刺激した女が、子供を抱え込んでいた。無理矢理引き離そうとしている男の顔は目出し帽ですっぽりと被《おお》われていた。

竹花は走った。男の動きが止まった。子供を押さえていた手がゆるんだ瞬間に、女が子供の手を引いて逃げようとした。男が追いすがり、女の襟元に手をかけた。女がふらつき、路上に倒れた。

「ママ‼」男の子の声は甲高くてか細かった。

恐怖で叫び声も上げられないのだろう。

目出し帽の男は、軽々と男の子を抱えると、数メートル先に停《と》まっていた焦げ茶のワンボックスカーの方に走り出した。後部のドアが開いている。

「健太《けんた》」女の声が背後でした。

子供が車に乗せられたら後の祭りだ。男の子が暴れた。男の子の右手の指が目出し帽の開いている目の部分にかかった。そのせいで穴の位置がずれたらしい。男は男の子の手を払いのけ、穴の部分を元に戻そうとした。走るスピードが落ちた。竹花が追いついた。目出し帽に気を取られていた男が、竹花の方に躰《からだ》を向けた。竹花は顔面に拳《こぶし》を沈めようとした。男がよけた。竹花の拳は、男の首の左に当たった。間髪を入れずに、竹花は、男の子を抱えていた腕の手首を握り、ひねろうとした。利き手ではない手を使っていることもあり、なかなか外れない。

ワンボックスカーから、誰かが降りてくる気配がした。男の子を抱いている目出し帽の男の腕は外れない。濡れた歩道をひたひたと竹花の方に走り寄ってくる人物に相対《あいたい》そうと躰を起こした。その男も目出し帽を被っていた。男の動きは速かった。竹花の脇腹に重いパンチが沈んだ。一瞬、息が止まった。竹花は脇腹を押さえ、前屈《まえかが》みになった。矢継ぎ早に右頬《みぎほお》に拳が飛んできた。かわした。的を外した男が前のめりになった。竹花が体当たりを食らわした。男の子を抱えた男が車に近づいた。ワンボックスカーはエンジンがかかったままだった。運転席に人がいるかどうかは、窓にフィルムが貼《は》られているので分からない。

第二の目出し帽の男を振り切って、竹花は第一の目出し帽の男を追った。再び、人の気配がした。振り向くと、第二の目出し帽の男を羽交《はが》い締《じ》めにしている男の姿が見えた。助《すけ》っ人《と》が現れたのだ。

第一の目出し帽の男が、ワンボックスカーの後部座席に男の子を投げ入れた。そして、竹花に躰を向けた。竹花の腹に蹴《け》りが入った。竹花は路上に転がった。雨に濡れたアスファルトのにおいがした。

何とか立ち上がった。男の子が目出し帽のてっぺんを握った。顔を見られたくない男は、目出し帽に気を取られた。目出し帽が脱げかかった。顎《あご》に大きな黒子《ほくろ》があった。竹花は後部座席に飛び乗り、首を絞めた。男がうめいて、一瞬、戦闘能力を失った。さらに絞め上げる。男がぐったりとなった。

男の子を助け出そうとしたが、ぐったりとなった男の躰が邪魔で簡単にはいかなかった。もたついている間に、男が躰を起こし、竹花の首に両手を回した。息が上がっているくせに、首を絞め上げる指には力があった。喉仏《のどぼとけ》を潰《つぶ》されそうな勢いだ。男の右の親指を取り、思い切りそらせた。男の手が多少緩んだ。

助っ人がやってきて、歩道側のドアを開けた。そして、男の子を車から引っ張り出した。

運転手が助手席の方から降りてきて、助っ人に蹴りを入れた。運転手は目出し帽を被っていなかった。黒いキャップに濃いサングラスをかけていた。助っ人は男の子から手を離し、運転手とやり合った。運転手のサングラスが外れた。義眼のような目をした男だった。

男の子が母親の方に走り出した。路上に倒れていた第二の目出し帽の男が、よろけながら躰を起こした。一瞬、脳震盪《のうしんとう》でも起こしていたのかもしれない。目出し帽が脱げ、額の辺りまでがさらけ出されていた。ナイフで切れ目を入れたような細い目の若造だった。

辺りが騒がしくなった。

「引き上げるぞ」

背後で声がした。第一の目出し帽の声らしい。

細い目の若者が目出し帽を被り直し、車に駆け寄った。まだ躰がふらついていた。運転手が顎を押さえて、運転席に乗り込んだ。第一の目出し帽の男に助けられて、細い目の若造が後部座席に乗り込んだ。

ワンボックスカーが急発進した。

竹花は肩で息をしていた。口は半開きになっている。

野次馬が遠巻きに様子を見ていた。建物の窓から見下ろしている人間もひとりやふたりではなかった。

助っ人が親しげな笑みを浮かべていた。竹花は目を細めて男を見つめた。

「竹花さん、私のことを覚えてます？」

確かに見覚えのある男だった。しかし、すぐには思い出せない。

サイレンの音がした。女が落ち着きを失った。

「後は警察に任せよう」助っ人が言った。

「あのう、私、ちょっと」女がさらにそわそわし始めた。

「警察と関《かか》わるのが面倒なんですか？」竹花が訊《き》いた。

「仕事が……」

「今から仕事ですか？　子連れで」

竹花は皮肉たっぷりの笑みを浮かべたが、痛みで引きつったようにしか見えなかった。

「車で来てます。お送りしましょうか」

サイレンがさらに大きくなった。

「そうしてください」

竹花は車に向かった。

竹花が到着した時、すでにワンボックスカーは路肩に停まっていたのを思い出した。

助っ人がスカイラインの後部座席のドアを開け、親子を後部座席に乗せ、助手席に躰を滑り込ませた。

車を出した。

「坊や、名前なんて言うの？」竹花が訊いた。

「健太、奥宮健太」男の子はしっかりとした口調で答えた。

ということは、女は奥宮綾子《あやこ》の娘なのか。

竹花はちらりと後ろに目を向けた。「健太君、怪我《けが》はない？」

健太は唇をきゅっと引いて、大きく首を横に振った。澄んだ目をした利口そうな男の子である。

「どこか痛い？」母親が抑揚のある高い声で訊いた。

「ママ、僕、強かったでしょう」

「強かったわよ」母親が息子の頭を撫《な》でた。

「ママは大丈夫？」

「大丈夫よ」

「しっかりしたお子さんですね。おいくつですか？」

「二歳半です」

二歳半の子供がこれだけ話せる。昔ではとても考えられないことである。

竹花は改めて名乗った。

「奥宮真澄《ますみ》と申します。本当にありがとうございました。おふたりがいなかったら、健太は……」女の歯の根が合わなくなった。

「しばらく家に戻らない方がいいかもしれないですね」

「あいつら、あなたの仕事場を突き止めてると思いますよ」助っ人が口をはさんだ。

「私は私立探偵で、事務所は麻布十番にあります。私の事務所で一休みして、今後のことを考えてはどうですか？」

「竹花さんは信頼できる探偵ですよ」

そう言った助っ人を竹花は目の端で見た。

「まだ思い出しませんか。新浦《にうら》です。新浦大二郎《だいじろう》です」

聞いたことのある名前である。しばし考えた。

「南青山のマンションの……」

「やっと思い出してくれましたね」

「お話し中、すみません」奥宮真澄が口をはさんだ。「事務所に寄る前に、この子を託児所に預けてきてもいいですか？」

「託児所はどこですか？」

「ここからすぐのところです」

「奴ら、託児所の場所も知ってるかもしれない」新浦が言った。

「今夜、託児所の前で待ち伏せしてることはないだろう」竹花は煙草《タバコ》をくわえた。

真澄は落ち着きを取り戻したようだった。しかし、あんなことがあってそれほど時間が経《た》ってないのに、腹が据わりすぎている。真澄の顔に、竹花の冷徹な目が一瞬、注がれた。

「まだこの車に乗ってるんですね」

竹花の車は八〇年型のスカイラインGTである。色は黒で、車体はかなり下がっている。禍々《まがまが》しい印象をあたえかねない車。元暴走族か、はたまたローリング族だったらしい五十代の男たちに、懐かしそうな笑みを浮かべて話しかけられたことが何度かあった。ほとんどがメタボで、家族連れの者もいた。

この車、一部の中年男に、無鉄砲だった青春時代を思い出させる効用はある。しかし、商売にはすこぶる不向きだ。こんな車に乗っている探偵に、仕事を依頼したら、法外な調査費をふんだくられた上に、恐喝まがいの怖いことが起こるかもしれないと、躰を硬くし、途中で依頼を断ってきた者もひとりやふたりではない。しかし、竹花は買い換えるつもりは毛頭ない。長年乗っていた車だから愛着を感じているが、それだけで手放さないのではなかった。普段、物静かな竹花の心の底の底にたゆたっているざらざらした気持ちを暗黙のうちに表しているのが、この車なのだ。

託児所は真澄のマンションから歩いても行ける距離にあった。ビルの一室が託児所になっているらしい。真澄は健太を連れて、ビルの中に消えた。

竹花は、新浦にタオルを渡し、くわえていた煙草に火をつけた。

「一本もらっていいかな？」新浦が訊いた。竹花は黙って、ハイライトのパッケージを新浦に渡した。

新浦大二郎と会ったのは一度きり。事務所が恵比寿《えびす》にあった頃だから、七年以上前のことだ。

大二郎は依頼人でもなければ、調査対象の人物でもなかった。新浦の大学のクラスメートが依頼人で、その男の妻の浮気調査が仕事だった。十日間ほどの尾行と監視の結果報告をするために依頼人と会うことにした。事務所に来てもらおうと考えていたが、依頼人が指定したのは友人の自宅だった。それが新浦大二郎のマンションだったのである。南青山にある超高級マンションで、新浦は高級ブランド物のロゴ入りのポロシャツに、ヴィンテージ物のデニムを穿《は》いていて、腕には、痩《や》せた老人がつけたら、手首が疲労骨折しかねないほど太くて重そうな金のブレスレットをはめていた。葉巻を勧められたのを思い出した。

新浦の座っている革張りの肘掛《ひじか》け椅子《いす》の横にコリーが大人しく寝そべっていた。

依頼人は、仰々しいボトルに入ったカミュを、まるで安酒を呷《あお》るようにして飲んでいた。

悪い結果をすでに予測していたのだ。酒を支えにして覚悟を決めた感じの友人を、新浦は大きな尻を肘掛け椅子に深々と沈め、ブランデーグラスを軽く揺らしながら励ましていた。吐かれた言葉は凡庸なものだったが、太くて包み込むような美声のおかげで、特別なものに聞こえた。

竹花は、妻の浮気の証拠をつかんでいた。相手は高校時代の先輩だった。レインボーブリッジの見えるホテルでの密会の写真を依頼人に見せた。

あらましは報告書に書いたが、詳しいことを話そうと竹花は口を開いた。だが、依頼人は報告書と写真を手に取ると立ち上がり、玄関に向かった。新浦が声をかけても、振り向きもせずに出ていった。

すぐに腰を上げるのも何だから、竹花はコニャックを飲んでいた。

依頼人と新浦は大学時代、ラグビー部で一緒だったという。新浦はフランカーで、依頼人はバックス・リーダーだったそうだ。新浦はいまだにラグビーを続けていると自慢げにつけ加えた。

探偵はどんな車に乗っているのか、と新浦が訊いてきた。竹花は車種と年型を教えた。

「外国テレビ映画の私立探偵は大概、ライトウェイトのスポーツカーに乗ってますがね」

「私は外国人じゃないし、オープンカーにドアを開けずに飛び乗るなんて芸当はできませんよ」

新浦が嬉《うれ》しそうに笑った。

竹花はグラスを空けると立ち上がった。葉巻はくわえたままだった。新浦が引き留めた。

竹花は、依頼人のケアを頼んで応接間を出た。玄関で靴を履いていると、ドアを開ける鍵《かぎ》の音がした。新浦の妻が戻ってきたところだった。

小柄な髪の長い女で、気品が感じられた。

竹花は、名前と職業を新浦の妻に告げた。

妻の顔つきが一瞬変わった。動揺が広がったのだ。しかし、気品が色あせることはなかった。何をしていても、どんなことがあっても、気品のある人間は気品があるということだ。

プロデューサーと寝まくって仕事を取った新人女優でも、上品さを保ったまま大スターになった者もいれば、輝きを失いちょい役で終わる者もいる。それと同じなのだ。

「あなた、どうかなさったの？」

妻の質問に、新浦は、後で話すよ、と優しい声で答えた。

依頼人の妻は、健康と美容のためにキックボクシングのジムに通っていた。そこで、高校の先輩と出会って深い仲になった。彼女には、そこでもうひとり仲良くなった人物がいた。それが新浦の妻だった。新浦の妻は、若いキックボクサーと付き合っていて、四人で同じホテルに泊まっていた。

依頼人の女房にしろ、新浦の妻にしろ、他の男がほしくなった。それだけのことだが、余裕のある新浦の声に、竹花の背筋がほんのちょっぴり寂しくなった。

新浦の妻とキックボクサーの写真も撮ってあったが、依頼人に渡したものの中には含めていなかった。だから、新浦は、妻が逞《たくま》しい腕にぶら下がるようにしてホテルから出てきたことは、今も知らないはずだ。

新浦大二郎は大手証券会社の社員だった。会った頃は、五十五、六で、やや太り気味ながらも、目鼻立ちの整ったいい男で、生気が漲《みなぎ》っていた。

しかし、今夜、目の前に忽然《こつぜん》と現れた新浦は肩の筋肉が落ち、着ているスーツがダブダブに見えるほど痩せていた。大きな目は相変わらずだが、以前のような力強さは消え、目の下が青く腫《は》れぼったい。髪もかなり薄くなり、オールバックにしているが、糸がほとんどなくなった糸巻きみたいに、地肌が剝《む》きだしになっていた。

「私、変わったでしょう」そう言った新浦は、自虐的な目をして、痩せ衰えた肩をゆすって笑った。

「おいくつになられたんですか？」

「昨日、六十三になりました」

「会社は？」

「とっくに辞めました。宮仕えには向いてない性格だったんですよ」

太くて包み込むような声には変わりないが、やつれ方がひどい。おそらく、躰を壊したのだろうが、あの頃にはまったく感じられなかった、カビが生え、腐りかけた果実のようなニオイは、病気だけがもたらしたものとは思えなかった。

躰付きは変わってしまったが、乱闘に強かったのは、五十を超えてもラグビーを続けてきたせいだろう。

真澄が戻ってきて車に乗り込んだ。

竹花は五段マニュアルの車を操りながら事務所に向かった。もしものことを考えて、尾行があるかどうかに神経を使った。

駐車場を借りる金がない竹花は、友人の計らいで、東麻布《ひがしあざぶ》にある修理工場に車を停めさせてもらっているが、その夜は、事務所の前の路肩に停め、彼らを事務所に上げた。

かつて竹花の事務所は恵比寿南にあった。ベランダから小さな公園が見える古いビルで細々と営業していた。

事務所を麻布十番の商店街に移して七年ほど経っている。事務所の場所が変わっても、商売の方が青息吐息であることは変わっていない。

ネットなどで大々的に宣伝している、全国に支店を持っているというふれこみの調査会社はいくらでもある。そんな調査会社のチラシが、竹花の郵便ポストにも時々投げ込まれている。嫌味としか思えないが、ビラ配りのバイトがそんなことをいちいち気にしているはずもない。

そのビルの五階が、竹花の事務所兼住まいである。同じフロアーには、もうひとつ事務所が入っていたが、常勤する者はおらず、時々、怪しげな男たちが出入りしていた。先々月、そこに警察の家宅捜索が入った。振り込め詐欺の連中が使っていた部屋だったらしい。その後、入居するものはおらず、今は空き室になっている。

玄関を入るとすぐがダイニングキッチン。と言っても、テーブルを置けるスペースはない。小さな机を壁にくっつけて、そこで軽い朝食をすませるぐらいが精いっぱいだ。生活のニオイを依頼人に嗅《か》がせるのはよろしくない。銀幕のスターではないけれど、探偵も日常生活は隠すに限る。キッチンは臙脂色のカーテンで、流しやゴミ箱が見えないようにしてある。

部屋は振り分けになっていて、左の十二畳を事務所として使っている。右に進むと洗面所があり、その奥の六畳ほどの部屋が竹花のプライベートルームである。

竹花は二人を来客用のソファーに座らせた。

「何か飲みますか？」竹花はまず真澄に訊いた。

「お水をいただけますか？」

「新浦さんは？」

「私はいいです」にっと笑って、ポケットから銀製のスキットルを取り出し、蓋《ふた》を丁寧な手つきで回し始めた。

真澄は、竹花が用意したミネラルウォーターには口をつけずに、躰を強《こわ》ばらせていた。

竹花は事務所の電話を操作した。出かける時は必ず、携帯へボイスワープにする。それを解除したのである。それから、缶ビールを片手にブラインドを開け、路上の様子を調べた。不審なことはなさそうだ。

顔を上げるとヒルズが目に飛び込んできた。

「おふたりには何てお礼を言ったらいいか。心から感謝しています」真澄は掠《かす》れた声でまた礼を言った。

「余計なことかもしれないが、あなたは、誰が息子さんを連れ去ろうとしたか知ってますね」竹花はヒルズの灯《あか》りを見たままの姿勢である。

「助けていただいた恩人に、こんなことを言いたくないんですが、私の問題に関わらないでいただけますか？」

竹花は彼らの前に腰を下ろし、ぐいと躰を前に出し、真澄を覗《のぞ》き込んだ。「相手は日出し帽まで用意して、健太君って言ったかな、ともかく、あなたの息子を攫《さら》おうとした。これは尋常なことじゃないですよ」

「さっきも言ったが、竹花さんは、誠実な男です。これも何かの縁ですよ。彼に相談してみたらいい」

かなり昔に、一度会っただけの新浦が、なぜこうも自分を持ち上げるのか竹花は首を傾《かし》げるばかりだった。

しかし、そんなことは今はどうでもよかった。竹花は煙草に火をつけ、真剣な声で言った。

「商売に結びつけようなんてまったく思っていませんから、ご心配なく。話したくなければ話さなくても結構。ただ、私はあなたと或《あ》る意味で深い関係にある」

スキットルを口に運ぼうとしていた新浦の手が止まった。

真澄が顔を上げた。眉間《みけん》に険しいシワが走った。

「十二日間かけて、私は奥宮綾子さんの居所を突き止めたんです」

「母を……、あなたがなぜ……」

新浦がスキットルの酒を喉に流し込んだ。勢いがあまったのだろう、彼はむせた。

「あなたのお父さんのこと、お母さんは、何て言ってるんですか?」

「私には父親はいません」真澄は吐き捨てるように言って、竹花を睨《にら》みつけた。

「心の中で殺しても、事実としては父親は存在してますよ」

「その通りだよ」新浦が感慨深げな調子で言った。

「新浦さん、しばらく口をはさまないでくれませんか」

「悪かった。もう口を出さないからウイスキーをもらえるかな。ほとんど空になってしまったんだよ」


　新浦がスキットルを振って見せた。

　竹花は寝室からアーリータイムズの瓶を取り、グラスも用意し、元の席に戻った。

「中里睦夫《なかざとむつお》が、母を捜してるんですか？」

「お母さんとあなたをね。そのために私は雇われた。以前の住まい、四谷三栄町から調査を始めて、細い糸をたぐりながら、やっと今のマンションに行き着いたんです」

「母は死にました。肝臓癌《がん》で」

「それはいつのことです」

　真澄が少し考えた。「六月二日です」

　竹花が中里の家を訪ねた日と一致する。

「しかし、なぜ、中里が、母を捜そうとしたんですか？」

「中里さんは七十四歳だそうです。過去を振り返ってもおかしくない歳頃《としごろ》じゃないですか。あなたのお母さん、それに娘に会いたくなった。ただそれだけのことです」

「今頃になってどうして」

　竹花は肩をすくめた。「大震災のせいだと中里さんは言ってました。あのような天災は、被災者だけではなく、日本人の心に裂け目を作るものです。中里さんの心の裂け目から、あなた方親子が浮かび上がってきたんでしょう」

竹花は目尻《めじり》をゆるめながら、吸っていた煙草を消した。

一

　中里睦夫は東京ドームから目と鼻の先に住んでいた。白山通りから旧東富坂に入り、丸ノ内線に沿って坂を上がり、二本目を右に曲がった路地にある。豪邸とは言わないが、長いコンクリート塀に守られた一軒家。場所柄を考えると、土地を売り捌《さば》いたらかなりの金額になりそうだ。

　家政婦らしき女に通された応接間は、無秩序の妙とでも言いたくなるものだった。

　大きなペルシャ絨毯《じゅうたん》が敷かれていて、至るところに骨董品《こっとうひん》が飾られていた。艶《あで》やかな春草の花鳥図の屏風《びょうぶ》がまず目に飛び込んできた。その横には具足がでんと控えている。むろん、兜《かぶと》が擁されていた。九谷《くたに》の大きな絵皿、ドルトンの壺《つぼ》、精悍《せいかん》な馬上の騎士《きし》のブロンズ像、中国の骨董品らしき銅製の香炉などが、仙台簞笥《せんだいだんす》の上でひしめき合っている。テーブルと椅子はロココ調のもので、その周りも古美術品で溢《あふ》れ返っていた。

　真贋《しんがん》はともかく、骨董屋を開けそうなくらいの量だから、税金を滞納しても物納できそうである。

　しかし、まるで統一性がない。そこに持ち主の精神世界が表れている気がした。

中里睦夫から事務所に電話があったのは、六月の声を聞いてすぐの蒸し暑い日だった。

「竹花さんですね。私は中里睦夫と申します。折り入ってご相談があるので、恐れ入りますが、我が家まで足を運んでいただけませんでしょうか。何せ高齢な上に足が悪いものですから、あなたの事務所にまで出向くのが難儀なんです」

「ご用件の向きは」

「お会いした時にお話しします」

鼻にかかったしゃがれた声から察するにかなりの年輩であることは間違いなかった。

知り合いの弁護士からの調査依頼を主な仕事にしているが、大震災以後は、その数がめっきりと減った。震災と関係あるはずもないが、あの未曾有《みぞう》のカタストロフが、被災者以外の日本人の心にも何らかの影響をあたえるのは明らかである。消費が低迷するように、トラブルがあっても、弁護士を立てるという意気込みすら、つい萎《しぼ》んでしまったのかもしれない。

いずれにせよ、竹花の電話が鳴ることも滅多になく、事務所を訪れてくる人間もいない状態。竹花が、中里睦夫と名乗った男の申し出を断る理由はどこにもなかった。

竹花は、その日の午後、自分の車で依頼人の家を目指した。

応接間にはクーラーは入っておらず、窓が少し開いていた。レースのカーテンが力なく揺れている。

庭の隅にあじさいが花をつけていた。塀の向こうに赤い鳥居の頭が見え、その向こうの路地は白山通りに通じていた。路地の隙間《すきま》を撫でるように観覧車の一部が回っている。曇り空のせいか、動きが鈍重である。

茶を運んできた家政婦と入れ違いに、老人が部屋に入ってきた。

小柄でずんぐりとした老人だった。着流しにステッキをついていた。見事なつるっ禿げに布袋腹《ほていばら》である。肌の色は浅黒く、調度品に紛れてじっとしていたら置物に間違えそうな男だった。着流しには馴染《なじ》まないパテックフィリップの派手な腕時計をはめ、度入りのレイバンのサングラスをかけている。節電対策をしているのだったら、素通しの眼鏡をかけるべきだろう。

晩年はいざ知らず、人に泥水を飲ませ、自らも飲まされてきた人間のような気がした。

中里睦夫は、しばしじっと竹花を見つめてから「よく来てくださった。どうぞ」とゴブラン織の肘掛け椅子を勧めた。

竹花は言われた通りにした。テーブルの上には陶器の灰皿が置かれてあった。

中里が改めて名乗った。竹花は名刺を差し出した。

「わしは隠居の身。差し上げる名刺はありません。名刺代わりになるとしたら、死んだ笹《ささ》井《い》謙吾《けんご》氏の古い友人だということかな」

笹井謙吾は不動産業者だったが、子供の頃から私立探偵に憧《あこが》れ、竹花に独立させ、恵比寿に事務所を持たせてくれた恩人である。その笹井が二十年ほど前、巨額の脱税で逮捕され、高齢にもかかわらず実刑判決が下り収監されてしまったのだ。釈放されないまま数年後獄中で病死した。生きていれば九十を超えている。

竹花は中里を上目遣いに見た。「中里さんは、笹井さんと同じ飯を食った仲間ですか」

「その通りだ。臭い飯をな」肩で笑った中里は懐から扇子を取り出し、ゆっくりと煽《あお》った。

「クーラーをつけてほしかったら言ってください」

竹花は首を横に振った。「煙草、よろしいですか？」

「もちろん」

竹花はハイライトに火をつけた。

「何の罪で収監されたんですか？」

「あんたは、わしのことを知らんのか」

「残念ながら」

中里は大きなため息をついた。「元は総会屋だよ。或る会社を脅したってことで捕まったんだ。名を残す総会屋もいるが、忘れ去られる者もいる。それなりに実績を残したつもりだがね」

「ここにある骨董品を見れば、実績が十分にうかがい知れます」

中里が天井を見上げて笑い出した。「なかなか面白い男だな。笹井さん、よくあんたの話をしてたよ。大人しいが腹は据わってるし、辛辣《しんらつ》な冗談が人を和ませる妙な男だってな。わしは、いろんな探偵を見てきたが、大半はろくでもない連中だ。総会屋崩れで探偵社をやってる奴もいるくらいだから」

「総会屋が跋扈《ばっこ》した時代はもう終わったんですね」

「うん。聞いた話によると、現在、総会屋を名乗っている者は全国に四百人ほどいるらしい。だが、ちゃんと食えてる者は、その中の一握りだそうだ。中には生活保護を受けてる者もいると聞いてる」

竹花は改めて部屋を見回した。「中里さんは引き時がよかったようですね」

中里は曖昧《あいまい》に笑いながら扇子を煽っていた。「信用できる探偵がいるか、と考えていた時、ふと笹井さんが話していたあんたのことを思い出したんだ。おめでたい名前だから、老人ボケしても覚えてた」

「で、お話というのは」

「人を捜してもらいたい」

竹花は懐からメモ帳を取り出した。

「メモなど取らんでいい」中里は懐から三つ折りにした紙を取り出し、無造作に竹花の前に投げて寄越した。

竹花はそれを開いた。


奥宮綾子　一九五一年四月二日生まれ。

出身は静岡県静岡市。

一九七七年から八二年頃まで新宿区荒木町××で、甘味喫茶店『あらき』を経営していたが、いつ店を畳んだのかは不明。当時の住まいは新宿区三栄町××の一軒家。

子供がひとり八一年に生まれている。名前は真澄。

一緒に出てきた写真を見た。赤ん坊を抱いている女がにこやかに微笑《ほほえ》んでいる。細面の美人である。

「この親子を捜せとおっしゃるんですね」

「その通りだ」

「中里さんとの関係は？」

「綾子はわしの愛人だった女で、真澄はわしとの間にできた子だ」

「急に行方をくらましたんですか？」

「真澄が二歳の頃に、恐喝事件でパクられ、六年、塀の向こうで暮らした。逮捕される前、養育費や生活費の面倒はみると約束し、綾子と縁を切ったんだ。父親の素性が娘の将来に悪い影響をあたえるのが分かっていたからね」

「中里さんは何年の生まれなんですか？」

「昭和十二年、西暦で言うと一九三七年。先月、七十四になった」

「ということは、お子さんが生まれたのは四十四の時ですね。そして、出所したのが五十を超えた頃。その時には奥宮親子の行方は分からなくなっていたということですか」

「リクルート問題が話題に上った年あたりから、ぱたりと連絡が途絶えた。弁護士や知人に頼んで捜してもらったが、行方は分からなかった。出所した後も捜したよ。だけどね……」中里は言って、唇を軽くゆがめた。

「当時、中里さんは結婚なさってたんですね」

「二度目のね。だが、わしが捕まったことと、綾子とのことを知られたことを理由に離婚を迫られた」

「そっちにお子さんは？」

「息子がひとりいる。風の便りに聞いたところによると、九州の大学でアメンボウの研究をしてるそうだ。他に子供はおらん……はずだ」中里が眉《まゆ》をやや八の字にして短く笑った。

「二度目の女房は赤坂のナイトクラブのダンサーだったんだが、間抜けな話、わしはその女に一杯食わされてたらしいんだ」

「というと？」

「子供ができたから結婚したいと相手に言われた。わしは結婚するつもりはなかったんだが、女に押し切られた。これは出所して数年後に分かったんだが、息子っていうのはわしの子供じゃなかったんだよ。或るラテンバンドの付き人とやってできた子だった」

「よくそんなことが分かりましたね」

「その付き人が後に芸能プロダクションを持った。女はそいつと再婚した。女の子供はそいつの子だっていう噂《うわさ》を耳にしたんだ」

「でも、本当かどうか分からないじゃないですか？」

「偶然、親子三人でいるところを見たことがあった。息子の顔が付き人だった奴にそっくりだったよ。何となく、一緒に暮らしてた時も、子供の顔を見て首を傾げるところがあった。はっきりとした証拠があるわけじゃないが、多分そうだったんだろうよ。わしはとんだ三枚目だったってわけだ」

中里の顔から次第に笑みが消えていき、サングラスの奥にかすかに見える目が暗く沈んだ。

「だから、別れた女房にも子供にも会いたくもない」

「奥宮綾子さんのことを突然、思い出したんですか」

中里がゆっくりと背もたれに躰を倒した。「震災の影響のような気がするよ。分かるだろう？」

竹花は黙ってうなずいた。

「わしは脳梗塞《のうこうそく》で倒れ、この様《ざま》だ。心臓の調子もよくないと医者は言ってる。長生きはせんだろう。竹花さん、是非、奥宮親子を捜し出してくれないか」

竹花は再びメモに視線を落とした。「情報はこれだけですか？」

「うーん」中里が腕を組んで唸《うな》った。

「奥宮綾子さん、甘味喫茶をやる前は何をしてたんですか？」

「旦那《だんな》が死んで、喫茶店でアルバイトをしてた」

「荒木町の甘味喫茶の資金は中里さんが出された？」

「いや、旦那の死亡保険金で彼女が作った店だよ。わしはその甘味喫茶で彼女と知り合ったんだ」

「中里さんは勇気がありますね」

「え？」

竹花がにっと笑った。「男がひとりで甘味喫茶に入るのは勇気がいりますよ」

「綾子も後でそんなことを言っておったなあ。実は、偶然、店の外に出てきた綾子を見て、いい女だなって思ったから入ったんだよ。だが、ちっとも恥ずかしくはなかった。わしは甘党でもあるんだ。善哉《ぜんざい》が特に好きでな。小豆は北海道産に限るね」

「で、綾子さんのご家族は？」

綾子には姉がひとりいたが、中里は会ったことがないという。親戚《しんせき》も然《しか》り。結婚前、綾子は大手の石油会社のＯＬだった。その時の同僚と親しかった。だが、中里は相手の名前を覚えていなかった。

「奥宮親子が見つかった場合、当然、中里さんは彼女たちに会いたいのでしょうが、向こうの事情で会うのを拒否された時は、電話或《あ》るいは手紙でのやり取りだけで我慢できますか？　こちらとしては、会いたくないと言っている相手を無理矢理会わせたり、相手の連絡先を、依頼人であるとしても、あなたに教えることはできません。それでよろしいでしょうか？」

中里は一瞬、不服げな顔をしたが承知した。

竹花は一日当たりの料金を教えた。中里はテーブルの上に置かれてあった蒔絵《まきえ》の施された箱を開けた。驚いた。そこには札束が剝きだしになって入っていたのだ。

「とりあえず百万、渡しておこう。受け取りを書いてくれ」

竹花は書類バッグを開けた。そして、受け取りと共に依頼確認書を取り出し、中里の前に滑らせた。

「必要事項を記入して、サインをお願いします」

「面倒だな」

竹花は軽く肩をすくめただけで口は開かなかった。

中里は苦笑し、ペンを握った……。

大した情報もないのに、奥宮親子を見つけ出せたのは、荒木町界隈《かいわい》がいまだ古いものを残している町だったからだろう。舟町にある印刷会社の奥さんが手がかりになる人物のことを教えてくれたのだ。その糸をたぐり、奥宮親子の現在の住まいを見つけたのである。

二

黙りこくっている真澄に竹花が独り言めいた口調で言った。

「お母さん亡くなられたんですか。それは残念だ。もう少し早く依頼を受けていたら」

「母は、中里に会いたくなかったと思います」

「死に際に、彼の悪口でも言ってたんですか？」

真澄がきっとした目で竹花を見返した。「彼のことなんか思い出しもしなかったはずです」

「それはどうかな」

そう言ったのは新浦だった。口を噤《つぐ》んでいることに我慢ができなくなったらしい。

「あなたはまだお若いから分からなくて当然ですが、歳を取ると、悪い思い出も、砂で洗われた石みたいにまーるくなって思い出されるもんですよ」新浦が続けた。

そのような形で過去が甦《よみがえ》ってくる現象は、男の脳味噌《のうみそ》の中で起こることが圧倒的に多い。女は今を生きることが上手な生き物だから、良きにつけ悪《あ》しきにつけ、過去をすっぱりと忘れてしまうか、調書に記載されている事実としてしか思い出さないことが多いものだ。

しかし、竹花は余計なことは口にせず、缶ビールを手に取った。

新浦の感傷的な口調に、真澄はまったく反応しなかった。

再び沈黙が流れた。

「これはあくまで確認なんですが、お母さん、本当に亡くなったんですね」

「私が嘘《うそ》をついてると言いたいんですか？　そんな必要あると思います？」真澄が食ってかかってきた。

竹花は曖昧に微笑んだだけで、缶ビールを空けた。

同居している母親がいるのに、夜、わざわざ子供を託児所に預けて、仕事に出かけることなどまずあり得ないと考えた方がいい。だから、端《はな》っから疑ってはいなかった。それでも真澄の反応を見たかった。

「あなたは、お父さんに会う気はありますか？」

「ありません」

「深い恨みでも？」

真澄が鼻で笑った。「別に」

「だったら、会ってあげてもいいんじゃないんですか？」

新浦がまた口をはさんだ。

竹花は新浦を目で殺した。新浦は眉をゆるめて視線をそらした。

「母は、中里のことを世界中を駆け巡ってる貿易会社の社長だって私に言ってました。でも、本当はそうじゃなかった。私、あのふたりに騙《だま》されてたんです」

「中里さん、お母さんとあなたを守ろうとしたようなことを言ってましたが、違ったんですかね」

「中里の奥さんが、家に怒鳴り込んできたことがありました。奥さんは、母を罵倒《ばとう》しました。母も負けてはいませんでした。奥さんは隠し持ってたナイフで、母を刺そうとしたんです。私、流しにあった包丁を手にして、奥さんに向かっていきました。奥さん、今度は私を刺そうとしたんです。太股《ふともも》にその時の傷が残ってます」真澄が立ち上がり、ベルトに手をかけた。「お見せしましょうか？」

竹花は表情を変えることもなく、ねめるように真澄を見つめた。

その目付きに雄のニオイを感じたのだろう、真澄はベルトから手を離した。だが、すぐには座りはしなかった。

「それからどうなったんですか？」竹花が静かな口調で訊いた。

「母と奥さんが取っ組み合いになり、奥さんの手にしていたナイフで、母が彼女の腕を刺したんです。奥さん、それでひるんだのか家を出ていきました」

「警察沙汰《ざた》には？」

「ならなかったみたいです。私、出血がすごかったけど、傷そのものは、小刀で切ったようなものでしたから、医者には行かずに、軟膏《なんこう》を塗るだけで治りました。奥さんの傷も、同じように浅かったんだと思います。その後、何も言ってきませんでしたから」

妻のやったことを考えると、妻は中里に拘《こだわ》っていたのは間違いない。それが愛情から発せられたものか、札束のニオイのせいなのかは分からないが。息子が、自分の子ではなかったというのは、中里の妄想だったのかもしれない。しかし、そんなことは竹花にはどうでもよかった。

「それが原因で、中里さんにも何も告げずに、姿を消したんですか？」

「母は本当に怖くなったみたいでした。でも、母の気持ちや、置かれた立場が分かったのは、もっと後のことです。真相を知った私は、中里に責任を取らせようと、母に言ったんですが、母はイエスとは言いませんでした。それどころか、中里のことを庇《かば》うようなことばかり言ってました」

「だったら、亡くなる前、お母さん、中里さんに会いたかったかもしれませんね」

「……」

「会いたくないのは、あなた自身だということが分かりました」

「そうかもしれません」真澄は不承不承、竹花の言ったことを認めた。

「お金はどうしてたんです？」

「甘味喫茶の権利を売ったり、中里さんからもらったお手当を貯《た》め込んでましたから、それほどお金の心配はいらなかったんです」

「お母さん、竹の塚にあった建設会社に勤め、そこの社長と関係ができた。そうでしたね」

「ええ。私、その社長のことが大嫌いでした。いつも口臭のしている汚い男で、そんな男の言いなりになる母のことも嫌になって……」

そこまで言って、真澄は、糸が切れた人形のようにソファーに躰を倒した。

「で、家出でもしたんですか？」

真澄はそれには答えなかった。目が宙を彷徨《さまよ》っている。

竹花は新浦を見て、薄く微笑んだ。

「中里に私の住まいを教えるんですか？」

「できたら教えてあげたいが、あなたの了解が取れなければ教えません」

「教えないでください」真澄はぴしゃりとドアを閉めるような調子で言った。「私、あの男には会いたくありませんから」

「電話で話すぐらいはいいでしょう？」

「話すことは何もありません」

「じゃ、電話番号も教えません。でも、私にだけは教えておいてください」

「教えたら、中里にこっそりと……」

竹花は首を大きく横に振った。「絶対に教えません。でも、今後、何がどうなるかは誰にも分からない。あんな事件が起こったこともあるし、お互いに連絡を取り合っておきたいんです」

「分かりました」

「私の携帯、名刺に書いてありますが、今、言いますから、かけてください。赤外線なんていうものは使ったことがないので」

真澄は、竹花の口にした番号を打ち込み、発信した。

着うたが流れた。サンタナの『スムース』という曲である。竹花は、サンタナの猥雑《わいざつ》さを感じさせる演奏が好きなのだ。メールアドレスの交換もついでにやった。

「お母さんのお墓の場所だけは教えてくれますね。中里さん、お参りだけはしたいでしょうから」

「本当に私の居所を教えないですか？」

竹花はからからと笑った。「教えようが教えまいが、しばらくは、いや、永遠にかもしれないが、あのマンションには戻れないんじゃないですか？」

真澄はしゅんとなって目を伏せた。

「お墓はどこですか？」

「小平霊園です」

「お母さん、建設会社社長とはその後、どうなったんですか？」

「離婚しました」

「じゃ、お母さん、奥宮家の墓に入ってるんですね」

「ええ」

竹花は缶ビールを取りに席を立った。

「これからどうするの？」新浦の声が聞こえた。

真澄はうんともすんとも言わない。

竹花が席に戻った。「仕事の相手には連絡を取ったんですか？」

「さっき、託児所から電話を入れました」

新浦が竹花に目を向けた。「竹花さん、彼女と息子を匿《かくま》ってやったら」

「そんなご迷惑はかけられません」

「中里さんを頼ったらどうですか？　彼なら何とかしてくれる」

真澄は再び腰を上げた。「お世話になりました」

「託児所に戻るの？」新浦が訊いた。

「いいえ。明け方までに、居候できる場所を捜します」
「私も一緒に出ます。あなたがタクシーに乗るまで、ガードマンをやりますよ」
真澄はちょっと困った顔をしたが、新浦はまったく気にせず玄関に向かった。
竹花は椅子に座ったままだった。
「近いうちに、また来ます。いいでしょう?」新浦が言った。
竹花は黙ってうなずいた。
新浦が竹花に名刺を渡した。
『ニウラ・カンパニー
代表　新浦大二郎
東京都豊島《とし》《ま》区北池袋3・14・××
090－3213－45××』
「何の会社ですか?」
「何でも屋だよ」
新浦は人なつっこい笑みを浮かべて、軽く会釈をし、真澄と共に事務所を出ていった。

三

翌日、雨は上がった。しかし、石膏《せっこう》色の雲が重く垂れ込めた冴《さ》えない日だった。じわりと蒸し暑く、気温は午後には三十度を超えた。温暖化が続けば、五十年後には東京の気候は鹿児島ぐらいになるという。

報告書や領収書など必要なものをそろえ、竹花は午後四時に、中里の住まいを訪ねた。家政婦の姿はなかった。家政婦は通いで、必要な時にだけ呼びつけるのだと、中里は、訊きもしないのに教えてくれた。

竹花は報告書を渡した。

中里は老眼鏡をかけ、読み始めた。出来の悪い息子の通知表を見せられているような顔だった。

報告書にはすべてのことが細かく書いてある。ただ、誘拐事件についてだけは触れていなかった。今回の調査とは関係がないのだから。

報告書を読み終わった中里は、しばし口を開かなかった。

「遅すぎたなあ。君に今回のことを依頼したその日に死んだとは」

「墓参りには行けますよ」

中里は暗い表情でうなずいた。

「二歳半の息子がね……。孫は可愛《かわい》いか？」

「お嬢さんに似て、彫りの深い顔立ちの元気な男の子です」

「なぜ、娘はわしに会いたがらないんだ」

「できるだけ正確に、お嬢さんの言ったことを書いておきました。それ以上のことは何も分かりません」

「書かれたものは、生の声じゃない。会いたくないと言っても、どの程度のものなのかは、書面には表れん。あんたの感じだと、どうなんだ。説得の余地はありそうか」

「何とも言えませんね。でも、何であれ、私は、彼女の住所をあなたに教えることはできません。依頼された時に申し上げたことですが」

中里が目を細めて笑った。下卑《げび》た笑いを口許《くちもと》に溜《た》めたまま、静脈が浮き出た手を懐に入れた。剝きだしの札束が、竹花の前に置かれた。

「五十万ある。情報料としては法外に高いと思わんか」

竹花は黙って、首を横に振った。

中里は老眼鏡を外し、潤んだ眼《め》で竹花を真《ま》っ直《す》ぐに見つめた。「孫にも会いたい。君にだってわしの気持ちが分かるだろう。後、五十万積む。これでどうだ？」

獲物を狙《ねら》った鷹《たか》のような眼差《まなざ》しを避けるように、竹花は背もたれに躰を倒した。

「報告書に書いてないことがひとつだけあります」

「え？」中里の眉間が険しくなった。

「お孫さんを連れ去ろうとした人間がいたんです。偶然、近くにいたので、もうひとりの助っ人と一緒に助けました」

「なぜ、そのことを隠してたんだ」

「隠すつもりはありませんでした。調査には関係ないから報告書には記さなかっただけです」

「それにしても、なぜそれを早く言わんのだ」

竹花は、昨夜のことを詳しく話した。

「目出し帽を被った男たち……ってことは、相手はプロだな」

「おそらく。ですが、暴力団とは限りませんね。ネットで、殺人を請け負う人間もいる世の中ですから」

「保護が必要なんだったら、わしが何とかする」

「そう願い出ては、とお嬢さんに言ったんですが、聞き入れてくれませんでした」

「あんたは信用できるし、優秀だとも思う。だが、ちょっと態度がクールすぎるな。気持ちの熱さが、相手に伝わらない。だから、真澄もそういう答えしか返せなかったんだよ」

竹花は苦笑した。「私のせいにしないでくださいよ」

「いや、あんたのせいだ。約束を破っても、やるべきことはある」

「私はあなたほど人情家ではないんでね」

「わしだって人情味溢れる人間じゃない。だとしてもだな……」

竹花は右手をかざして、興奮した中里を制した。「ともかく、お嬢さんは、今、住んでいるところには戻らないでしょう。ですから、住所を知っても無駄です」

「彼女と連絡を取る方法はないのか」

「ありません」竹花は間髪を入れずに嘘をついた。

中里は歯ぎしりせんばかりの勢いでうめいた。

「彼女には知られたくない秘密があるのは間違いありません。お嬢さんから、心を開いてこなければ、打つ手はない。私は偶然知り合った赤の他人だし、あなたは、理由は何であれ、彼女にしては会いたくない人物。これでは関わり合いになれるわけないでしょう」

「問題のワンボックスカーのナンバーは覚えておらんのか」

「あなたのお孫さんを助けるのに必死で、そんな余裕はありませんでした」

中里の不服げな表情には変わりなかったが、それ以上、竹花を責めてくることはなかった。

「竹花、真澄と孫を見つけ出してくれたら、金はいくらでも払う」

「じり貧の探偵にとっては、中里さんは上玉中の上玉の客ですよ。ですが、安請け合いはできない」

「ぐじゃぐじゃ言ってないでふたりを捜し出してくれ。あの子たちに危険が迫ってるんだろうが」

「やってみましょう。日当は今回の半分でいいですよ」

「金のことはどうでもいいし、報告書も必要ない。一刻も早く、あの子たちを見つけ出して保護したいんだ」

竹花は煙草を消して、ゆっくりと立ち上がった。

「その金、持っていけ」

竹花は中里を見てにっと笑った。「遠慮なく」

札束を鞄《かばん》に詰めた。

「竹花、今度のことが首尾よく運んだら、わしが仕事を回してやる。まだ、それぐらいの力は残ってるから」

「今の話を聞いたら、探偵に転身した元総会屋が、家の前に行列するんじゃないですかね」

竹花はそう言い残して、中里の家を出た。

駐車場からスカイラインを出すと、古川橋を目指した。

真澄の住んでいるマンションの前に車を停め、辺りに注意を払いながらエントランスに向かった。

管理人が受付のところに腰を下ろし、新聞を読んでいた。白髪頭の肌がつやつやした老人だった。

受付はかなり低い位置にあった。古いマンションの特徴のひとつである。

竹花は躰を折って、ガラスの向こうを覗いた。「ちょっとお伺いしたいんですが」

新聞を読むのを止《や》めた管理人がガラス戸を引いた。

竹花は管理人に名刺を渡した。

「この間、お亡くなりになった奥宮綾子さんの遺産相続の件で、調査をしている者なんですが」

管理人は怪訝《けげん》な顔をした。「それで？」

「奥宮綾子さんは、娘の真澄さんと真澄さんの息子、健太君と三人暮らしだったんですね」

「そうですが」

「真澄さん、こちらの記録によりますと無職となってるんですが」

「私、詳しいことは何も知りません。お嬢さんとお孫さんが、奥宮さんと暮らし始めたのは、半年……いや、七、八ヶ月前からなんです」

「お嬢さん、何をやってる方なんです？」

「さあね。仕事をやってたと思いますよ。いつも家にいるわけじゃなかったですから」

「夜の仕事ですか？」

「不規則な仕事のようです。午後に出かけることもあれば、夕方、出ていくこともありましたから。私、朝七時にここに来るんですが、朝帰りしてきたお嬢さんに何度か会いました」

「子供をお婆《ばあ》ちゃんに預けて遊んでたんですかね」

「そんな感じはしませんでした。一度も酔ってる様子はなかったですし」

「夜、出かけることもあった？」

「夜のことは分からないんです。ここに私がいるのは、午後六時までですから」

「お母さんはここに長く住んでたんですか？」

「十年以上住んでると聞いてます」

「持ちマンションですよね」

「ええ」

「お母さんは仕事をしてました？」

「年金で細々と暮らしてるって言ってました。でも、切り詰めて生活してる感じはしませんでしたね。資産があるんだなって思ってました」

「近所の人に聞き込みをしていたら、昨日の夜、前の通りで、子供が攫われそうになったそうですが、管理人さんは知らないわけだ」

「午前中、その件で警察が来ました。話を聞いてるうちに、狙われたのは奥宮さんのお孫さんのような気がしてきましたよ」

「変ですね」竹花はとぼけた。「被害者が誰だか警察は知らなかったんですか？」

「騒ぎを聞いた近所の人が通報したって聞いてます。でも、警察が現場に着いた時は、犯人も被害者も消えてたそうです」

「今日、奥宮親子を見かけました？」

「いえ。警察の人がインターホンを鳴らしても誰も出ませんでした」

通報があり、凶悪犯罪だと分かった警察は、夜が明けた後、事情聴取にこのマンションを訪れたのだろう。しかし、事件性はあっても、本格的な捜査は行わないはずだ。被害届も出ておらず、被害者すら特定するに至っていないのだから。

「昨夜の事件、遺産相続に関係してるんですかね」管理人の目に好奇の色が波打った。

「何とも言えませんが、奥宮さん宅に変な奴が来たりしたら、私に知らせてくれませんか。お礼はしますから」

「私の立場としては住人のことをスパイするのは」管理人が真顔になった。「奥宮さんのためになる。そう思った時だけご連絡ください」

竹花はそう言い残して、マンションを出た。

車を東麻布の修理工場に戻し、事務所の近所の喫茶店で、ハンバーグライスを食べた。それからコンビニで買い物をし、事務所に戻った。七時半を少し回った時刻だった。

鍵を開け、中に入った。

寝室ではなく、事務所に使っている部屋に人の気配がした。

レジ袋を床に置いた。その時、灯《とも》りが点った。点されたのは奥の机の上のスタンドだけだった。鈍い光が部屋を被《おお》っている。

客用のソファーにふたりの男が座っていて、机の向こうの回転椅子に、もうひとりが腰を下ろしていた。

回転椅子が左右に回るたびに、軋《きし》み音がした。男は細いフレームのサングラスをかけていた。肉づきのいい大きな顔。サングラスがミニチュアに見えた。毛虫が二匹、キスしたような口ひげを生やしていた。背の低い猪首《いくび》の男だった。

「お疲れ」サングラスの男のだみ声が笑った。

竹花は、ソファーを通りすぎ、つかつかと男に歩み寄った。

ソファーに座っていた男たちが立ち上がり、竹花の背後に迫ってきた。

「ソファーに移動しろ。そこは俺の席だ」

「恋女房が待ってるみたいに、いやに早いお帰りだな」

「外にいると金がかかるから。いいから、向こうに行け。そしたら、話を聞いてやる」

男はのっそりと立ち上がった。黒い縦縞《たてじま》のスーツに同系色のシャツを着、紺地に花柄の入ったネクタイを締めていた。裸でいても、クールビズには貢献できそうもない暑苦しい男である。

男はソファーに座り直した。二人の若造のうちのひとりが出入口付近に、大きく股《また》を開いて立った。もうひとりは、サングラスの男の隣に腰を下ろした。

若造ふたりの顔を見た。健太を拉致しようとした、顎に黒子のある男でも、ナイフで切ったような細い目の男でもなかった。義眼のような目をした運転手もいなかった。柄が悪いということ以外に特徴のない若造たちだった。

竹花は上着のポケットに手を入れた。立っていた男の躰に緊張感が走った。

「煙草を出すだけだ。そうビクつくな。俺が拳銃《けんじゅう》なんか持ってるはずないだろうが」

竹花は煙草に火をつけ、脚を机の上に投げ出した。

「用件は?」

「分かってんだろうが、奥宮親子の隠れ先を訊きにきた」

「そんなことか。だったら、俺がいる時に、ノックをして入ってくればいいじゃないか」

「そこに立ってる若いのが、錠の開け方を学んだっていうから、試しにやらせてみただけさ」サングラスの男が煙草に火をつけた。

「昨日の今日で、よく俺の存在をつかめたな。大したもんだ」

「ナンバーが分かれば、持ち主も分かる」

「警察にクサを打ってあるってわけか」

男はそれに答えず、口ひげを指で撫でた。

「奥宮真澄は、あれからここに来た。だが、その後、どこに行ったかは知らん」

「絶好の金づるをみすみす逃がしたって言うのか。彼女に隠れ家《が》を提供して金をふんだくる。それぐらいのことはしただろうが」

「そうしたかったが、よほど深い訳があるんだな。恩人の俺にも何も言わず、ここを出てったよ」

男がふんと鼻で笑った。

「あんたの名前を聞かせてもらおうか」

「紀藤幸一郎《きとうこういちろう》」

「どの組のもんなんだ」

「野暮なことを訊きなさんな」

「なぜ、彼女の息子を誘拐しようとしたんだい。暴力団が、子供を誘拐するってのは、よほどのことがあるからだろう？　訳を聞かせてくれ」

「誘拐したのはあの女だよ」紀藤と名乗った男がねっとりとした口調で言った。

「女が自分の息子を誘拐したのか」

「その通りだ。あの坊主の親権は父親にある。なのに、あの女は子供を連れ去った」

なるほど。あり得る話だ。

「暴力団の幹部の息子か」

「当たらずとも遠からず」紀藤がにやりと笑った。

「幹部に合法性があるんだったら、裁判をやれば勝てるじゃないか」

「裁判は長引く。爺《じい》さんのションベンみたいにちょろちょろ続く」

紀藤が笑うと、ふたりの若造も笑った。

「竹花さん、義は父親にある。どうだい、俺たちに協力してくれないか。女のヤサさえ教えてくれれば、悪いようにはせん」

「いくら？」

「三十万」

「プ」

「強気だな。ダッチワイフなんか抱かずに、その金でいい思いをしろよ」

ふたりの若造が小馬鹿にしたような笑みを浮かべて竹花を見た。

紀藤たちは、寝室の押入の中を見たらしい。確かにそこにはダッチワイフが放《ほう》り込まれている。

「俺は生身の女が苦手でね」

「そういう若いのが増えてるって、この間、聞いたが、還暦を超えたオヤジがダッチワイフとはな。な、竹花、とびっきりの別嬪《べっぴん》を紹介してやろうか。元AV女優なんだよ」

「元かい。今はシャブ中だろうが」

「勘がいいな。見直したぜ。五十万でどうだ？」

竹花は脚を床に戻した。そして、少し身を乗り出すようにして紀藤を見つめた。「強気な理由を教えてやるよ。俺は、奥宮親子を匿ってはいない。あんたが教えてくれたことで、警察沙汰にしたくなかったわけがやっと分かったよ。ヤクザの女房が、見ず知らずのしがない探偵を信用して、匿ってほしいなんて言うはずないだろうが。彼女の元の旦那って、よほどの直情径行型の男なんだな。親権があるのに誘拐しようとするなんて、止めた方がいいって言ってやれよ。合法的に、奥宮親子を捜してほしいというんだったら、俺はいつでも協力するぜ。今んとこ、東京には、暴力団の仕事に協力しても、お縄にできる条例は施行されてないから」

紀藤が長いため息をつき、煙草を消した。「もうひとり、昨夜、邪魔した奴がいたな」

「いたね」

「あいつは何者なんだい？」

「知らないな。善意の人は、名も名乗らずに去ってゆくもんだよ」竹花はすっとぼけた。

「彼女が女の行き先を知ってるはずないだろう」

「分からんよ。善意の人はボランティアがお好きかもしれんじゃないか」

竹花は軽く肩をすくめて見せた。

紀藤が膝《ひざ》を叩《たた》いた。そして、ゆっくりと腰を上げた。「また何かあったら邪魔するぜ」

「あんたの連絡先は？」

「用があれば、連絡はこっちから入れる」

「何かあったら連絡してやろうと思ったのに」

紀藤は少し考えてから携帯の番号を口にした。それからこう言った。「あんたの番号は分かってる。さっき名刺を失敬したから」

「ひとつ訊いていいか。あの女、何の商売をやってるんだ」

「何でそんなことに興味を持つんだ」

「あんな時間に子連れで出かけようとしたんだぜ。遊びに行く感じじゃなかった。だから、ちょっと気になっただけさ。それも秘密なら訊きゃしないけどな」

「カジノのディーラーだよ」

「違法カジノの？」

「図書券とかミカンを賭《か》けてギャンブルやる奴は、警察官にもいないぜ」

水商売でも風俗でもなかったのは感じ取れたが、そこまでは考えなかった。

違法カジノの経営者はヤクザではないことが多い。ブラックマネーが暴力団に流れていたとしても。

真澄の働いていた違法カジノの経営者にくっついている暴力団は、紀藤の組と敵対していないまでも、良好な関係でないことは明らかだ。でなければ、あんな荒技を使わずとも、真澄に近づき、もっと穏やかな方法で子供を奪還できたはずである。

紀藤たちが姿を消すと、竹花は買ってきたアーリータイムズの蓋を開け、グラスに注《つ》いだ。水で薄めることはしなかった。グラスを持ったまま窓辺に立った。そして、通りの様子をうかがった。紀藤の舎弟が、自分を監視している可能性は大いにある。

違法カジノなんていくらでもある。あの時間、子供を預けて出勤しようとしていたからといって、六本木とか渋谷で働いているとは限らない。歌舞伎町《かぶきちょう》や池袋の可能性だってある。

真澄親子を捜し出すと言っても、手がかりは、住んでいたマンションしかない。ピッキングの心得はある。以前、鍵屋に勤めていた男に金を渡して、秘密裏に勉強したのだ。しかし、それはかなり前のことだし、実践経験は一度もない。

真澄と一緒に事務所を出ていったのは新浦だ。竹花は彼に電話しようと携帯を手に取った。その時、サンタナの曲が流れた。

「今、あんたに連絡を取ろうと思ってたところだったんだ」

「俺に何か？」

口調が重く、滑舌がすこぶる悪い。かなり酔っているようだ。

「あの女のことだが……」

「暇かい？」

「特別な用はない」

「こっちに来て一緒に飲まないか」

「どこにいるんだ」

「銀座のバーだよ。昔から、親しくしてるオヤジさんがひとりでやってるバーだ」

「だいぶ酔ってるね」

「酒は酔うためにある。オー・ド・ヴィ（命の水）だよ」

新浦は得意げにフランス語を使った。時代遅れの西洋かぶれらしい。

竹花が場所と電話番号を訊こうとすると、新浦はマスターと代わった。教えられたことをメモし、グラスを空けた。電気を付けっぱなしにし事務所を出た。そして、けやき坂の方に向かって歩いた。尾行してくる者も車もなかった。それでも、用心のためにヒルズの中に入り、一呼吸、置いた。慌ててヒルズに飛び込んでくる者はなかった。竹花はヒルズを抜け、六本木通りに出て、通りを渡った。そこでタクシーを拾い、銀座を目指した。

四

新浦の指定したバーは、コリドー街近くの雑居ビルの六階にあった。カウンターの端に新浦がいた。昨夜と同じ格好である。他には客はいなかった。

マスターは、歳のいった鼻眼鏡の男だった。小柄で痩せている。髪はふさふさで、優しい笑顔の持ち主である。

竹花はラフロイグをロックで頼んだ。

「あんたはカルバは嫌いか。カルバって分かるか？」

「カルバドスのことだろう？」

「ほう。意外に物知りだな」そこまで言って、新浦はマスターに声をかけた。「彼にも同じものを」

「新浦さんのおごりですか？」マスターが飄々《ひょうひょう》とした調子で言った。

「これまでのツケを払いにきたって言ったでしょう？」

マスターは竹花にもカルバドスを出した。

「これは、なかなか日本じゃ飲めないカルバなんだ」

マスターが黙って、竹花の前にボトルを置いた。カルバドス・デュ・ペイドージュ・プリヴィレージュ。

初めてお目にかかるカルバドスである。

「十八年ものだよ。バーに置いてあることは滅多にない」

「新浦さんに、仕入れろと言われて、置いたんですがね」マスターの声には力がなかった。

新浦は、この店にだいぶ借金があるらしい。

「こういう酒が置いてあるだけで、このバーの格が上がるってもんだよ」新浦が大仰な調子で言った。

竹花は酒を舌で転がした。香りがよくて、甘みと酸っぱみのバランスがほどよく混じり合っている。

「うまいな」

「だろう？　以前、我が家には、もっと古いペイドージュが置いてあった。あれに比べると落ちるがな」

「それだけ酔うんだったら、ワンカップ大関で十分な気がするけどな」

「気分が違う。軽自動車でもベンツでも、目的地には大体同じ時刻につける。だけど、何かが違うだろうが」

「ごもっとも」

竹花は煙草に火をつけ、再びグラスを口に運んだ。

サラリーマン風の客が三人入ってきた。

「マスター、向こうに移動していいかい？」

「どうぞ」

奥の窓の前にもカウンターがあった。そこにはふたりしか座れない。

竹花は新浦について移動した。

新幹線が走っているのが眼下に見えた。東京駅に向かっている。

「あんたはなぜ、俺に電話を寄越したんです？」竹花が訊いた。

「一緒に飲む相手を捜してた。暇な奴が少なくてね」

「で、あの女は、その後どうしました？」

「六本木の交差点を渡って、次の信号を越えると、左斜めに入っていく道があるのを知ってるか」

「ああ」

いつかしら龍土町《りゅうどちょう》美術館通りと名付けられた通りで、国立新美術館までの案内が出ている。しかし、国立新美術館までは真っ直ぐに行けるわけではないし、その通りには美術館はおろか、アートに関わっている店など見当たらない。小さな飲み屋や食い物屋を抱えた雑居ビルが建ち並んでいるだけだ。ここまで偽りのある標識に出会ったのは二度目である。一度目は、旧全日空ホテルから赤坂に抜ける道の標識だ。氷川小学校という標識があるが、小学校はとっくになくなっている。

しかし、竹花は余計なことを口にせず、新浦の言葉を待った。

「あの道を下ったところの路地にある雑居ビルに入っていったよ」

「ほう。そこまで一緒に行ったのか」

「見張られてるかもしれないって言うから、俺が先に斥候役を引き受けた。変な様子はなかったから、女はその雑居ビルに入っていった」

「何階に行ったか分かるか」

「地下に通じる階段を下りていった。でも、何でそんなことを訊くんだい。昨日は、何の興味もなかったのに。中里睦夫に、彼女を引き続き捜せと言われたのか」

「まだ活動してるのか？」

竹花はじろりと新浦を見た。「中里を知ってる口ぶりだな」

「総会屋だろう？　面識はないが名前を聞いたことがある。まだ活動してるのか？」

「いや、引退したらしい。脳梗塞のせいで、右足が不自由なんだ」

中里睦夫に会った日、竹花はネットの検索サイトに入り、元総会屋のことを調べた。ウィキペディアに出てくるほどの有名総会屋ではなかったが、総会での質問が素晴らしく上手な総会屋で、まるで経済評論家のようだったと書かれてあった。八一年の商法改正後も活動を続け、或る製菓会社の役員のスキャンダルに乗じて、うまい汁を吸っていたが、警察に目をつけられ彼自身が言っていた通り、恐喝で逮捕されていた。

「誘拐の件、中里に話したのか」新浦が訊いてきた。

「中里は是が非でも娘と孫を保護したがってる」

「彼は金、持ってるのか」

「かなり貯め込んでるって感じだな。俺に対する払いもいいから」

「分からんよ、本当のところは」

「どういう意味だい？」

「総会屋なんて時代遅れの商売だよ。金なんか持ってないに決まってる」

「らしいが、自分は別だと言ってた」

「探偵のくせに甘ちゃんだな」新浦が小馬鹿にしたように笑った。「金はないが、人脈という財産は持ってる。それを利用して、人の金を右から左にしてるだけかもしれん」

「なるほど。だが、俺にはどうでもいいことだ。調査費をきちんと払ってもらえれば。ところで話は変わるが、中里の娘、違法カジノのディーラーだったらしいぜ」

「ほう。どこからそんな情報を得たんだ」

竹花は紀藤たちが事務所で待ち伏せしていたことを話し、健太の親権問題で、あの事件が起こったことを教えた。

「血の気の多い旦那なんだな」

「あんたが話してた雑居ビルの地下がカジノになってるのかもしれんな」

「乗り込む気か？」

「様子を見に行く。あの女を捜す手がかりは、他に住まいしかないからな。託児所じゃ、興味のある話が聞けるとは思えないだろうが」

「俺も一緒に行っていいか」

「なぜ、関わりたい？」

「そんな怖い顔するなよ」新浦が、ふたりの空いたグラスを手にして、席を離れた。

たっぷりとカルバドスが満たされたグラスをカウンターに置くと、新浦は竹花を見つめた。薄い笑みが口許にこぼれている。

「金はいらんから、俺を助手にしてくれ」

「『ニウラ・カンパニー』は開店休業状態かい」

「俺をただで使う代わりに、俺のためにも働いてほしいんだ」

「何をさせようっていうんだ」

「それはおいおい話す。手足は四本よりも八本の方がいいだろう。それに、ひとりじゃ身動きが取れないことばかりだろうが。車を停めて尾行することだってできない。これだけ駐車違反がうるさい世の中なんだから」

竹花は酒を舐《な》め、外に目をやった。東京駅を出た新幹線が少し角度をつけて走り去ってゆく。

「さっき話に出たヤクザだがな、あんたのことも気にしてた」

「俺に興味を持ってる？　俺が、あの女を匿ってるって思ってるのか」

「可能性があるとは思ってるらしい」

「俺まで疑うってことは、相手方は必死なんだな」新浦はつぶやくように言って、グラスを一気に空けた。そして、スツールから降りた。ちょっと脚がふらついているように思えた。

新浦はトイレに行き、戻ってくると「お勘定」とマスターに告げた。

マスターは伝票を書き始めた。竹花も立ち上がった。勘定書を渡された新浦は、カウンターに片肘をついて、財布から金を取り出した。くたびれたヴィトンの財布から万札が消えていった。ツケも一緒に払ったのだろう。財布はそれでほとんど空になっていた。ぎっしりと入っているカードが使われることはなかった。

タクシーで六本木を目指した。

午後十一時を少し回った時刻だった。

表通りでタクシーを降り、龍土町美術館通りに入った。二百メートルほど下ったところで、新浦が立ち止まり、右側の路地に目をやった。

「その奥の左側のビルだよ」

竹花は吸っていた煙草を踏み消し、路地のどんづまりにあるビルに向かった。飲食店の入っている薄汚いビルだった。埃《ほこり》っぽい暗い階段を降りたところが、秘密裏に営業しているカジノ。おそらく勘は当たっているだろう。

ビルの一階の入口に立った。

「どうやって入るんだ？」

竹花は肩をすくめて見せただけだった。

違法カジノに入店する方法にはまるで明るくない。だが、外に見張り役がいるぐらいの見当はついた。しかし、周りを注視したが、人の気配すらなかった。

若い男が竹花たちの横を通りすぎた。竹花たちに気づいた男は、一瞬、表情を硬くした。ビルに入っている他の店に行く気だったら、竹花たちの後ろを通らなければならない。若者はカジノが目的に違いなかった。

竹花が若者の前に立ちはだかった。後ろ暗い気持ちと恐怖心で、若者の顔が土気色に変わった。

「カジノには行かない方がいい。意味、分かるな」

「俺は別に……」

竹花は優しく微笑んだ。「親切心で言ってやってるんだぜ。トラブルに巻き込まれないように」

男が踵《きびす》を返そうとした。行く手には新浦が立っている。

竹花が男の肩に手をかけた。「カジノの屋号と電話番号を教えてくれないか」

男は一瞬、躊躇《ためら》った。

「それから、カジノに入る方法も」新浦が竹花の言葉を受け継いだ。

「早くしないと面倒なことになるぜ」

男が携帯を開き、店の名前と電話番号を口にした。竹花が控えた。

「新規の客は、どうすれば中に入れるんだい？」新浦が訊いた。

「紹介者の名前を言うと、スタッフが迎えにきてくれます。俺の場合は、表通りのペットショップが待ち合わせの場所でした」

「ありがとう」竹花は若者の肩を二度叩いた。逃げるようにして去っていく、若者の影が路地から消えた。

竹花は携帯にカジノの電話番号を打ち込んだ。

「はい」若い女が出た。

「『サード・チャンス』だよね」

「そうですが」

「お宅の店を紹介された者なんですが、今から遊びに行っていいですか?」

「紹介者の方のお名前を教えていただけますか?」

「ディーラーの奥宮真澄さん」

「ああ」

女の声が和らいだ。だが、それは一瞬のことだった。

「ちょっとお待ちください」

ややあって男が電話口に出た。

「奥宮さんなら、もううちの店にはいませんよ。辞めました」

「え? 知らなかったな。彼女に遊びにきてって言われたんだけど。まあいいか、彼女がいなくても、遊ばせてくれるんでしょう?」

「失礼ですが、お名前を教えていただけますか?」

「竹花。友人とふたりで行きます」

「六本木の交差点近くにペットショップがあるのを知ってますか」

「ああ」

「そこで待っていてください。スタッフがお迎えに上がりますから」

「その必要はないよ。俺、店の場所は大体分かってるから。龍土町美術館通りを下りていったところだよね」

男が一瞬黙った。

「じゃ、その道の真ん中辺りにコンビニがあります。そこで待っていてください」

「オッケー」

コンビニはすぐに見つかった。竹花はハイライトを買おうとしたが品切れだった。煙草そのものはあるのだが、震災でフィルムの生産が間に合わないらしい。売れ行きのよくない煙草は割を食っている。ハイライトが七、八十円の頃、ハイライトは一番人気。煙草のスターだったのだが。

ほどなく黒いスーツを着た若い男がやってきた。携帯用の小型のヘッドセットを耳に装着していた。

男が竹花と新浦を交互に見た。

「今、電話したのは俺だよ」竹花が言った。

「うちの奥宮の紹介だというお話ですが」

「疑うんだったら、電話してみたらいい」

「しましたが、繋《つな》がらないんですよ」

「俺がかけてみようか」竹花が携帯を取り出した。

「結構です。どうぞ」

男の後について路地のビルの地下に降りた。短い通路には段ボールが積み上げられていた。その向こうに、大きな木製の扉があった。防犯カメラが竹花たちの様子を見つめている。

男が携帯で店に連絡を取った。ややあって、ドアが開いた。小柄な女の手には、懐中電灯が握られていた。

「大停電になっても、この店にいたら大丈夫だな」

竹花の冗談に反応せず、女が言った。「足許、お気をつけください。段差がありますから」

真っ暗なスペースの向こうがまたドアになった。金属製のドアである。女がインターホンを鳴らした。

ドアが開いた。フロアーの中央にルーレット台が一台、それを囲むようにして、左にブラックジャック、奥にバカラの台がそれぞれ二台ずつ置かれていた。

右奥はカウンターになっている。壁は黒。以前はバーだったのかもしれない。

ルーレットのスピナーとバカラのディーラーは男。ブラックジャックの台を担当しているのは女である。

フロアーに立っている男女も含めて、従業員は、黒いパンツにチョッキを着用し、白いシャツを着ていた。

ブラックジャックに四人。ルーレットに興じているのは中年のカップル。バカラの台にはふたりの男。合わせて客は八名。客のいないブラックジャックとバカラの台が闇《やみ》に沈んでいた。ぱっとしないカジノである。もっとも、闇で営業しているのだから、派手にできないのかもしれないが。

「……ノー・モア・ベット」バカラの台からディーラーの声が聞こえた。「プレイヤー、バンカー……」

「当店にいらっしゃるのは初めてということですね」女のスタッフが訊いてきた。

「そうだ」

「カジノのご経験は？」

「あるよ」答えたのは新浦だった。「ベガスでもモンテカルロでも遊んだことがある」

店のシステムと注意事項の説明を受ける。

「……ベット……バンカー、ナチュラルエイト、ナイン、セブン……バンカー・ウイン……」

サラリーマン風の客もいれば、けばい化粧の中年女もいる。

「お飲み物、お煙草は当店持ちですので、従業員にお申し付けください」

「竹花さん、ちょっと融通してくれないか」新浦が耳元で言った。目が輝いている。

「財布、空だもんな」

「見てたんですか」

ブラックジャックをやっていた若い男が、財布から札を取り出し、チップに替えた。貧乏揺すりが激しい。かなり負けが込んでいるようだった。

竹花は財布を取り出し、万札三枚をそっと新浦の手に握らせた。

「何をやるんだ」

「俺、バカラが好きなんだ」

新浦がバカラの台に向かった。ちょうど痩せた長身の男が疲れ切った顔をして、台を離れたところだった。その席に新浦は座った。相手は、猿顔の人相の悪い男だった。

最低賭け金は五千円だった。竹花はウイスキーの水割りを飲みながら、新浦の後ろに立った。

新浦は三万円すべてをチップに替えた。相手がバンカーに賭けた。従って新浦はプレイヤーに賭けざるをえなかった。

バカラはオイチョカブに似ている。細かなルールを無視して言えば、9が最高の上がりなのだ。絵札と10、それらを足して10になる時、バカラは0と考える。一枚目のカードはディーラーが即座にオープンする。バンカーが勝つと、店側に五パーセントが入る。

バンカーはナチュラル8だった。新浦のオープンされたカードは4。5のカードが引ければ、文句なしに新浦の勝ちである。

新浦はカードを横向きにして絞るようにして少しずつ開いた。しかし、数字が見えた途端、カードをテーブルに投げた。スペードの2。合計が6或いは7だとプレイヤー側は三枚目のカードが引けない。これをスタンドという。バンカーにはそれでも三枚目を引ける場合がある。従って、普通のルールだと、バンカーに賭けた方が、若干有利なのがバカラである。しかし所詮《しょせん》はギャンブル。必ずバンカー側が勝てるとは限らない。

バーカウンターに戻った竹花は、酒のお替わりを頼み、煙草に火をつけた。

カウンターの左奥が分厚いカーテンで仕切られている。そこが換金するバンクと事務所になっているようだ。

光沢のある黒いスーツに茶のシャツを着、黒のネクタイを締めた男が座っていた。目が合った。客ではなさそうな雰囲気である。

「あんたがここの責任者？」竹花が訊いた。

男はバーテンにジンジャーエールを頼んだ。それから、竹花の方に改めて目を向けた。

「だとしたら？」鼻にかかった甲高い声だった。

「さっき電話に出たのはあんただよね。声に特徴がある。店長さん？」

「そうですが」

金に飢えている感じのしない、すっきりとした顔立ちの男だった。年格好は三十代後半。

「俺は奥宮真澄さんを捜してる。昨夜、ここに寄ったはずだが、何しにきたんだい？」

「お客さん、何者なんですか」

口調も柔らかい。

「探偵だよ」

男は、探偵と聞いてほっとした顔をした。日本の探偵が警察の協力者ではないことを如実に示している。

竹花は店長に名刺を渡した。店長は原口《はらぐち》と名乗った。

「客じゃない人には帰ってもらうことにしてるんですがね」

「友だちがプレイしてるじゃないか」竹花はグラスを口に運んだ。「原口さん、俺は奥宮真澄が行方をくらました理由を知ってる。この店には何の関係もないことだ。だから、昨日のことを俺に話してくれないか」

新浦がやってきた。「ちょっと」

竹花は席を離れた。新浦は貸してやった三万をすでにすってしまったのだった。竹花はまた三万を新浦に渡した。

新浦と話している間に、原口が姿を消した。しかし、すぐに戻ってきた。

「サヤカ、ここでは奥宮さん、サヤカと名乗ってたんですが、彼女は腕のいいディーラーでした」

「で、昨日、彼女はここに何をしにきた」

「突然、辞めると言いにきたんです。子供が事故に遇《あ》って大変だって。彼女の顔を見たら、嘘ではないと思ったんですがね」

「それだけを伝えるためにわざわざここに」

「今月の給料をすぐに支払ってほしいって言ってました。でも、それは断りました。とりあえず十万、前払いしておきましたけどね。今、考えてみると様子がおかしいって言えばおかしかったな。動揺してるみたいでした」

原口は遠い過去の話をするような調子でつぶやいた。窓もない暗い部屋に毎日、出ていると時間の感覚が麻痺《まひ》してしまうのかもしれない。

「動揺してた他に何か感じることはなかったかい？」

「別に。彼女、結構、稼いでましたからね。金に困ってるはずはないんですよ」

原口の言った通りだとしたら他にここにきた理由があったはずだ。

「で、何で奥宮さんを捜してるんですか？」

「父親が会いたがってる。それに暴力団も彼女を捜してる。俺は、彼女が暴力団の手に落ちる前に、彼女を捜し出したいんだ」

「どの組の人間が捜してるんですか？」

「今のところは分かってない。この店が親しくしてる組じゃないことだけは確かのようだけど」

「変なこと言わないでくださいよ」原口は笑みを絶やさない。「うちは暴力団とは関係を持ってません。オーナーはまっとうな人です。アメリカに住んでいた時、カジノにはまり、それが高じて、店を開いた人ですから」

「オーナーの名前を教えてもらえないか」

「それだけは勘弁してください」

「俺が警察の内通者だったら困るだろうが」

原口が短く笑った。「あり得ないですよ」

「ってことは、警察に手づるがあるってことか」

「そう言えば、奥宮さん、オーナーに会いたがってましたね」

「彼女、オーナーの連絡先を知らないのか」

「オーナー、最近、携帯を変えたんです」

「何で、彼女はオーナーに連絡を取ろうとしたんだい？」

「さあね」

「で、新しい携帯の番号を彼女に教えたのか？」

「教えてません。スタッフには教えるな、とオーナーに言われてましたから。それに今、オーナーは日本にいないんです」

「どこにいるの？」

「それも知りません」

竹花はじろりと原口を見た。「あんたが、彼女を匿ってる。あり得ないことじゃないな」

「こういうところで働いてる人間で、長続きする者はいません。奥宮さんもうちの従業員のひとりにすぎない。私は従業員のプライベートなことには関わらないことにしてます」

「彼女、どういうきっかけで、ここで働くようになったんだい？」

原口は正面に向き直り、ジンジャーエールをすすった。「新聞募集を見て、応募してきたんです」

新浦がどうしてるか、首をめぐらせた。ディーラーが男から女に代わっていた。

「プレイヤー、フェイスオープン」

女の声が聞こえた。

竹花はしばしバカラの台を見ていた。新浦が勝った。彼の前にはチップが山積みになった。チップの扱いが実に鮮やかなディーラーである。カード捌きも、先ほどの男のディーラーより上手《うま》そうだった。

竹花は顔を元に戻した。「奥宮さん、前々からディーラーをやってたのか」

「腕がよかったから、そうでしょう」

「どれぐらいここで働いてたんだい？」

「そうですね、一年、いや、もっとかな」

竹花は煙草をくわえたまま、カジノを見回した。「奥宮さんと親しかった従業員、或いは客を知ってるかい？」

「客と親しくなるのは厳しく禁じてます。ディーラーと客が組んで店を騙す場合もありますから」

「じゃ、従業員は？」

「うちはほぼ二十四時間体制で営業してます。ひとりひとり働く時間帯はまちまちだし、こういう商売ですから、お互い、素性を明らかにすることは滅多にありません。少なくとも、私は、奥宮さんが誰と親しかったか知りません」そこまで言って、原口はバーテンに視線を向けた。「ランちゃん、奥宮さんと親しかったスタッフ、知ってる？」

バーテンが首を傾げた。「さあ」

「ディーラーはどこで学んでプロになるんだい？」

「大半は、日本にある養成所ですよ」

「俺の友だちの座ってる台のディーラー、カード捌きが、前の男のディーラーよりも上手いな。それにチップの扱いもてきぱきしてる」

「ほう。竹花さん、この世界に詳しいようですね」声に感情が表れた。「確かに彼女はプロ中のプロです。シンガポールのカジノで働いてたことがあった女の子ですから」

「奥宮さんとどちらが上手だった？」

「どっこいどっこいでしょう」

竹花は煙草を消し、グラスを空けた。「奥宮さんを捜してる暴力団、必死だよ。あんたが匿っていなくても、脅しにくるかもしれない」

原口の表情が翳《かげ》った。「なぜ、そこまでして彼女を暴力団が捜してるんですか？」

「それは奥宮さんしか知らないことだよ」

そう言い残して、竹花は新浦のいる台に戻った。

新浦の前にはチップがさらに山積みになっていた。

「そろそろ帰るぞ」竹花は腰を屈めて、新浦の耳元で囁《ささや》いた。

その時、ディーラーの女と目があった。尖《とが》った目をした、愛嬌《あいきょう》のない美人である。年格好はまだ二十代に見える。

「分かった。次の勝負で終わりにする」

新浦はチップの一山を押し出した。女がカードを配った。胸にネームプレートをつけている。この店では今日子《きょうこ》という名前を使ってるらしい。

カードが配られた。新浦はプレイヤーに賭け続けていた。

プレイヤーの数は7。スタンドとなって、これ以上カードを引くことはできない。バンカーは6。プレイヤーがスタンドの場合、バンカーは6でも、もう一枚カードが引ける。シンガポールでディーラーをやっていたという女は、表情ひとつ変えずに、三枚目のカードを引いた。ダイヤのエースがめくれた。最後の勝負は引き分けだった。

新浦はバンクに行き、換金した。二十一万五千円が彼の手に入った。

竹花たちは店長に送られて、違法カジノを出た。

五

湿った蒸し暑い風が頬《ほお》を撫《な》でた。竹花は周りに視線を配りながら、元来た道を戻ってゆく。

「今夜はついてたよ」新浦の声が弾んでいた。

竹花は答えなかった。店側が、自分たちを敵に回したくないと考え、新浦を勝たせた。そんな気がしてならなかったのだ。

「助手としちゃ失格だな。俺が店長に探りを入れてる間、遊んでただけだから」

「あれも仕事のうちさ。刑事みたいにつるんで、店長に質問してたら、場の雰囲気が壊れるだろうが。で、店長と話して収穫はあったか？」

竹花は新浦の前に手を出した。「貸した金、返せ」

「ああ、そうだった」

金を受け取った竹花は、原口と話したことをかいつまんで、新浦に教えた。

「暴力団と関係がないってのは嘘だな」

「そうだろうがどの程度の関係があるかが問題だ。紀藤っていう野郎が、あのカジノに顔を出したり、店の前で待ち伏せをしなかったのには訳があるはずだ。組同士の争いになるのを避けた。そんな気が俺にはしてる」

「探偵の勘か」

「そうだ。よく外れるがな。ところで、新浦さん、俺に何をしてもらいたいんだい」

「ゆっくり話せる場所に行こう」

新浦の足取りが速くなった。表通りに出ると、次の信号を右に折れた。かつて一世を風《ふう》靡《び》したクラブ、ヴェルファーレがあった通りである。今は単なるビルに姿を変えていた。一階がコンビニになっていた。その前のビルから外国人の女が三人出てきた。外国人が集まるクラブがあるらしい。

しばらく歩くと右に武家屋敷の門のようなものが見えてきた。そこは公園である。

新浦は公園に入った。そして、ジャングルジムの近くのベンチに腰を下ろした。顔を上げると、東京ミッドタウンの建物がかすかに見えた。竹花は煙草《タバコ》に火をつけた。新浦はスキットルを取り出した。

「あんたも飲むか」

竹花は首を横に振った。

「この公園のこと知ってたかい？」新浦が訊《き》いた。

「時々、散歩のついでに寄るよ。元は郵政省の寮だった」

「そうだったな」新浦が酒を喉《のど》に流し込んだ。「本物のカジノに行きたくなったよ。俺はラスベガスのような派手派手のカジノよりもモンテカルロみたいなところにあるカジノが好きなんだ。竹花さん、行ったことある？」

「モンテカルロはないが、ドーヴィルとかアンギャンには行ったことあるよ」

「あんた、フランスに住んでたのか」

竹花は曖昧《あいまい》な笑みを口許に溜《た》めた。「そんなことはどうでもいい。それより……」

「俺を見て、どう思った？」

「会社を辞めた後、あまりいいことがなかった。そんな感じがしてますよ」

「会社をクビになってまる五年が経《た》つ」

五年前と言えば、竹花が、新浦のマンションを訪ねて二年ほど後のことだ。

「大きな失態でもしでかした？」

「いや」新浦は、こそばゆくなりそうな笑みを、不健康そうな顔一杯に広げた。「証券会社は、あなたと会った直後に辞めてね、その後知り合いの引きで、或《あ》る外食産業の会社の社長室長になったんだよ。社長がまるで馬鹿で、俺がいいつもりで進言すればするほど、俺を嫌った。一年で二階級、格下げになった。頭にきた俺は、会社の金を二千万ばかり使い込んでやった。それが発覚して、クビが飛んだってわけさ」

「こんなことを言っては悪いが、使い込みってのはもっともショボイ犯罪だな」

「あの頃の俺はちょっとおかしかったんだよ」

「俺はあんたのことを、ほとんど知らないが、証券会社のサラリーマンにしちゃ、すごいマンションに住んでるなって思ったよ。あれも不正な金で買ったものなのか」

「違うよ。うちが金持ちだったんだ。生前贈与されたから、金には困ってなかった。息子は幼稚園から超一流のところに通わせてたし、妻も好きに金を使ってた。俺も銀座なんかでよく遊んでた」

「そんなボンボンが、どうして勤め人になったんだい？」

「俺の出身は石川県の加賀地方で、代々、織物屋をやってる。爺《じい》さんが、かなりのやり手で、一財産作った。会社は兄貴が継いだから、俺はサラリーマンになった。東京に残りたかったから、ちょうどよかったんだけどね」

「使い込んだ金は返せたのか」

「兄貴が何とかしてくれた。親父《おやじ》が死んでから商売がうまくいかなくなり、今はもう兄貴も金は持ってないけどな。でもまあ、おかげで警察沙汰《ざた》にはならずにすんだ。その代わり、縁を切られたがね。金は全額返済したし、俺をその会社に紹介した人間の手前もあったから、会社は円満退社の形をとったってことだ」

新浦は、父親の財布から金をくすねるぐらいの感覚で、使い込みをやったのだろう。頭は悪くなさそうだし、出自の良さも感じられる男だが、甘やかされて育ったことで、いくつになっても幼児性が抜けない。そんな男である。

「で、会社をクビになってからどうしたんだい？」

「六十近い人間なんか、使い込みをやってなくても、雇ってくれるところなんかないよ。コンビニの店長を数ヶ月やったけど、あれはハードだな。躰《からだ》が保《も》たんよ」

竹花は苦笑する外なかった。屈強な躰の持ち主だから、躰は何とかなったはずだ。ついて行けなかったのは精神。すぐに音を上げたに違いない。

「南青山のあの立派なマンションはどうしたんだい。あれを売っただけでも、まとまった金になったろうが」

「全部、手放したさ。マンションも車も犬も」新浦はつぶやくように言って、酒を呷《あお》るように飲んだ。「妻から三行半《みくだりはん》を突き付けられてな。向こうの家柄は、うちなんか比べようもないくらい良くてね。明治の勲功で男爵になった政商の末裔《まつえい》なんだ。大手の外食産業の会社に紹介してくれたのも、かみさんの親戚《しんせき》で、当時、外務省にいた高級官僚だった。俺の悪さが発覚してすぐに、女房は息子を連れて実家に戻った。しばらくして弁護士がやってきて、離婚届に判を押せの、慰謝料がどうのこうのと言ってきた。確かに俺が家族に迷惑をかけたのは事実だ。だから、言いたいことは山ほどあったが、すべてくれてやった」

「で、文無しになった」竹花が笑った。

「笑うな。大変だったんだから」

「身から出た錆《さび》。しかたないだろうが」

「手元に残ったのはたった三、四百万だったかな。何とかそれで食いつなぎ、その間に仕事を見つけようとしたが、何をやってもうまくいかなかったよ。クレジットカードも焦げ付き、借りたマンションの家賃も払えず、夜逃げした」

「『ニウラ・カンパニー』ってのは、あれは何だい？　幽霊会社？」

「まあそんなもんだ。あそこに刷ってある住所は、不動産屋をやってる友だちのオフィスのものだよ。表札だけ出させてもらってる」

「本当は何をやってるんだい？」

「ブローカー」

「何のブローカーなんだ」

「ブローカーはブローカーさ。実体なんてないんだから、何にでも手を出してる」

「で、金になってるのかい？」

新浦は大きく首を横に振った。

「ねぐらはどこなんだ？」

「山の手ホテル」

「山の手ホテル？　山の上ホテルなら知ってるが」

「あそこの天ぷらはうまいぜ。ムッシュかまやつもそう言ってた」新浦がくすくすと笑い出した。「山手線がホテルだってことだよ」

竹花は吹き出した。「ああ、そういうことか」

「明け方まで、こういう公園とかで暇を潰《つぶ》し、始発に乗る。そして、眠るんだよ」

「そんな生活をずっと続けてるのか」

「いや、ちょっと前までは、さっき言った友だちの持ってる部屋をただで借りてたが、売りに出すことになって追いだされた。荷物は、名刺にある不動産屋の事務所に置かせてもらってる」

竹花は煙草を消した。「で、俺の助手をやる代わり、何を調べてもらいたいんだい」

「俺と組んで、金を集めようとしていたブローカーが姿を消した。そいつは或る元付けと付き合っていて、元付けって分かるか？」

「ああ。金主《きんす》を握ってる人間だろう？」

「そうだ。そこを通して、奴は三千万円のキャッシュを用意した。その金を預かった夜に、住まいの前で、バイクに乗った奴に金の入った鞄《かばん》をひったくられた。その時、そいつは女と一緒だった」

「タイミングがよすぎるな」

新浦が背もたれに躰を倒した。「その通りだ。だから、元付けは、そいつがバイクの男と共謀して芝居を打ったたって思ってる。バイクの男が俺かもしれないって疑われたこともあったよ。だが、俺は、逆に元付けが誰かにやらせたんじゃないかって考えてるんだ」

「そう考えた根拠は？」

「腕時計だよ。友人のブローカーが消えた直後、奴はフランク・ミュラーの腕時計に代えてた」

「中国辺りで売ってるバッタもんじゃないのか」

「落ちぶれても、時計にかけちゃ目利きなんだよ、俺は。あれは二百万はする時計だった。それに、姿を消したブローカーはちゃんと被害届を出してる」

「元付けは、元は何をやってた奴なんだ」

「農林省の役人。ノンキャリだったがな」

「歳《とし》は？」

「七十ぐらいだな」

「住まいは？」

「東陽町だって聞いてるが、詳しいことは知らない」

「あんたらのようなブローカーは、どこで情報交換するんだい。新宿駅とか近くの喫茶店か」

「昔はそうだったが、警察がうるさいから、東京駅に移ったよ。だけど、そこでも警察の目が厳しくなってきてな。今は品川駅の新幹線の乗り口にある待合スペース。だけど、そろそろ新しくなった上野駅に移るかもな」

「元付けの名前は？」

「榎木田修司《えのきだしゅうじ》。榎木田は一週間ほど前から俺たちの前に姿を現さなくなった。連絡が取れないんだよ。おかしいと思うだろう？」

「そいつを見つけろって言うのか」

「うーん」新浦が唸《うな》った。「それもあるが、まずは、俺と組んでたブローカーがどうなってるのかを突き止めたいんだ。元付けである榎木田は、彼が金を奪ってなかったとしても金主に対して、金を返す責任がある。だから、逃げたとも考えられるんだよ」

「だったら、榎木田が盗んだ可能性は低いじゃないか」

「そうなんだけど、そのブローカーが金を奪ったなんて考えられんよ」

「動いてる金が裏金だとしても、今時、口約束だけで金を出す奴はいないだろう」

「確かにB勘《びーかん》なんて、今は誰もやらん。よほど相手を信用してれば別だろうがな」

「口約束の取引をB勘って言うのか」

「そうだ。正確にはB勘定。探偵、やってるんだったら、それぐらいの隠語は知っておいた方がいいぜ」

「勉強になったよ。で、その男の名前は何て言うんだ」

「小杉義一《こすぎぎいち》。ともかく俺は小杉がどうなったか知りたいんだ。それに金を奪い返せたら、金をつけてくれって頼まれてる相手から、手数料が入る。今、俺が金をつけようとしている事業は、大きい。それに成功したら、俺の人生が変わる」

「成功の見込みは？」

「あるさ。絶対に成功させてみせる」

新浦は力強く答えた。庭園灯の光に輝く新浦の瞳《ひとみ》は、自分の夢の世界に入り込んでしまっているようだった。

「小杉の取引に金を出した金主が誰か、あんたは知ってるのか」

「地上げでたんまりと儲《もう》けた奴らしい。だが、この世界は何が本当で何が嘘《うそ》なのか分からん」

「金を集めてる奴は何をやろうとしているんだい。その話もガセの可能性があるんじゃないのか」

「いや、これは或る程度信用できる話だと思う」

「或る程度か」竹花が小馬鹿にしたように笑った。

「インドネシアにカリマンタンって島があるだろう」

「俺たちは英語名で、ボルネオ島と言ってる島だな？」

「あそこでの石炭の採掘権を、そいつは取得した。埋蔵量は三千万トン。しかも、鉄を作るのに使える良質の石炭なんだ。約四千キロカロリーはある」

「大きな話だが、どれぐらいの金が必要なんだ」

「五億。何人かで手分けして金主捜しをやってる」

竹花は煙草に火をつけて、ミッドタウンの方に目を向けた。

「必要な書類はそろってる」

「それだって本物かどうか分からんのじゃないのか。あんたらの世界は、中国やタイの路上で売ってる時計と同じ、バッタもんばかりだろう？」

新浦が肩を揺すって笑った。「確かに。だが、そいつは政府高官とパイプを持ってる。元大手銀行の行員でね、外大でインドネシア語を学び、ジャカルタ支店長も務めた男なんだ。名前は根来寛次《ねごろかんじ》だ」

「経歴は立派だが、だからと言って、信用できるとは限らんだろう」

「まあね。だけど、あんたに頼みたいことは、そいつのことじゃない。小杉義一のことだ」

「どうして、それほど、小杉に拘《こだわ》るんだい？」

「俺が会社をクビになった時、奴が真っ先に俺の面倒をみてくれた。小杉は高校の時のふたつ年下で、幼なじみでもあるんだ」

「前は何をやってたんだい？」

「裁判所の書記官」

「いろんな経歴の人間がいるんだな」

「元マルボウもいれば元ヤクザもいる。タクシー運転手の商売に似てるよ。あの仕事も東大出もいれば、会社の元重役もいるし、元教師もいるからな。年金じゃ食えないからって、うまい話を探してる奴もいる」

「タクシー運転手はまっとうな仕事だよ。ブローカーなんかやらずに、タクシー運転手になればよかったのに」

「タクシー運転手って仕事には夢がない」

「夢を持とう。自分を信じれば必ず、夢は叶《かな》えられる。故郷に錦《にしき》を飾った金メダリストが、子供たちによくそんなことを言ってるよな。だけど、夢が叶わなかった人間の方が圧倒的に多いぜ」

「今度の仕事がうまくいったら、俺は採掘権を得た会社の役員になる予定なんだよ。俺だって、いつまでも駅ナカブローカーをやってるわけにはいかんからな」

竹花は呆《あき》れて物も言えなかった。

「小杉義一には家族はいるのか」

「女房とふたりの子供がいたが、今は離婚してひとりだ。俺は、元の女房に会いにいったが、彼女は何も知らないよ」

「小杉は何で書記官を辞めたんだい？　痴漢でもやったのか」

「株が好きな男で、そっちで借金を作り、夜逃げしたんだ」

「奴の住まいは分かってるのか」

「世田谷区梅丘だ」

「いつから行方不明なんだ」

「はっきりはしてないが、先月の終わり頃にはいなくなってた」

「部屋を調べてみたいな」

「あんた、ピッキングできるか」

竹花がにっと笑った。「簡単な鍵《かぎ》ならね」

「奴の住まいは古いモルタルのアパートだ。ややこしい鍵はついてないと思う。明日、早速、一緒に行ってみよう」

「俺は違法行為はやらないんだよ」竹花がさらりと言ってのけた。

「駐車違反なんかしたことがありませんって言うぐらい嘘くさい」

「俺の財産は信用なんだ。同時に二件の依頼をこなすのも無理かもな」

「だから、中里の依頼に関しては俺が手足になるって言ってるだろうが。あんたが俺のために動き回ってる時に、俺は中里の娘と孫の件の方を引き受ける。何でも言ってくれ。身を粉にして働く。必ず、あのふたりは見つかる」

予言者のような口ぶりに、竹花はもう笑う気にもなれなかった。

「身を粉にして働くか。使い込みをやる前に、そう思えればよかったのにな」

新浦がむっとした顔で、竹花を睨《にら》んだ。「もう過去の話はするな」

「ともかく、明日、行方不明のブローカーのアパートに連れていけ」

「分かった」

「ところで、あんた、あの女の子供が拉致《らち》されようとしてた時、あそこで何をしてたんだい？」

新浦が立ち上がり、ジャングルジムに上った。そして、スキットルの酒を飲み始めた。

銀製のスキットルに、庭園灯の光が鈍く跳ねている。

「別れた犬と息子と女房があの近くのマンションに住んでる。俺は時々、部屋の灯《あか》りを見にいくんだ」

「会ってもらえないのか」

「訪ねていったことはないよ。どうせ嫌な思いをさせられるだけだから。自業自得だけどな」

「〝犬と息子と女房〟。あんたが会いたい順番かい？」

「違うよ。俺に会ってくれる順番さ。現実は息子と女房は密着してるから、俺に会って喜んでくれるのは犬かな。でも……」新浦は酒を喉に流し込んだ。「犬はもう死んじまったかもしれない」

「俺があんたのマンションを訪ねた時、コリー犬がいたな」

「記憶力がいいなあ。あれだよ」

「当時、いくつだったんだい」

「六歳」

「じゃ、死んでるかもな。寿命は十年ぐらいだろうが」

「いや。あいつは長生きだよ。十二、三歳まで生きそうな気がする」

死んでいるかもしれないと言った、その舌の根が乾かないうちに、真逆のことを口にする。竹花は苦笑する外なかった。

六〇年代の初め、名犬ラッシーというテレビ映画が流行《はや》った。そのおかげで、コリーが一世を風靡した。新浦は、子供の頃の愉《たの》しい思い出が忘れられずに、コリーを飼ったのかもしれない。

新浦の妻が、浮気をしていたことを竹花は知っている。路上に曖昧な影を落として、ジャングルジムのてっぺんで酒を飲んでいる新浦を見て、竹花は深いため息をもらした。

新浦が背伸びをして、公園の脇の路地をじっと見つめていた。竹花もそちらに目をやったが、樹木が邪魔して何も見えなかった。

新浦がジャングルジムから降りてきた。「おい、さっきのディーラーの女がバーに入っていったぞ」

「確かか？」

「間違いない」

今日子と名乗っているディーラーから真澄について話が聞けるかもしれない。

女ディーラーは誰かと会うのか。それとも、仕事帰りにひとりで一杯やってるのか。竹花はバーに入るべきか、このまま待機して、バーから出てきた彼女に話しかけるべきか迷った。

「助手の手柄だろう」新浦が薄く笑った。

竹花は公園を出て、路上に立った。

「あのバーだ。木の扉の」

ネオンはなく、サソリを象《かたど》った木製の看板がぶらさがっていた。屋号は『スコーピオン』だった。

ガラス張りの部分があった。竹花はガラスに顔をつけて中を覗《のぞ》いた。ジェームス・ブラウンのヒットナンバーがかすかに聞こえてきた。

女ディーラーがひとりでカウンターで飲んでいた。

話してみるか。

竹花は木製の扉を引いた。建て付けが悪いせいで、スムーズには開かなかった。

「いらっしゃいませ」

長い髪を後ろで結わえた顎鬚《あごひげ》のバーテンが挨拶《あいさつ》をした。

女はカウンターの中央の席で飲んでいた。スツールの数は七つ。L字型のカウンターの他には、ボックス席がひとつあるだけの狭い店である。壁には額縁に入れられたレコードジャケットが飾られている。ローリング・ストーンズのものもあれば、ツェッペリンのものもあった。

竹花は、女から一席空けて腰を下ろした。竹花の左隣に新浦が座った。

女は竹花たちを見ても、顔色ひとつ変えなかった。

「やあ、また会いましたね」竹花が声をかけた。

「………」

「先ほどはお世話になりました」新浦が優しい口調で言った。

「私の後を尾《つ》けてきたんですか？」

「まさか。そんなことする必要、俺たちにはないよ」竹花は煙草に火をつけた。

新浦は、棚に並んだボトルを見つめ、「たまには、コニャックを飲みたくなったな。オタール・ＸＯ・クリスタル・デキャンターはないかな」

一時は十万円したコニャックである。

「申し訳ありません」バーテンが困った顔をした。「ヘネシーのスリー・スターならありますが」

「じゃいいよ。バランタインの十七年ものをストレートで」

竹花も同じものにした。

「何を飲んでるの？」竹花が女に訊いた。

「話しかけないで。外でお客さんと会うの、禁じられてますから」

「俺たちは客じゃない」

「真澄さんを捜してるんですってね」

今日子は、彼女の本名を知っていた。どの程度か分からないが、個人的な付き合いがあるらしい。

「ヤクザが彼女を捜してる。俺は、奴らが彼女を見つけ出す前に保護したいんだ。彼女の別れた旦那《だんな》が絡んでるらしい。彼女と連絡が取れるんだったら伝えてください。彼女の父親が、彼女と孫のためになら何でもするって言ってるって」

小さなグラスに残っていた酒を、女は飲み干した。そして、同じものを頼んだ。

マスターらしいバーテンが手にしたボトルはテキーラだった。

「お酒、強いんだな。俺も次は久しぶりにテキーラにするか」新浦が言った。

「それ以上、飲むなよ。ぶっ倒れても介抱しないぜ」

新浦は竹花の言葉を無視して、まだウイスキーを飲み干していないのに、テキーラを頼んだ。

「今日子さんでしたね。真澄さんから、昨夜、何があったか聞いてないですか？」

「襲われた話は電話で聞いたわ」

「じゃ、俺たちが助けたことも知ってるんでしょう？」

「麻布十番に事務所のある探偵と、もうひとり、通りかかった人に助けられたんですってね」

竹花は名刺を取り出すと、女の前に置いた。

女は名刺に目もくれず、バッグからシガリロを取り出し、火をつけた。

「俺たちは彼女の味方です。あなたもそうだったら知ってることを話してくれませんか。襲われた後、彼女はあなたの働いてる場所に行っている」

竹花は、カジノという言葉を口にしなかった。バーテンが、彼女の勤め口を知らない可能性もあるのだから。

「昨日は、私、あそこにいなかった。早番だったから」

「それで電話があった？」

「そうよ」

「泊めてほしいと頼まれたんでしょう？」

女は首を横に振った。「店を辞めた。近いうちに連絡するって言ってきただけ」

「あなたの他に、彼女と息子を匿《かくま》ってくれそうな人を知らないかな」

「知りません」

「あの店の経営者は？」

女は鼻で笑った。「社長が真澄さんを助けることはないわ」

「どうしてそうはっきり言えるの？」

女の頰が皮肉めいた色にそまった。「社長、真澄さんを口説いたけど、相手にされなかったから」

「だったら、今回のことで弱味につけこんで、もう一度、言い寄るってこともあるじゃないか」竹花はにっと微笑《ほほえ》んだ。

「社長、今は他の女に夢中だから、彼女の面倒なんか見ないと思う」

「真澄さんの旦那は、どこの……」そこまで言って、竹花はグラスを口に運びながらバーテンの方に目を向けた。

「マスターのことなら気にしなくていいですよ。彼、私の兄なんです」

「じゃ、あなたが何をしてるかも知ってるんですね」

女が小さくうなずいた。

マスターが名乗った。辰野勝彦《たつのかつひこ》という。

「遙香《はるか》は腕がいいらしいです」

今日子の本名は遙香というらしい。

「真澄さんの息子の親権は、父親にあるみたいだね」竹花が話を戻した。

「そうよ。真澄さんが勝手に連れてきてしまったの」

「連れてきてしまったってどこから？」

遙香が兄に目を向けた。

「教えてあげてもいいじゃない。真澄さんを救ってくれた人なんだから」

「でも……」

「俺が、なぜ真澄さんの一家に関《かか》わったか、ちゃんと説明しましょう」

竹花は中里に呼び出された時のことから詳しく教えた。

「あなたがちゃんとした探偵だってことは分かった。でも、真澄さん、親父さんの世話にはなりたくないみたい」

「真澄さんを発見しても、すぐさま、依頼人に会わせることはしません。話し合いの場を設けようとするかもしれませんが」

遙香はシガリロを灰皿に置いた。「真澄さん、アメリカで結婚したの。相手は日系アメリカ人よ」

「なるほど」竹花は深々とうなずいた。「アメリカで結婚し、向こうで離婚した。生まれた子供の親権はアメリカ人にある。そういうことですね」

「真澄さん、絶対に子供を父親に渡したくなかったから、子供を連れて、日本に戻ったの」

竹花が短く笑った。「旦那はアメリカの暴力団、つまり、マフィア？　さもなくばその関係者だね。じゃないと、日本の暴力団が、あそこまで肩入れすることはないもんな」

「結婚した当初、彼女、彼の本当の仕事を知らなかったのよ。車のディーラーだって思ってたら、マフィアだった」

「それが原因で離婚したの？」

「それもあったけど、殴られて骨折したことがあったんですって。だから、そんな男に我が子を預けるなんてできなかったのよ。私、結婚もしてないし子供もいないけど、女だから真澄さんの気持ち、よく分かる。暴力夫のところに子供をおいておけない。私が同じ立場でも、同じことをしたでしょうね」遙香が真剣な目で竹花を見つめた。「彼女のこと、夫から守ってやってくれます？」

「むろんだよ。遙香さん、本当に彼女が今、どこにいるのか知らないんだね」

「あれっきり電話もないし、こちらからかけても出ないんです。メールを打っても同じ」

「相当、警戒してるね」

「当然だよ。相手はこっちの暴力団と繋《つな》がりを持ってる。何をしでかすか分からないもんな」新浦が口をはさんだ。かなり呂律《ろれつ》が回らなくなっていた。「息子のため、躰を張る。俺もそうしてやりたかった」

「君も綺麗《きれい》だが、真澄さんも別嬪《べっぴん》だな。客で親しかった人間、或《ある》いは、彼女を口説いてた人間が、社長の他にもいたんじゃないのか」

「真澄さん、モテたよ。でも、絶対にお客さんには助けを求めてないと思う。こんなことを私が言うのも変だけど、ギャンブルにはまる男、私、大嫌いなの。真澄さんもそう言ってた」

新浦が力なく咳《せ》き込んだ。「じゃ俺なんか相手にされないな」

「クラブのホステスと同じだな」竹花が言った。

「え？」

「クラブ通いなんかする男とは結婚したくないっていうホステスがいるからだよ」

遙香が声にして笑った。

「女の武器さえ使えば、見ず知らずの男でも、彼女を一時、匿うってこともあるだろうが、コブ付きだとね」竹花がつぶやくように言った。

「真澄さん、女の武器を使うような人じゃありません」

「俺もそう思う。一回しか会ったことないけど、俺には分かる」新浦が言った。

新浦の思い込みを無視して、竹花が続けた。

「だとしたら、知り合いが匿ってるとしか思えない。ホテルに滞在しているとも考えられるが、いくら安いホテルでも金が続かないだろう」

「真澄さん、しっかり貯金してたからお金の心配はないはずだけど」

「彼女のことを慕ってる大学生がいたじゃない。ここに一度連れてきてた」勝彦が口をはさんだ。

「ああ、あの子ね」遙香は大きくうなずいてから、今度は首を傾《かし》げた。「でも、大学生に、彼女たちを匿えるわけないよ」

「そうかな。彼、真澄さんのこと相当好いてる感じがしてたよ。彼女のためなら何でもやるんじゃないかな」

竹花は勝彦に目を向けた。「名前を覚えてます？」

「タッちゃんって呼んでましたけど」

「北見《きたみ》達也《たつや》。真澄さん、家が近所だって言ってた」

「どこの大学？」

「白金にあるC大学の仏文科の学生よ」

「ひとり暮らしかな？」

「そうよ」

だったら、彼のところに転がり込んでいる可能性もある。

「正確な住所は分からない？」

ふたりとも首を横に振った。

「溜池《ためいけ》の、Ｊコンビニでバイトしてるはずよ」

「時間帯は？」

「そこまでは」

「当たってみる必要があるな」竹花は新浦に視線を向けた。

新浦は、アルコールに溶け出してしまったような虚《うつ》ろな眼差《まなざ》しを酒棚に向けていた。

竹花は遙香に目を戻し、軽く肩をすくめた。

それまでとは違って、静かな曲が店内に流れ始めた。遙香がレコードに合わせて歌い出した。

Take me to the magic of the moment 〈魔法の瞬間へと導いてくれ〉
On a glory night 〈栄光の夜に〉
Where the children of tomorrow dream away 〈未来の子供達が夢を見続けるんだ〉
in the wind of change 〈変わり行く社会の風に吹かれながら〉

SCORPIONS/Wind of Change
(~from Acoustica)
オリジナル：CRAZY WORLDに収録
Lyrics/Music：KLAUS MEINE
対訳：和仁りか

竹花は初めて聴く曲だった。新浦が顔を上げた。そして、遙香と一緒にハミングを始めた。

「スコーピオンズというドイツのヘビメタバンドの曲です」勝彦が竹花に説明した。

「『Wind of Change』って曲だよ」ハミングを止めた新浦が勝彦の言葉を受けた。「ベルリンの壁が崩壊した後に作られたんだ。何度聞いてもいい曲だ」

「ロシアじゃ、一時、ディスコでのチークタイムには必ずかかった曲だそうですよ」と勝彦。

サビの部分がよく聴き取れた。

「俺にも変革の風が吹いてほしいもんだよ」新浦はそうつぶやいて、グラスを空けた。

ドアが開いた。竹花を見て、にやりと笑っているのは紀藤だった。ふたりの若造を従えていた。竹花の事務所に勝手に入り込んだ時に連れていた若造たちだった。

六

ひとりの若造がブラインドを下ろした。

「表の電気を消せ」紀藤が勝彦に言った。

「ここは俺の店です。勝手な真似《まね》はさせない」勝彦はちっとも動揺することもなく、紀藤を睨んだ。

「まあ、そうカリカリくるなよ」紀藤が遙香の右隣のスツールに腰を下ろし、触れ合わんばかりに彼女に肩を寄せた。

「紀藤さん、俺に用があるんだろう？」竹花が言った。

「お前はおまけだ」

「グリコのおまけは素晴らしかったな」新浦がそう言って、くくっと笑った。

紀藤は遙香の後を尾けてきたのか。そうとは限らない。どこからか真澄と遙香の仲がいいこと、遙香の兄が、バーを開いていることを突き止め、やってきたのかもしれない。

「遙香っていうのが本名なんだってな。遙香さん、あんたが奥宮真澄を匿ってんだろう？」

「だったら何だっていうのよ」遙香がシガリロをくわえた。

紀藤は掌《てのひら》でシガリロを叩《たた》き落とした。竹花が素早く立ち上がった。ふたりの若造が竹花を取り囲んだ。

「お嬢さんは何も知らんよ」竹花が言った。

「携帯を見せてもらおうか」紀藤が竹花を無視して遙香に言った。

竹花が若造ふたりを突き飛ばし、紀藤の襟首に手をかけ、引いた。紀藤はスツールごと、床に転がった。竹花の腰に蹴《け》りが入った。勝彦が、カウンターに飛び乗り、竹花を蹴った若造に飛びかかる。新浦がもうひとりの若造の首に腕をかけた。首投げが見事に決まった。しかし、飲み過ぎのせいだろう、新浦自身も床に転がってしまった。

「携帯が見たいんだったら見せるよ」

遙香がヒステリックな声でわめいて、転がっていた紀藤の胸に携帯を投げつけた。

「もういい。静かにしろ」紀藤があえぎながら言った。

その一言で動きを止めたのは紀藤の舎弟たちだけではなかった。竹花の躰からも力が抜けた。新浦も同じような感じである。勝彦の振り下ろそうとしていた右腕が、一時停止ボタンを押した時のように止まっていた。

躰を起こした紀藤が、カウンターに肘《ひじ》をついて、遙香の携帯を開いた。

「お前、真澄に連絡を取ってるじゃねえか」

「メールを見てよ。〝どこにいるの？　連絡ちょうだい〟って打ってるでしょう？」

「メールってどうやって見るんだい？　俺はメールは使わないんだよ、何かあった時、証拠になるからな」

「貸してよ」遙香がメールを開き、紀藤に見せた。

紀藤が内容を読んでいる。

「女の子ともメールしないのか」新浦が言った。

「うるせえ。黙ってろ」

「どうせ機械音痴なんでしょう？」遙香が鼻で笑った。

メールを読み終わった紀藤が、携帯をカウンターに置いた。当てが外れた。紀藤の顔にはそう書いてあった。

勝彦がカウンターの中に戻った。オーディオを操作した。再び、『Wind of Change』が店内に流れた。心地いいスローな曲を聴きながら竹花は煙草に火をつけた。勝彦はカウンターを布巾《ふきん》で拭《ふ》いている。

「悪かったな」紀藤ががらりと調子を変えて、遙香に謝った。「あんたがどれだけ事情を知ってるのか分からねえが、あの女は子供を誘拐したんだ。誘拐されたから取り戻そうとしてる。誤解しないでくれよな」

遙香はシガリロを取り出した。だが、火をつけず、細くて長い指で弄《もてあそ》んでいる。

「な、あんた、あの女を匿いそうな人間を知らないか」

「知らないよ」

「あんた、あの女の親友じゃねえのか」

遙香がまじまじと紀藤を見て、肩をゆらして笑った。「私に親友なんて呼べる人間はひとりもいないよ。真澄とは気が合った。だけど、お互い、深入りしないようにして付き合ってる」

竹花は黙って、ふたりの会話を聞いていた。遙香の言ったことは半ば本当で半ば嘘だろう。

紀藤の携帯が鳴った。表示された名前を見て、彼は店を出た。

「酔いが冷めた。もう一杯」新浦が言った。

「もう止めろ」竹花が注意した。

「飲まずにいられるか」新浦はつぶやくように言った。

竹花は勝彦を見て、小さくうなずいた。

「遙香さん、シガリロをもらえないかな」

遙香は箱ごと、新浦に渡した。「全部、あげるよ」

「それは助かる」

新浦がシガリロに火をつけ、テキーラを口に運んだ。

紀藤が、俯《うつむ》き加減に店に入ってきた。そして、猪首《いくび》を伸ばして竹花を見つめた。

「お前、なぜここにいる。やっぱり、金にしようって思ってんだな」

「さっき、あんたから話を聞いたら、カジノに行きたくなってな」竹花は遙香を見た。

「そこで、彼女に会ったんだ」

「会ってすぐに意気投合したって言うのかい」

紀藤は、馬鹿を言うなという顔をして、薄く笑った。

「ここで彼女と会ったのは偶然。カジノじゃ一言も口をきいてない。彼女に会ったら、あの女のことを思い出し、話題にはしてたけどね」

遙香はまた曲に合わせてハミングをし始めた。

「よく真澄の働いてたカジノを見つけられたな」

「俺は探偵だよ」

紀藤が新浦に目を向けた。「こいつは誰だ」

「依頼人だよ」

竹花は咄嗟《とっさ》に答えた。紀藤は、助っ人《すけと》の顔も名前も知らない。目の前の酔っ払いが、助っ人だと分かると、余計な面倒をかかえることになる。

「そういう間柄には見えんがな」

「昔からの知り合いだ。あの頃はこんな飲み方はしてなかったけど」

「こいつはお前に何を頼んだんだ」

「依頼内容は話せない」

「真澄の一件と関係あるまいな」

「紀藤さんよ、あんたの知り合いに、駅中なんかに溜《た》まってる、うだつの上がらないブローカーはいないか」

「駅中に溜まってるブローカー？　そんなクズ共と俺が付き合うわけねえだろう。俺は付き合う奴を選んできたからな」

「〝なるほど。それでここまでえらくなれたってわけか〟」

紀藤は眉《まゆ》をひそめた。「嫌味な野郎だな」

竹花が言った言葉は、或る小説の中に出てくる台詞《せりふ》だった。

「で、クズのブローカーがどうしたんだい？」

「彼の依頼は、そういうことに関係があるってことさ」

「竹花、ちょっと顔、貸してくれねえか」

「どこに行く」

「いいから来い。お前にとって悪い話じゃねえよ」

「金になる話か」

「お前次第だ」

「紀藤さん、質問していいかい」

「何だい？」

「あのカジノと親しい暴力団は、貝地組《かいじ》かい？」

竹花は関東では名の知れた組の名前を口にしてみた。その組は、昔よりも勢力をなくし、大阪の指定暴力団と手を結んでいる。

この一帯を牛耳っているのは、他の暴力団である。紀藤が貝地組の人間でないのははっきりしているから、わざとそう訊いて反応を見たのだった。

「さあな」紀藤の目は笑っていなかった。

「あのカジノに手を出さないのは、なぜだい？」

「つまんねえことをぐじゃぐじゃ言ってねえで、早くこい」

「あんたが個人的に、請け負っていて、組は知らない。そういうことか」

紀藤がいきり立った。「そんな馬鹿な真似はしねえよ」

暴力団の抗争の図式も、警察の暴力団に対する締め付けが厳しくなったものだから、かなり変わってきている。あからさまな抗争は避け、或るところでは手を握り、或るところでは小競り合いをやる、というのが今の状態だろう。

貝地組と繋がっているカジノで、問題を起こすようなことはせず、紀藤のような下っ端を使って、関係を持っている日系人マフィアの頼みを聞き入れた組があったということだろう。おそらく、紀藤を使っている上部団体は、真澄や遙香の情報を、貝地組を通し、オーナー或いは店長から得たのかもしれない。

「早く来い」紀藤がいらついた。

「ここの飲み代はすべてお前が払え。そしたら付き合ってやる」

「調子ん乗るじゃねえ」紀藤がすごんだ。

「そろそろ引き上げますよ」竹花は紀藤を無視して新浦の肩に手を載せた。

「払うよ。いくらだ」

勝彦が計算した。大した金額ではなかった。

竹花は立ち上がり、紀藤の隣に立った。紀藤が財布から札を出し、札を数え始めた。それを竹花が素早く奪って、勝彦に渡した。

「お前」紀藤が竹花の首を締め上げた。

若造たちが、竹花に詰め寄った。

「迷惑料だろうが。人を選んで付き合ってきた昔カタギの極道なら、それぐらいできなきゃな」やっと声になった。

紀藤は竹花の首をさらに締め上げた。竹花は我慢し、笑みを絶やさない。

紀藤が竹花の躰をぐいと押しやった。危うく尻餅《しりもち》をつきそうになったが、何とか耐えた。

「行くぞ」

「ちょっと待て。俺の依頼はどうなるんだ」新浦が不機嫌そうな声で言った。

「明日から始める。飲み過ぎるなよ」

竹花は遙香と勝彦に軽く手を上げ、店を出た。絞められた首が痛かった。

茶色いカムリが公園の脇に停《と》まっていた。小柄な、口に締まりのない若造がハンドルを握った。

カムリが走り出した。

「ところで、この間、お前と一緒に奥宮親子を助けた男だがな、あれから連絡はないのか」

「ないよ」竹花は目の端で紀藤を見た。

紀藤はねめるように竹花を見たが、それ以上、新浦のことには触れなかった。

竹花は煙草に火をつけ、窓の外を眺めていた。

着いた先は溜池近くにあるシティホテルだった。

「俺たちはここで消える」紀藤が言った。

「相手は一二〇一号室でお前を待ってる」

竹花が車から降りると、カムリは走り去った。

ホールはがらんとしていた。奥のエレベーターに乗り、十二階に上がった。

一二〇一号室の呼び鈴を鳴らした。ややあってドアが開いた。竹花を待っていたのは、銀色の部屋着をまとった男だった。口に葉巻をくわえていた。色黒で、つるりとした肌の持ち主。東洋人である。しかし、どことなく外国人のニオイがする。小柄で、たっぷりとついた頬肉が、顔の中心に向かって寄っていた。ボクシングのスパーリングの際につけるガードを嵌《は》めているような感じである。肩の筋肉は盛り上がり、グレコローマンスタイルの選手のような躰つきだ。

真澄の別れた夫のような気がした。

「どうぞ」男は静かに言って、竹花を中に通した。

スイートルームだった。それほど広くはないが、窓に沿って細い廊下があり、その向こうが寝室になっているらしい。窓にカーテンは引かれていなかった。東京タワーもヒルズも一望できた。

「お座りください」

よく聞くと、普通の日本人とは微妙に違うアクセントのある日本語だった。しかし、日本生まれの日本人だと押し通しても通じるだろう。

竹花はソファーに腰を下ろした。テーブルの上には、白ワインのボトルと飲みさしのグラスが置いてあった。

「私は、ジョージ・マツイ。正確に言うと、ジョージ・イチロー・マツイ」男は濃い眉をゆるめて笑った。「何か飲みますか？」

「結構」

「葉巻は？」

竹花は首を横に振った。

「じゃ、私だけ失礼して」男はグラスにワインを注《つ》ぎ足した。

「渾名《あだな》はベーブ。ベーブ・ルースに似てるって昔から言われてきたんです。ミスター・竹花も私のことをベーブと呼んでください」

竹花はベーブ・ルースの顔と体型をおぼろげながらに覚えていたが、はっきりとは知らない。だから答えようがなかった。

「野球には興味がない？」ベーブが訊いた。

「ベーブ・ルースね。あなたは、野球選手というよりも、アマチュア・レスリングの元選手みたいに見えますよ」

「そう言われたのは初めてです。ベーブだけじゃなく、イチローと松井のおかげで、私の名前を覚えてくれる日本人が増えました。そのことに関しては、親に感謝しなきゃならない」

「日本のプロ野球を観《み》にきたんですか？」

「私は、あなたが無駄に助けた女の夫です」

「元夫でしょう？」

「ええ。でも、健太の父親です」

「親権問題がからんでいることは紀藤から聞いたよ」

ベーブは、真澄との間に起こったことを話し始めた。すでに聞いていることだったが、竹花は口をはさむことはしなかった。

「分かりますか？　真澄は、不法に私の息子を日本に連れ帰ったんです。しかし、法的措置を日本で取ることはできない」

「で、無理矢理連れ去ろうとした」

「私は一刻も早く、健太をアメリカに連れ戻したい。目には目を、ですよ」

「紀藤のいる組とは取引があるんですね」

ベーブは、唇をへの字に歪《ゆが》め、大きく両手を開いた。「紀藤さんの組は川崎にあるんです」

「それが何か？」

「私、メリーランド州、ボルチモアに住んでます。ボルチモアはご存じですね」

「ワシントンＤＣの少し上、オリオールズの本拠地だね」

「よくご存じで。嬉《うれ》しいですね。ベーブ・ルースの出身地でもあるんですよ」

「それは知らなかった」

「ボルチモアは川崎と姉妹都市を結んでる。紀藤さんの組とは縁があるんですよ」

「俺はボルチモアにもベーブ・ルースにも興味はない。早く用件を言えよ」

ベーブの顔から笑みがさっと消えた。隣にバットがあったら、竹花の頭を叩きそうな目付きだった。

「真澄の行方を捜し出してくれ」

「姉妹都市の連中がやってるだろうが」

「あいつらには調査は無理だ」

「俺にもできない。雲をつかむような話だから」

「雲をつかむ?」ベーブが訊き返した。

意味が分からなかったらしい。

「ともかく、手がかりがまるでない。だから、捜しようがない」

「真澄の父親は中里といって、元ソウカイ……」ベーブが言葉を詰まらせた。

「総会屋?」

「そう」ベーブに笑みが戻った。「強請《ゆす》り屋の一種らしいが、私には理解できない仕事でね。アメリカにはそういう組織はないですから」

「それで、彼女の父親がどう関係してるんだ」

「今、真澄がどこにいるかは知らないが、父親にコンタクトを取ったようなんです」

「なぜ分かったんです?」

「昨日、中里は、元警察官に電話をし、孫の拉致未遂事件のことで、警察がどんな動きをしているか探ってほしいと頼んだそうです。真澄が父親に援助を求めたんでしょう。そこで、あなたに中里の監視と尾行を依頼したい。紀藤たちが動くと、中里にばれる可能性があります。金はいくらでも払いますよ」

「事情は理解したが、あなたが紀藤たちにやらせたことは、日本国内では違法行為。俺は法律を守る探偵でね。他の探偵社に頼んでくれ」

「ああいうことはもうしない。場所を作って話し合いをする。私は、健太を本気で取り戻したいんだ。私はあの子を立派な男にしたい。分かりますか？」

「日系マフィアの二代目を作りたいわけか」

「まさか。私の家は、爺さんの代に、アメリカに渡った。爺さんは盗人《ぬすっと》で、親父はマフィアの運転手だった」

「悪党も三代続けば立派なもんだ」

ベーブが鼻で笑った。「ミスター・竹花、日本は平和でいいですね。あなたみたいなことを、私の組織の人間に言ったら、半身不随になるか死んでます」

「英語が下手でよかった。ともかく、俺は他の仕事も抱えてるし、あんたの役には立てない」

「駄目ですか？」

竹花は首を横に振った。

「私を敵に回したいんですか？」

「俺はあんたらの親権問題に関わる気はない。それだけです。でも、あんたの気持ちは理解できますよ」

「日本がハーグ条約に加盟していないから、こんなことになるんです」

ハーグ条約とは簡単に言えば、親権や養育権のある親から、もう一方の親が勝手に子供を国外に連れ出した場合、子供を奪われた親が返還を申し立て、それが通れば、子供を元に戻さなければならない条約である。今のところ日本はこの条約に加盟していない。

「加盟運動をやってる団体があるそうですよ。調べてお教えしましょうか?」

ベーブが口を閉じたまま、途切れ途切れに笑った。

「私は、あなたが気に入った。もう一度だけ言います。私の依頼、受けてもらえませんか」

「残念ながらノーです」

「じゃ、知り合いの探偵事務所に紹介してもらえませんか」

「ライバルとは付き合わないことにしてるんだ。悪いな」

竹花は笑みを残して、腰を上げた。

「私の敵になるようなことはないですよね」ベーブは低い声で言った。

「俺は母親の気持ちも分かる。俺が言えることはそれだけ」竹花はにっと笑ってドアに向かった。

その時、床が横揺れを始めた。地震である。横揺れはかなり長く続いた。

ベーブは顔を真っ青にして、その場にうずくまっていた。

「地震の経験はないのかい?」

揺れが収まった時、竹花が笑いながら訊いた。

「ボルチモアでも地震は起こる。近くには原発だってあるよ。だけど、こんな揺れを経験したことはない」

「昔、フランスの人気歌手、シルヴィー・ヴァルタンが、東京の高層ホテルに泊まってる時に地震が起こった。彼女、パニックを起こして、コンサートを中止して帰ると言い出したそうだ。あんたも早く日本を脱出した方がいい」

何も言わないベーブをその場に残し、竹花は部屋を後にした。

ホテルを出ると、溜池の方に歩を進めた。周囲の警戒を怠らなかった。紀藤の仲間が自分を監視しているかもしれない。

Jコンビニが溜池のどの辺りにあるかは分からない。コンビニは今やどこにでもある。いつからこんなに増えたのだろうか。歯医者も弁護士も増えている。歯医者には、実践なしで免許を得ている者もいるし、弁護士には訴状を読む力もなく、大学の応援部にでも体験入部した方がよさそうな声の小さな奴もいる。歯医者も弁護士も地盤沈下が甚だしいということだ。だが、コンビニにはそういう落胆を客にあたえるところはない。しかし、コンビニがこれ以上増えたら食傷しそうである。

Jコンビニは、虎ノ門《とらもん》寄りにあった。竹花はアイポッドをポケットから取り出し、イアホンを耳にはめた。それからコンビニに入った。「いらっしゃいませ」という声が聞こえた。ファストフード店の従業員の挨拶は、ATMの機械がしゃべるよりもそっけないが、コンビニではそういう経験をしたことがない。籠《かご》を手にして、人気のないコンビニを動き回り、ミネラルウォーター、缶ビール、ロールパンを買った。レジには女の従業員がひとりしかいなかった。男の従業員はヨーグルト売り場の前にしゃがんでいた。

「トイレットペーパーはどこにありますか？」竹花が男の従業員に訊いた。

躰を起こすと、男はトイレットペーパーの置いてあるところまで案内してくれた。ネームプレートには北見と書かれてあった。さらにコンビニをうろつきながら、アイポッドをいじる。そのアイポッドにはビデオ機能がついている。聞いていた音楽を変える振りをして、北見をビデオに収めた。

タクシーで事務所に戻ると、すぐに撮ったビデオをパソコンに落とした。そして、静止画像を何枚か作って、プリントアウトした。

作業を終えると缶ビールを手にして寝室に入った。

新浦のことを考えた。今夜、始発まで、あの公園を仮の宿とするのだろうか。

同情はしていない。しかし、新浦のことが気になるのだった。彼がまともだった頃の生活振りを垣間《かいま》見ているものだから、その落ちぶれようが滑稽《こっけい》で、余興を見ているような気分にさえなる。まるで三十階からノンストップで一階まで、エレベーターで下りたようなものだ。だが、新浦に悲壮感はまったくない。幼児性と誇大妄想が手を結んで、ユニークな人間を作り出したのだろう。市民社会をまっとうに生きている人間から見たら、蔑《さげす》みの対象でしかないだろうが、敗残者のくせに高貴なニオイを発しているところが竹花には面白いのだった。

七

クーラーを消していた方が、眠りは深い。ただ起きた時、躰もシーツも汗みどろである。飲み過ぎたせいだろう、躰は重く、軽く頭痛がした。クーラーを入れ、冷気を浴びながら、首や肩をぐるぐると回し、頬を両手で二度ばかり叩いた。

それでどうなるものでもない。朝を迎えた儀式である。

簡単に朝食をすませると、中里に電話を入れた。中里の孫が攫《さら》われそうになった理由を教えた。

「子供は、よほどのことがない限り母親といるものだろうが」口調に怒りが滲《にじ》み出ていた。

「俺もそう思います。母親のスキンシップが子供を安心させるものですからね。しかし、法律は法律。親権は別れた夫にあるようです」

「早く真澄を見つけ出してくれ。絶対に孫を国外に出させてたまるもんか」

「昨夜、真澄さんが別れた夫、ジョージ・イチロー・マツイに呼び出されましたよ」

「え？」

ベーブとの会話を一言も漏らさず、中里に伝えた。

「警察の動きを探るのはいいですが、信頼できる相手に頼まないとまずい」

「わしが頼んだ相手は信用できる。彼が情報を集めていることを、相手方と内通している奴が知らせたんだろう」

「警察は一応、捜査はしたようです」

竹花は管理人から聞いたことを教えた。

「わしを監視しろか」声に笑いが混じった。

「俺が断ったから、誰かにやらせるでしょう。俺たちは会いにくくなりましたね」

「心配いらん。打つ手はある。何か摑《つか》んだらすぐに知らせてくれ。紀藤幸一郎ってヤクザのことはわしが調べておく」

「そうしてもらえると助かります。今後も俺に付きまとってくる可能性がありますから。ただ慎重にやってくださいよ」

電話を切った竹花はシャワーを浴びた。その間に、新浦から携帯に着信があった。髪を乾かし、出かける準備をしてから、新浦にコールバックした。

「寝てたのか」新浦が訊いた。

「シャワーを浴びてた。あんたは山手線で？」

「ああ、よく眠れたよ」新浦が飄々《ひょうひょう》とした口調で言った。

新浦は恵比寿駅の東口にあるルノアールにいた。

東麻布の修理工場まで歩き、スカイラインに乗り、恵比寿を目指した。

午前十一時少し前、竹花は新浦と落ち合った。新浦は足を組み、ゆったりとコーヒーを飲んでいた。誰が、彼のことを宿無しだと想像できるだろうか。

あれから新浦は遙香をマンションまで送った。それから新橋まで歩いて山手線に乗ったという。

竹花も、何があったか簡単に新浦に教えた。

「元の亭主、彼女を見つけたら話し合いなんかするはずないよ」新浦が言った。

「俺もそう思う」

竹花は、プリントアウトした北見達也の写真を新浦に渡した。「ブローカーのアパートに行った後は、北見が通っている学校に行く。学部は分かってるし、マンモス校じゃない。真面目《まじめ》な青年に見えた。だから、授業に出ているはずだ」

「見つかるかな？」

「見つからなかったら、あんたが明け方、コンビニの仕事を終えた奴の後を尾け、住まいを見つける。見つかったら、俺がそいつに会う。それでいいか」

「分かった」

竹花はコインパーキングから車を出し、梅丘を目指した。

小杉義一のアパートは、瀟洒《しょうしゃ》な一軒家と小振りの低層マンションの目立つ静かな住宅街にあった。

ブローカーが住むような場所ではないが、彼の住まいだけは、外階段のある二階家のモルタル造りのアパートだった。ガスや電気のメーターが通りに面したところに設置されている。郵便ポストも同じところに取り付けられていた。アパートの左隣は、解体工事中で、周りがシートで被《おお》われていた。右の方は路地になっている。各階に三部屋ずつあることが郵便ポストの数で分かった。

竹花は薄い透明の手袋をはめると、郵便ポストの蓋《ふた》を開いた。竹花が何をやっているか、通りから見えない位置に、新浦は立っている。

DMがぎっしりと詰まっていた。新聞は定期購読していなかったようである。デジタル化がここまで進んでいなかった頃は、ポストに残っている新聞の日付が、行方不明の人間を捜し出す手がかりになったが、今はもう、そういうことは希有《けう》である。ポストの中をさらうと、新浦の持っていた鞄に押し込めた。それから白いペンキがところどころ剝《は》げ落ちている手すりの階段を上がった。小杉の部屋は一番奥だった。廊下の手すりの部分には不透明な波形のプラスチック板が目隠しに使われていた。おかげで、ピッキングはやりやすい。おまけに、隣の部屋は空室らしい。懐からピッキングの道具を取り出す前に、竹花は一応、呼び鈴を鳴らしてみた。応答はなかった。ドアノブも回してみた。竹花が新浦を見て、頰をゆるませた。

ドアには鍵がかかっていなかったのだ。中に入った。長い間閉め切られた部屋には熱がこもっていた。饐《す》えたニオイがする。屍臭《ししゅう》？　いや、腐ったゴミのニオイだろう。

「何かあったな」新浦が言った。

抹茶色のソファーの前に置かれたガラスのテーブルの上のものが、床に落ちていた。灰皿がひっくり返り、グラスが転がっている。薬やサプリの瓶も散乱していた。眼鏡はひしゃげ、レンズにヒビが入っていた。

小杉義一に何かが起こったことは間違いない。

新浦が机の引き出しを開き、中を調べ始めた。

絨毯《じゅうたん》の上に泥がついていた。乾ききっている。靴跡は見つからなかったが、雨の日に誰かがここに土足で入ったのだろう。

そう言えば、アパートの入口の一部が土だった。

スポーツ紙が床に転がっていて、その端の部分に、刷毛《はけ》で引いたような泥の跡が残っていた。そして、新聞紙と泥の跡の上に、焦げ茶色の長さが六、七ミリの種のようなものが数粒落ちていた。

一粒を手にとってみた。間違いなく種である。焼いたか炒《い》ったかした種に見える。かじってみた。味は薄いが、まずくはなかった。竹花は三、四粒ほどポケットに入れた。

スポーツ紙の日付を見た。五月三十日のものだった。

部屋は八畳ほどの広さがあった。他にはリノリウムを敷き詰めたキッチンとユニット式のバスルームがあるだけだ。バスルームのドアを開けた。垢《あか》がこびりついた汚いバスタブが目に入った。洗面道具が乗った棚を調べたが、そこに何かが隠されているようなことはなかった。水洗トイレのタンクの蓋を開ける。ヒモを解《ほど》き、ビニールで何重にも包んだものがヒモで留められていた。一万円札のようである。取り出し、ビニールを外した。二十万ほどの現金で、他には何もなかった。竹花は再びビニールにくるみ、元に戻した。たった二十万を、トイレの水槽に隠している。小杉の生活振りが想像できた。

キッチンに入った。米びつの奥まで調べたが気になるものは出てこなかった。部屋にばらまかれていた種につながるものも発見できない。饐えたニオイの元はゴミ箱だった。中身を取り出した。どろりと腐ったものが手袋にこびりついた。腐った生ゴミだった。オレンジの皮にカビが生えている。それらに混じってでてきた紙類を調べた。くしゃくしゃに丸められた紙を広げた。二枚、重ねられていた。写真である。グーグルマップのストリートビューをプリントアウトしたものだった。

嫌なニオイを嗅《か》いだ甲斐《かい》があったかもしれない。

一枚目には白亜のマンション、二枚目には、マンションが建っている通りが写っていた。ストリートビューで、住所を頼りに白亜のマンションを突き止め、プリントアウトしたことは間違いない。住所を打ち込める欄があるが、残念ながら空白だった。ゴミ箱からは他に興味をそそられるものは何も出てこなかった。

子細に調べるのは後回しにして、部屋に戻った。新浦は押入の中に入っていた。天井裏の点検口の板を外し、天井裏に懐中電灯を当てている。

机の上に、携帯電話と充電器が置かれてあった。使わなくなった古い携帯らしい。

新浦が押入から這《は》い出てきた。額に汗が滲んでいる。

「天井裏には何もなかった。しかし、暑い。六月とは思えんな」新浦が険しい顔をして、ハンカチで顔を拭《ぬぐ》った。

「助手としては上出来だ」竹花は、手にした携帯を軽く振って見せた。

褒め言葉に弱いのか、新浦は本当に嬉しそうな顔をした。

「パソコンが持ち出されてるようだな」竹花は、モデムを見ながら言った。

「小杉は自ら姿を消したんじゃない」新浦が独り言めいた口調で言った。

「絨毯に泥がこびりついてる」

「土足で入った奴が、小杉を連れ出したんだな」

「そう決めつけるわけにはいかんが、何かあったな。その辺に種みたいなものが落ちてるだろう。何だか分かるか」

種を拾った新浦がしげしげと見つめ、首を横に振った。

「焼いたか炒ったかしたものだ。食用に思えるが、奴は料理に凝ってたか」

「そこまでは知らんけど、ひょっとして、妙な商売に目をつけたのかもしれない」

「どういう意味だ」

「ブローカーの中には土壌改良だとか、新しい健康食品だとかいうものに、金をつけようって奴もいる。まったくのガセじゃない場合もあるが、コストが見合わないものが大半だ」

「そういう場合は研究してる専門家が登場するんだろう？」

新浦がにやりとした。「その通りだ」

「マッド・サイエンティスト？」

「まあ、そんな感じの奴が多いな」

ゴミ箱から見つけた写真を新浦に見せた。「このマンションに心当たりはないか」

「いや。遠くに見えてるのは東京スカイツリーだな」

「それが手がかりにはなると思うが」

もう一枚の写真には通行人が写っていた。赤いパンツに緑っぽいハンチングを被《かぶ》っているが、顔にはボカシが入っていた。

「さて、引き上げるか」

古い携帯電話をバッグに入れ、小杉のマンションを出た。

北見達也の学校に回るのを中止して、事務所に戻った。

「暑いぜ」新浦がクーラーを入れた。「ビール飲んでいいだろう」

「駄目だ。仕事中は禁酒だ」

竹花はぴしゃりと言って、押収した品物をテーブルの上に並べた。郵便ポストに入っていたものには手がかりになりそうなものはなかった。古い携帯を充電器に繋いだ。新浦は老眼鏡をかけた。フレームが赤い。

「郵便局からでも盗んできたのか」

「郵便局のゴミ箱に捨ててあったんだよ。偶然、度がぴったりでな。運がよかった」竹花は心の中で笑った。家族も犬も財産もなくした男が、ゴミ箱を漁《あさ》って見つけた老眼鏡が合っていることを、運がよかったという。頭は悪そうではないが、どこかがすぽんと抜けている男だ。

携帯の機種を見た。そんなに昔のものではない。着信履歴を調べてゆく。新浦や元付けの名前も出てきた。新浦に見てもらう。竹花は新浦の隣に移動した。

「神崎《かんざき》っていうのは元マルボウだったブローカーだ。こいつが、金を集めてる根来寛次と一番親しい。カリマンタン島の件がうまくいったら、神崎が新しい会社の専務で、俺が常務になることになっている」

「小杉は？」

「根来と相性が悪いんだ」

新浦は携帯に視線を戻した。「舞子《まいこ》って女とよく連絡を取ってるな」

「女を知ってるか」

「いや」

新浦が発信履歴を開いた。「聖子《せいこ》ってのは奴の娘だろう。知子《ともこ》は別れた女房だと思う。あいつも、家族に会いたがってたんだな」

「着信がないってことは相手は会いたがってなかったってことだな」

日付と時間は表示されているが、年は出ていない。

「メールはっていうと……」ボタンを探す指が迷っていた。「これだな」

メールの受信記録が開いた。

舞子としかメールをやっていない。飲み屋の女であることは内容で分かった。

「店を変わったってメールにある。電話番号と店の名前が入ってる。源氏名は同じらしい」

竹花が控えた。

送信相手は舞子だけではなかった。別れた女房と娘にも送っていた。

「元気にやってるか？」というような内容のものから、「金ができそうだ。できたら、聖子が幸せになるために使う」とか「知子、たまには連絡をくれないか。迷惑をかけたのは承知してる。それを取り戻す機会がほしいんだ」

舞子という女には、ちゃらちゃらしたメールを送っているのに、別れた家族には湿りきったメールを出している。

新浦はしばし、メールを見つめたまま動かない。彼の心に流れているものと重ね合わせて見ているのだろう。

竹花は煙草に火をつけた。

電話の履歴では年が分からなかったが、最後のメールは二〇一〇年の九月で終わっている。その後、携帯を変えたらしい。

新浦が携帯をテーブルに置いた。竹花はくわえ煙草のまま、携帯を手に取り、写真のデータがないか調べた。何人かの写真が出てきた。「知ってる人間はいるかい？」

ぼんやりとしていた新浦が我に返った。

「こいつが元付けの榎木田だよ……。何だ、あいつ、根来の写真まで撮ってる。変だな」

「何らかの疑いを抱いてたんじゃないのか」

「疑い？　うーん……。俺には一言もそんな話してなかったけどな。あいつ、こんなものまで……」

細かくて分からなかったが、契約書のように見えた。

「採掘権に関する書類か」

「だと思う」

「後でパソコンに落としておこう」

「これが小杉の女房と娘だよ。昔の写真を、わざわざ携帯に入れたんだな」

他に、女とのツーショットが何枚か保存されていた。舞子というホステスなのか？

保存されていた写真はＳＤカードには落とされていなかった。すべてをＳＤカードに入れてから、パソコンにカードを差し込んだ。

書類は画像が初めから不鮮明なので、読み解くことは困難だった。

「俺が見たものと同じもののようだ」

「なぜ写真を撮ったんだろうな」

「金を付けてくれる人間に見せるためじゃないかな。でも、あいついつどこで撮ったんだろう」新浦が訝《いぶか》った。

「極秘書類じゃないのか」

「根来は、必要とあらば書類を人に見せてた。だから、根来がトイレに行っている隙《すき》なんかに、撮ろうと思えば撮れたと思うよ。うーん……」新浦は自分でそう言っておきながら、腑《ふ》に落ちない様子だった。

「採掘権を持ってると言ってる根来寛次についても、もっと知っておく必要があるな」

根来寛次は六十二歳。銀行時代の人脈を利用して、中小企業の経営者を相手にセミナーを開いたり、無理な融資話をまとめて、手数料を稼いだり、金融界の端っこにくっついていろいろなことをやっている男だという。古物商の免許を持っていて、神田にある古美術店を任され、二階が彼の事務所になっている。

「今は独身だが、ブエノスアイレスの支店に勤めてた時、向こうの女と結婚し、子供がひとりいると言ってた。趣味はサッカーだ。マラドーナの大ファンで、事務所に彼の写真が貼《は》ってある」

「マラドーナみたいに、すぐに頭に血が上る奴かい？」

「真逆だ。冷静すぎて何を考えてるか分からん男だよ。支店長止まりで、役員になれなかったことを悔しく思ってるくせに、絶対に愚痴ったりしない」

「野心を裡《うち》に秘めてるタイプってことか」

「そうだ」

「住まいはどこなんだ？」

「本郷だと聞いてるが、行ったことはない」

「根来が小杉義一の失踪《しっそう》に関与している可能性もあるな。ふたりは反りが合わなかったんだろう？」

「そうだけど、その三千万は根来に渡る金だったんだぜ。奪う必要なんかないじゃないか」

「石炭採掘の話がでたらめだったら話は違ってくる」

「それはないよ。俺が請け合う」

竹花はそれ以上、そのことには触れなかった。

「携帯の着信履歴にあった元マルボウと小杉の関係はどうなんだ」

「つかず離れずの関係だな」

「ブローカー同士が、連絡し合うことは珍しくないのか」

「あり得るよ。俺たちは何でも屋だから、他の話で協力し合うこともある。と言っても、お互いに相手を全面的に信用しちゃいないがね」

新浦の携帯が鳴った。着メロはクラシックだった。

「お久しぶりです……。ええ。日々、頑張ってるんですがね、俺の頼りにしてた元付けが心筋梗塞《しんきんこうそく》で倒れたでしょう」新浦がちらりと竹花を見た。「俺の知り合いでね、金の使い道に困ってる資産家を知ってる奴がいましてね。そいつに今働きかけてるんです。……探偵ですよ」

竹花は呆れ顔で新浦を見た。

「……探偵なんて信用できないのは分かってますよ。だけど、長年、人の尻《ケツ》の穴を覗くような仕事をしてたから、依頼人の懐具合も知ってる。その男の話によると、依頼された仕事をしっかりこなしたことで、相手の信用は得てるって言うんですよ……。例の線と並行して、その探偵の持ちかけてきた話も無視しないつもりです……。ところで、小杉の行方も分からないんですが、奴の元付けの榎木田も姿を消した……。そうですよね、あなたには関係ない話ですよね……。分かりました。また連絡します」

電話を切った新浦が軽くため息をついた。

「話に出た根来からだったよ」

「あんたの元付けは病気か」

「ああ。他の元付けには当たってるんだが、話は進展してない」

「で、俺があんたの新しい元付けっていうのはどういうことだい」

「そうしておいた方が、調査がやりやすいだろう?」新浦が平然と言ってのけた。

「しかし、よくそんな口から出任せが言えたもんだな」

新浦が目の端で竹花を見た。「口から出任せでもない。もってこいの奴を、あんたは知ってるじゃないか?」

「え?」

「中里睦夫だよ」

竹花があんぐりと口を開けた。「あんた、本気で俺に中里を紹介しろって言ってるのか」

「そうだよ。俺は、娘と孫を救った恩人だ。総会屋が幅をきかせた時代は終わって、死滅した恐竜みたいなもんだろう。だけど、あんたの話だと、中里は金を持ってるか、それとも金を動かせる力がありそうじゃないか。金を貯《た》め込んでいたとしたら、銀行に預けてたって利子はしれてる。おそらく、余った金は利回りのいいところに貸し付けたり、いろいろ裏でやってるに決まってる」

「小杉は根来の話を信用してなかったようだぜ。それでも、あんたは金をつける気か」

「さっきも言ったが、あのふたりは関係がよくなかった。小杉は、自分だけが新しい会社の設立に誘われなかったことで、面白くない気持ちを持ってたんだろうよ。だから、独自に探ってたのかもな。親しい俺が、根来寄りだから、俺にも何も言わなかったんだと思う。でもな、竹花さん、今度の話がいい加減なものだと分かったら、俺だってすぐに手を引く。中里が俺の金主になってくれればいいんだよ。カリマンタン島の話だけが、俺の仕事じゃないからね」

「中里がオーケーしたら、あんたが元付けになろうってことか」

「まあ、そういうことだ。だけど、あんたを無視はしないよ。それなりの手数料は払う」

竹花はふうとため息をついて、新浦を見つめた。「依頼人にヨタ話に乗るよう勧めるわけないだろうが」

「ヨタ話には乗せない。それだけは信じてくれ。だがな、小杉が何を思ってたかは知らないが、カリマンタン島の件から今、手を引くのはみすみすチャンスを逃すようなもんだ」

「ヤクザな世界に生きていても、あんたはお坊ちゃんだよ」

「竹花さん、ともかく、話だけはしてみてくれ。中里も闇《やみ》の世界を生きてきた奴だ。強《したた》かに決まってる。中里に俺の提案の判断をさせればいい。それぐらいのことなら、依頼人の迷惑にはならんだろう。頼むよ」新浦が竹花に手を合わせた。

「その前に、あんたが生きてる世界を知りたい。俺は自分の目で見て判断しないと気がすまない性分なんだ」

「いきなり、根来に会わせることはしないよ。中里が、俺の話に興味を示したら会わせるがな」

「神崎って元警官には会えるか」

新浦が自分の携帯を手に取った。

「繋がらないな。電源が切られてるか、電波の届かないところにいるらしい」

「この時間でも、品川駅にはブローカーがうろついてるのか」

「いないことはないと思う。今から行ってみるか。小杉のことで何か新しい発見があるかもしれないから」

「そうしよう。夜、北見って学生の監視をやってくれるだろうな」

「もちろん」

「そうだ、出かける前に舞子って女に電話してみよう」

竹花はメモを見ながら携帯に番号を打ち込んだ。

すぐに女が出た。不機嫌そうな声である。飲みすぎとカラオケのやりすぎのせいだろう、声がひどく荒れていた。

「つかぬことをおうかがいしますが、小杉義一をご存じですね」

「知ってますよ」投げやりな調子である。

「今、彼がどこにいるかご存じですか？」

「私、彼とは何の関係もないわよ」

「小杉さん、よくあなたとメールしてたみたいですが」

「それって去年の話でしょう？　ツケばかりして、なかなか金を払ってくれないから縁を切ったの」

「借金はどうなったんですか？」

「店の人が取り立てに行ったらしぶしぶ払ってくれたわ。ああいうケチ臭い男、私、大嫌いなの。いつもまとまった金が入るって言うだけだった。口ばかりの男よ」舞子は吐き捨てるように言った。

「最近、大金が転がり込んだみたいですよ」

「ウソ！」

「だから女を変えたのかもしれない」

「……………」

「失礼しました」竹花は電話を切った。

舞子が演技しているようには思えなかった。小杉と随分、会っていないようだ。したがって現金の入った鞄がひったくられた時、一緒にいた可能性もなくなった。

竹花は夜、酒が入る可能性もあるので、タクシーで品川駅に向かった。

乗車して間もなく、また新浦の携帯が鳴った。だが、新浦は出なかった。

竹花は目の端で新浦を見つめた。

「飲み屋の借金取りだ」

車内に着メロが流れている。アダージョのようだ。

「あんた、クラシックファンなんだね」

「別に。死んだお袋が好きだったんだ。この曲を葬式に流した」

「誰の曲なんだ」

「マーラーだよ。交響曲第九番第四楽章、アダージョ」

「俺は『ベニスに死す』に使われたアダージェットしか知らない」

「このアダージョはいいよ。世紀末の香りが漂ってくる。着メロじゃ、官能と死の香りはしてこないけどな。お袋は、レナード・バーンスタインの指揮によるものが一番好きだった」

夢を見るような表情で話している新浦を、竹花は黙って見ていた。

高輪口《たかなわぐち》でタクシーを降り、駅構内に入った。だだっ広いコンコースを進んだ。

新浦が入場券を買った。新浦について中央改札口を通った。駅ナカ商業施設エキュートを越え、通路を左に曲がった。昔の品川駅の面影はまるでない。

「何か飲むか」そう言って新浦はニューデイズに入った。

新浦がリポビタンDを買ったので、竹花も同じものにした。

小銭を渡そうとすると新浦は断った。「昨日、たんまりと儲けさせてもらったから」

リポビタンDを飲みながら、新幹線の乗り換え口に向かった。

右にコインロッカーの並ぶ細い通路を越えた。そこが新幹線乗り換え改札口になってい
た。右にオルガニックカフェというスタンドがあり、その奥が待合スペースだった。乗客に紛れて、こういうところでブローカーたちが、本当か嘘か分からない儲け話を持って集まっているとは。竹花の頬がゆるんだ。

「やっぱり、この時間だと見知った顔がないな」そう言い残して、新浦は空になった瓶を捨てに竹花から離れた。

竹花の携帯が鳴った。中里からだった。

「あんたの言った通りだ。わしを監視してる奴がいる」中里の声は落ち着き払っていた。

「どんな奴らですか？」

「わしが散歩に出たら、紺色のスーツを着た若いのが尾けてきた。奴は旧東富坂の方からやってきた。あんたも知っての通り、うちの前は狭くて車を停めておけない。わしは旧東富坂の方から家に戻った。濃いブルーメタリックのハイエースが停まってた。おそらく、その車から男は降りてきたと思う。ナンバーは控えてある。知り合いを通じて、調べてもらおうと思ってる」

竹花は念のためにナンバーを訊き、それを控えた。

新浦が戻ってきた。ひとりではなかった。首の長い痩《や》せた男と一緒だった。

「鬱陶《うっとう》しいが、刺激のない日々を送ってるわしには愉《たの》しみができたと思っとる。どうやって奴らをまこうか、今考えてるところだ」

「まいてどこに行くんですか？」

「あんたは今、どこにいる」

「品川駅です」

「真澄の手がかりをつかんだのか」

「いや。そうじゃないんですが」

「じゃ、何で品川駅なんぞにいるんだ」

「後ほどお電話します。暑いですから家で静かにしていてください」

「あんたと密《ひそ》かに会える場所を考えておく」

電話が切られた。

「中里からか」新浦が訊いた。

竹花は答えずに、見知らぬ男をじっと見つめた。

「出よう」新浦が言った。

改札を出て、再び高輪口に向かった。

「こちらは余田《よだ》さん。彼も、以前、例の元付けと仕事をしたことのある人なんだよ。話を聞こうと思って誘ったんだ」

竹花は自己紹介した。

余田はぺこりと頭を下げた。柔和な笑みを絶やさない。愛娘が死んでも、締まった顔ができない感じの男だった。縁なしの眼鏡をかけている。

新浦は、品川駅を出て、高輪口にあるルノアールに入った。

今日、ルノアールに入るのはこれで二回目である。竹花はよくルノアールを利用する。馴染みのない都内の街で、ルノアールの看板を見るとほっとする。煙草も吸えるし、ゆったりとした気分になれるからである。スタバの利用者とは、精神世界も生き方も違うということだ。

そう言えば、昔のルノアールのマッチは、まさにルノアールの絵だったが、いつの間にか変わってしまった。

竹花は余田と名刺交換した。

　余田商会、代表、余田文彦《ふみひこ》
住所は墨田区押上二丁目三の××。

その下に携帯番号が記されていた。

余田はアイスコーヒーを、竹花と新浦はブレンドを頼んだ。

「榎木田さんとはどんな仕事で付き合いができたんですか？」竹花が訊いた。

「小杉さんに紹介されたんですよ。町田にある二千坪の土地を五億で買って、七億で売る。その橋渡しを小杉さんと一緒にやってた時のことです。もう四年ぐらい前の話ですがね」

「そういう仕事を、俺たちは文字通り、ブリッジって言ってるんだ」新浦が口をはさんだ。

「で、金はつけられたんですか?」

余田が首を横に振った。「でも、榎木田さんの親しい金主には会いましたよ」

新浦が驚いた顔をした。「小杉の元付けが握ってる金主にどうして、余田さんが」

余田がまたにこやかな笑みを浮かべた。「偶然です。私、その土地の売買の話で動いてた最中、葛西《かさい》に引っ越しました。私のアパートの斜め前が、何と金主の住むマンションだったんです」

榎木田が、そのマンションから相撲取りのように太った男と出てくるのを目撃した。それからも、榎木田がそのマンションに入っていくのを見た。余田は或る時、思い切ってその話を榎木田にし、顔を繋ぐだけでいいから、会わせてほしいと頼んだ。榎木田は、不承不承、承知したという。

「金主は平山《ひらやま》さんといって、千葉の船橋の出でした。平山さんは、房総第一銀行のヨテを何枚か持っていて、それを私に見せました。かなりの金額のヨテでしたよ。平山さんは元は地上げ屋で、成田空港ができる際に成金になった百姓の金を運用してる男らしいですよ」

「今でも、平山さんはそこに住んでるんですか?」

「さあ、どうなんでしょう。私は、それからまた引っ越してしまったものですから。言い忘れましたが、そのマンションは、平山さんの住まいじゃなかったんです。家族は別のところにいるらしい。事務所のような別宅のような感じの部屋でしたね」

「その土地売買が成立しなかったのは金が集まらなかったからだけですか？」

「契約書や委任状、すべて偽物だと分かりましてね。その話、小杉さんが持ってきたんですが、彼も被害者だったのか、それとも、彼もグルだったのか、彼の自作自演で、公正証書なんかの経費、十一万を私から巻き上げるだけの詐欺だったのかは藪《やぶ》の中ですよ」余田はアイスコーヒーを音を立ててすすった。

「失礼だが、余田さんは以前は何をしてたんですか」

「真喜屋《まきや》製薬の社員でした。今は合併吸収されてしまいましたが。そこの総務にいました」

「真喜屋製薬ね。以前、総会屋との関係が取り沙汰《ざた》された会社でしたね」

「よくそんなこと覚えてますね。私、総会屋担当でした」余田は、溶け出した氷の液体がわずかにしか残っていないグラスの底をすすった。

「中里睦夫に金を握らされた？」竹花が淡々とした口調で言った。

余田が涎《よだれ》が垂れそうなほど口を開き、竹花を見つめた。新浦の眉が引き締まった。

「その通りです。それで私も逮捕されまして」

「あんたが中里睦夫とねえ」

「新浦さん、彼を知ってるんですか？」

「いや。名前は聞いてますがね」新浦は誤魔化した。

「その後も、中里とは付き合いがあるんですか？」竹花が訊いた。

「面倒見のいい人でね、知り合いの不動産会社に就職できるように計らってくれました」

「なぜ、そこを辞めたんですか？」と新浦。

「会社が倒産したんです」

「話を戻しましょう。新浦さんは、小杉さんを捜してます。最後に彼に会ったのはいつですか？」

「先月の下旬だったと思いますが、品川駅で会いました」

「どんな様子でしたか？」

「沈んだ感じがしてました。そこへ榎木田さんがやってきたんです。ふたりは口をききませんでしたね。あのふたりに何かあったんですか？」

「いろいろあったみたいですよ」新浦が笑って誤魔化した。

「そう言えば、最近、ふたりとも顔を見ませんね」

「ふたりとも行方不明なんですよ」

「行方不明」

余田の甲高い声に隣の客が反応した。

「私は、新浦さんに頼まれて小杉さんの行方を捜してるんです」

「なぜ、彼は失踪したんですか」

「それは分かりません」

「たった三千万ぽっちの金なのになあ」新浦がつぶやいた。

訳の分からない余田は目を白黒させていた。

竹花は、新浦の物言いに頰がゆるんだ。ホームレス同然の生活をしている人間が、堂々とした態度でそう言い切ったのがおかしかった。身の程知らずというのは、人間のひとつの魅力かもしれない。

竹花は、小杉の部屋で見つけた写真を余田に見せた。「このマンションをご存じないですか？」

余田は眼鏡を外し、写真を見た。「知りません。名刺にある通り、今は押上に住んでますが、あの辺からは、見えるスカイツリーは大きくて、こんな感じには見えません。この写真、小杉さんの失踪と関係があるんですか？」

「まだそこまでも分かってないんです」

一瞬、間が空いた。

「中里睦夫ね。あの人、金持ちだって聞いたことがあるけど、本当かな」新浦が余田に探りを入れた。

「そういう噂《うわさ》です。総会屋全盛時代にしっかりと貯め込んだらしい。あの人は、他の総会屋とは違って、頭が切れるから。新浦さん、どうして中里さんのことを……」余田がにやりとした。「私に紹介しろって言うんですね」

「紹介してくれます？」

余田が背もたれに躰を倒した。「あの人は、我々みたいな人間が話を持っていっても、金はつけてくれませんよ。今言った通り、頭の切れる人ですから」

「今の冗談だよ。竹花さんが、どえらい金持ちを知っていて、紹介してくれるって言ってるからね」

竹花は煙草を吸いながら口を開かない。

余田の目付きが変わった。「農水中金がローマナイズの株を大量に放出するという確かな情報があるんですが。或る代議士の秘書から出た話でね。その男は非常に真面目で……」

「今は新浦さんの件で、相手を説得できるかどうか正念場なんですよ」竹花は前掛かりになりつつある余田をいさめた。

「カリマンタン島の石炭の採掘権の話ね」

「余田さんはどう思います？」

「小杉さん、コネを使ってインドネシア在住の商社マンに調べさせたみたいですよ」

「どうしてそんなことが分かったんですか？」

「携帯で話してるのが、偶然、耳に入ったんです」

偶然？　そんなことはあり得ない。盗み聞きしたに決まっている。

「あいつ……」新浦は憮然《ぶぜん》とした表情でつぶやいた。

「どんな結果が出たか、偶然、耳に入らなかったですかね」

「確かな話だったみたいですよ。だって、その電話で、〝書類は本物なんだな〟って小杉さん言ってましたから」

それだけでは、石炭の採掘権の話が本物とは言い切れない。ガセだということが事実かどうか念を押したとも考えられる。

余田が新浦を見た。「インドネシアの大使館員と、今、採掘権を持ってるインドネシア人に、あなたも会ってるんでしょう？」

「会ったよ」

「その後に、彼は念のために調べたようです」

新浦が竹花を見た。「その話、竹花さんに話してなかったよな」

「聞いてないね」

「五月の連休明けに、そのふたりと会ったんだ。白金にあるホテルでね。その後、俺たちは、大使館までふたりをタクシーで送った」

インドネシア大使館は確か、五反田《ごたんだ》から少し離れたところにあり、白金からも近い。

「今度の話だけは本物だよ」新浦の声に力が漲《みなぎ》った。「竹花さん、よろしく頼みますよ」

「榎木田さんの金主の平山さんの下の名前と、ご存じだったら彼の葛西のマンションの住所も教えてください」

余田が小振りのメモ帳を開いた。

「金主のフルネームは平山正武《まさたけ》だった」

「メゾン清風ってマンションの七〇三号室ですけど、住所は控えてないな」余田は場所を説明してくれた。「私の住んでたところは、平山さんのマンションの裏手にありました」

竹花は財布から一万円札を取り出し、テーブルに置いた。「何か小杉さんのことで耳寄りな情報が入ったら、連絡をください」

「分かりました」余田は、金をポケットに突っ込むと、「失礼します」と頭を下げ、喫茶店を出ていった。

八

竹花の知っている葛西は、都内と言っても畑が広がっている田舎だった。しかし、今は住宅、駐車場が並ぶ特徴のない場所に変わっていた。

平山正武が使っていたというマンションは旧江戸川からも、東西線の高架線からも近かった。マンションの裏側にアパートがあった。余田が一時借りていたものだろう。

マンションは七階建てで、かなりの金額のヨテを持っていた男が事務所代わりにしているものには見えなかった。

新浦とはルノアールを出たところで別れた。新浦は北見達也の働いているコンビニに向かった。

西の空がくれなずんできた。

七〇三号室は平山の名前になっていた。エントランスでインターホンを鳴らした。

痰《たん》が切れないような声の男が出た。

「私、麻布十番で探偵をやってる竹花という者ですが、榎木田さんのことでちょっと」

「榎木田？　誰だ、それは。私の知らん人だな」

「あんたの元付けの名前ですよ。知らんはないでしょうが」

「……」

「分かりました。他を当たってから、自宅にでも寄らせていただきます」

「ちょっと待て」

オートロックが外された。竹花は中に入った。

エレベーターを降りて七〇三号室に近づいた時、ドアが開いた。そして、四十ぐらいの女が顔を背けるようにして出てきて、小走りに去っていった。

男が閉まりかけたドアを手で止めた。スウェットに、薄茶のTシャツ姿だった。八百長事件で追放になった力士。そう言ったら、誰でもが信じるであろう体型と雰囲気の持ち主である。

「お楽しみ中でしたか。申し訳ない」

平山は、黙って部屋に戻っていった。

「失礼します」

竹花は居間に入った。備前焼の壺《つぼ》や古伊万里の皿などが、和簞笥《わだんす》の上に飾られ、鏑木清《かぶらききよ》方《かた》の掛け軸がかけられている。相撲取りの手形が額縁に収まっていた。誰の手形なのかは分からない。

平山はテーブルの上の缶ピーのケースから煙草《タバコ》を抜き取った。そして百円ライターで火をつけようとした。

「最近のライターはどうしてこう硬いんだ」

平山が不機嫌げに言った。

百円ライターを握りつぶせそうな男の発言には思えなかった。

竹花は名刺を平山の前に置いた。煙草の煙が目にしみたのか、左目を瞬かせながら名刺にちらりと目をやった。

「で、榎木田がどうしたんだ？」

「彼が付き合ってたブローカーが三千万、持ち逃げしたって話、平山さんの耳に入ってますよね」

「それが俺とどう関係があるんだ」

「平山さんが用意した金じゃないんですか？」

「聞いたこともない話だな」平山がそっぽを向いた。

「俺は税務署じゃないんですよ。金の出所なんかどうでもいいんです。あなたが出した金かどうかを知りたいだけです」

「……」

「榎木田さんの金主でしょう？」

「そういう時もあった。あいつが農林省にいた時代からの知り合いだからな」平山が上目遣いに竹花を見た。「あいつの持ってくる話、小さなものは、まあまあ本当だったが、でっかい話は大概、眉唾《まゆつば》だったね」

「榎木田さんは、平山さんから逃げたんじゃないですか」

「何で俺から逃げなきゃならないんだい。この仕事から手を引いて、静かな暮らしをしたいと、以前からよく言ってたよ」

「田舎にでも引っ込んだ？」

「さあな。あいつに電話をしたが、いっこうに出ない。だから、アパートに行ってみた。引き払ってはいなかったが、しばらく帰ってないって、同じアパートに住んでる爺《じい》さんが言ってた」

「アパートの中で死んでるってこともありますね」

「探偵らしい馬鹿な想像だよ、それは。大きな荷物を持って出かけるところを、その爺さんは見てた。死んでたら、この暑さだぜ。安普請のアパートだから異臭がするはずだ」

「確かに。で、そのアパートはどこにあるんです？　榎木田さん、どこに住んでたんですか？」

平山がじっと竹花を見つめた。力士が相手を睨《にら》むような目付きだった。

「何で、初対面の探偵に、そんなことまで話さなきゃならんのだ」

「出資した金の行方、知りたくないんですか？　それともうすでに何らかの手を講じたってことですか?」

「取り戻すさ。俺が甘かったっていうか、事情があって、あの三千万は、B勘定でやった。B勘定って分かるな」

「ええ。でも、今は、そんな危ない取引はしないんじゃないんですか?」

「榎木田との付き合いが長いから、つい信用しちまった」

「金の受け渡しには榎木田さんの他に誰かいましたか?」

「小杉義一ってブローカーが一緒だった。赤坂のホテルの部屋でやったんだがね。榎木田か小杉のどっちかが持ち逃げしたんだろうが、どちらにせよ、俺は榎木田に責任を取らせる」

「どうやって」

「居所を探らせてるところだ」平山が真《ま》っ直《す》ぐに竹花を見つめた。「あんたは、誰に頼まれて動いてるんだい?」

「それは言えませんが、俺は金を追ってるんじゃない。行方の分からない小杉義一を捜してるんです」

「もしも、奴が見つかって、俺の金を持ってたらどうする?」

「仮に、三千万がまるまる残っていたとしても、平山さんの金とは証明できない。印がついていないですからね、現金には」

「俺んとこに持ってきてくれたら、五パーセントのコミッションを払う。どうせまるまる残ってるとは思えんが、それでも回収できるものは回収し、後は榎木田に責任を取らせる」

「下手をすると、恐喝、或《ある》いは恐喝未遂になりますよ」

「ご忠告ありがとうよ。で、俺の提案に乗るかい」

「考えておきましょう」

「あんたもやばい橋、渡ってきたんだろうが」

「小杉さんよりも榎木田さんが金を奪った可能性が高いんじゃないんですか？」

平山の眼が鋭く光った。「なぜそう思う？」

「最近、榎木田さん、二百万ほどするフランク・ミュラーの本物を嵌《は》めてたって聞いてます」

「ああ、あれか。あれはだな、麻雀《マージャン》の代打ちをやって、浅草の刃物屋の馬鹿息子からせしめたもんだよ。あいつ、麻雀がプロ並みに強いんだ。だが、資金がない。俺が金をつけてやった。一晩で、刃物屋の馬鹿息子は、五百万以上負けた。金が足りないから、あの時計を榎木田に渡した。俺は金を受け取り、奴は時計を手に入れたってわけだ。二百万はしないがね、あれは」

「榎木田さんには家族がいるんでしょう？」

「妻とは十年ほど前に離婚してる。息子がふたりいたが、上の坊主は札付きだったらしいが、数年前交通事故で死んでる。弟の方はイギリスで画家をやってると言ってた」

「別れた妻とは没交渉なんですかね」

「女房は、同窓会で再会したクラスメートと逃げたんだよ。だから、引っ越した後、元の女房といるとは思えんな」

「女がいる可能性は？」

平山が吹き出した。「あいつに女ができたら、猿にだって人間の女がつくよ」

「住んでた住所教えてくれませんか」

「東陽町だが……ちょっと待ってくれ」

平山はゆっくりと立ち上がり、机の前に座った。そして、パソコンを開いた。

住所をメモすると、それを竹花に渡した。

竹花は礼を言った。

「榎木田を見つけたら、俺に教えてくれるか」

「必要とあらばそうします」

竹花は、小杉の部屋から持ち出したストリートビューのコピーを平山に見せ、心当たりはないかと訊いた。平山は黙って首を横に振り、コピーを竹花に返した。

竹花は平山の部屋を出た。その足で榎木田が住んでいた東陽町のアパートに行ってみた。

鍵《かぎ》はかかっていた。ドアの隙間《すきま》に鼻を当てニオイを嗅《か》いだ。異臭はしなかった。

ポストに新聞を見つけた時は、頬《ほお》がゆるんだ。日経新聞が朝夕刊合わせて、六回分、ポストに突っ込まれていた。六月七日から九日の分だった。妙な残り方である。唯一自然な解釈は、榎木田は六日に、このアパートを出た。そして、新聞を止めるのを忘れていたことに気づき、電話で止めた。それが六月九日か十日のことだった。電気のメーターを調べた。冷蔵庫だけが動いている。そんな感じの動きだった。

　表通りで空車を拾おうとした時、携帯が鳴った。中里からだった。

「今、銀座にいる。会えるか」

「尾行は？」

「大丈夫。上手にまいてきた」中里が場所を詳しく教えた。「どれぐらいで来られる？」

　竹花は居場所を教えた。

「娘の手がかりをつかんだのか」

「いや。個人的な用で」

「個人的な用？」

「今、助手が或《あ》る男を見張ってます。その男が、真澄さんの居場所を知っている可能性があるんです」

「なぜ、あんたがやらないんだ」中里は怒っていた。

「顔を知られてる可能性がありますから」竹花は嘘をついた。

「ともかく、早く来い」

　銀座まではスムーズに行けたが、外堀通りに入ると混んでいた。交詢《こうじゅんしゃ》社通りの手前でタクシーを捨て、歩いて並木通りに入った。

周りに停《と》まっている車を、念のために見た。ブルーメタリックのハイエースの姿はなかった。

中里は高級クラブのあるビルの二階にあるラウンジにいた。入口に会員制と書かれてあった。かなり広い店で、奥までは見えなかったが、客の姿は少なかった。入口近くにカラオケルームがあった。中里はそこで、和服の女と話をしていた。かなり年輩の女である。

テーブルには白ワインのボトルが置かれていた。

「ママ、紹介しとくよ。探偵の竹花だ」

「いらっしゃいませ。ごゆっくり」ママがカラオケルームを出ていった。

廊下側に小窓があるが、覗《のぞ》き込まないと見えない造りだ。

「飲むんだったら勝手にやってくれ。わしはもういい。昔は浴びるように飲んだもんだがな」

竹花はグラスにワインを注《つ》いで、喉《のど》を潤した。

「どうやって尾行をまいたんですか？」

「庭の向こうに稲荷神社がある」

「見えましたね、赤い鳥居が」

「あの向こうから表通りに出られる」

「じゃ、塀を乗り越えたんですか」竹花の視線が、立てかけてあったステッキに向けられた。

「欲望さえあれば、人は何でもできるもんだよ」

「勉強になりますね」

「今の若い奴は、何で欲望が希薄なんだろうな。信じられん」

「あなたの世代の人間が、日本に埋蔵された欲望をみんな吸い取ってしまったからですよ」

「つまらん冗談だな」

竹花はまたグラスを口に運んだ。

「ここは、ママの知り合い、或いは紹介者がいなければ入れない。万が一のことを考え、ここにしたんだ」

「普通のクラブとは違いますね」

「落ち着いてるだろう。彼女はここの他に、クラブを二軒、割烹《かっぽう》料理屋を一軒持ってる。なかなかのやり手ババアだが、人情味もあり、キップもいい。長い付き合いのある客を大事にしてくれるんだ」

「中里さんが援助してやった時代もあったってことですね」

中里が遠くを見つめるような目をした。「彼女、今はもうないが、或る有名クラブのホステスをしてた。その時、見初めて援助した。出してやった店は小さなカウンターバーだった。それを足がかりにして、大きくしたのは彼女自身だよ。大した才覚だと感心したよ」

竹花はグラスを空けた。そして、真澄を匿《かくま》っている可能性のある大学生の住まいを捜そうと、助手が学生の働いているコンビニを張っていることを教えた。

「そんな若造が、娘と孫を匿えるのか」

「北見達也は、真澄さんを慕ってるという話です。対等な付き合いができるはずもないと分かってる分だけ、こういう時こそ、張り切るっていうこともありますよ」

「そうだとしたら、今時珍しい熱い若者だな。そいつが娘たちを匿っていてくれてたら、わしは彼のために何でもしてやるよ」

「元がつくとは言え、総会屋の世話にならない方が、北見のためでしょうね」

中里が鼻で笑った。「よくもそんな失礼なことを軽々しく言えるな。わしがもう少し若かったら、お前はその壁を突き破って、ホールまで飛んでるぞ」

「飛ばされないって分かってるから言ってるんです」竹花が軽く肩をすくめた。

「食えない奴だな、お前は。だけど、嫌なことを口にしながらも、相手の心に上手に入ってくる。お前のような奴を、本当の人誑《ひとたら》しって言うのかもしれん」

「今後の俺の方針、と言っても、大したことができるとは思えませんが、北見達也が匿っていなかったら、彼女のディーラー仲間の遙香って女を使って、何とか彼女と接触させるつもりです。ここまで調べた限りだと、真澄さんが連絡を取りそうな相手は遙香という女だけですから」

「遙香って女を動かせる自信はあるのか」

「人誑しですから」竹花は事もなげに答えた。

「ところで、東陽町なんかで何をやってたんだ」

「お嬢さんの失踪《しっそう》調査の他にもう一件、仕事を抱えてるんです」

中里が躰《からだ》を起こし、大声を出した。「何だと！　躰がひとつしかないのにふたつの調査をやる。人を馬鹿にするのもいい加減にしろ」

「大声を上げるんだったら、カラオケを入れておいた方がいい」

「クビだ。お前のような奴は……」

「最後まで話を聞いてください」

興奮で胸の辺りが、フイゴみたいな動きをしている中里を制し、新浦のことを話した。

「……むろん、お嬢さんの事件を優先させています。しかし、どちらにしろ、助手が必要。俺が、さっき話した彼の抱えている問題を調査することで、彼は俺に協力してくれてます。遙香の件は、俺がやりますが、学生の尾行はまず新浦にやらせ、住所を突き止めたら、明日、俺が学生の寝込みを襲います。新浦という男が、あの夜、現れなかったら、俺ひとりじゃ、あなたのお孫さんを助けることはできなかった。これも何かの縁。そう思って、そのような異例の付き合いを彼とやってるんです」

「で、新浦とかいうブローカーの抱えてる問題ってのはどんなもんなんだ」

竹花は守秘義務を無視して、中里に詳しく教えた。

「わしには夢物語にしか思えんな」

「夢物語かもしれませんが、或るブローカーと元付けの男の行方不明。何かあると思ってます」

中里が目の端でじろりと竹花を見た。「わしの娘と孫捜しよりも、そっちの調査に興味を持っているようだな」

「そんなことは決してないですよ」

「ふたつの事件がどこかで繋《つな》がってるとでも言いたいのか」

「それはありえないでしょう。ところで、尾行してる連中の車の所有者は分かりましたか？」

「それがだな」中里が渋面を作った。「俺の知り合いの警部補が、昨日の夜、シャブの売人の張り込み中に脳梗塞《のうこうそく》で倒れたんだよ。退職後の面倒を見てやろうと思ってた奴なんだがね」

「じゃ、警察とのパイプはなくなったってことですね」

「そういうことだ」

「面倒を見る見ないで思い出したんですが、余田文彦って男に会いましたよ」

「余田に？　何で？」

竹花は簡単に経緯を教えた。

「あいつ、ブローカーをやってるのか。しかも、駅でたむろしてるブローカーね。あいつは何を考えてるんだ」

竹花は煙草に火をつけ、一呼吸おいた。顔つきが引き締まっている。

「同じブローカーの中に、元マルボウの刑事だった奴がいます。明日にでも、そいつに会うことにしましょう。ジョージ・マツイが拉致《らち》を依頼してる暴力団が引けば、マツイに手立てはなくなる。あなたを見張らせることぐらいは人に頼めても、お嬢さんたちを拉致する手助けをする人間を異境の地で見つけるのはほとんど不可能だし、ひとりじゃ無理でしょう。紀藤の所属してる組が、何でもって、日系マフィアと繋がってるのか洗い出したい」

「おおかた、麻薬だろう」

「どうなんですかね」竹花は首を傾《かし》げた。「ともかく、奴らの関係を具体的に知ることができれば、そのネタをちらつかせることができる。紀藤の組、或いはその上部団体が触れたくないところを、俺がつかめば、奴らが今回の件から手を引く可能性があります。ジョージ・マツイの抱えている個人的なトラブルにかまっていられなくなるでしょうからね。揺さぶりをかけるためには、警察の内部情報が必要になるでしょう、できたら、神崎という元マルボウに金を握らせて、手足に使いたい」

「首根っこを押さえられるような情報が、元マルボウから探れるとは思えんがな」

「警察が動いてるようなニオイが伝わるだけでも、相手は考えると思いますよ」

「命はひとつしかない。大切にしろよ」中里がしれっとした調子で言った。

「死に急ぐ気はまったくないですが、六十をすぎて独り身。守るべきものがないですから、大胆にもなれます」

「青二才の台詞《せりふ》だな」中里が鼻で笑った。「まあいいや。何でもいいから、早く娘たちを見つけ出せ」

竹花は黙ってうなずいた。

「会う時はここで会おう。ここなら安全だから。こうやって出かけるのもわしには気晴しになるんだ。銀座で羽振りよく飲んでた時代が懐かしいんだよ。老い先短い身だからだろうが、監視されてるって分かったら、むしょうに出かけたくなった。刺激のある生活をしてきた人間だから、年寄りになっても、心のどこかに、血がたぎってた時代のカスが溜《た》まってるんだな」

「気持ちは分かりますが、家で、大人しく写経でもやっててもらいたいですね」

「馬鹿言うんじゃないよ」

竹花はカラオケルームを出た。スタッフにトイレの場所を訊《き》き、店の奥に向かった。

九

足が止まった。尿意が吹っ飛んでしまうほど驚いた。幻を見ている。そんな気がした。

シャンパンを飲みながら、ホステスに相手をされているのは新浦大二郎だった。

ゆったりとした椅子《いす》に、余裕綽々《しゃくしゃく》で座り、笑顔を絶やさず、ホステスと話している。

竹花は新浦に背後から近づいた。そして襟首を軽くつかんだ。隣に座っていたホステスの顔に緊張が走った。

「山手線の椅子よりも座り心地がいいだろうな」

新浦も飛び上がらんばかりにびっくりした。シャンパンが彼の膝《ひざ》にこぼれた。しかし、落ち着きを取り戻すのにそれほど時間はかからなかった。

「やはり、竹花さんとは縁があるな」

「どういうことなんだ、これは。あんたは……」

「君、ちょっと席を外してくれないか」

女が軽く会釈をして遠ざかっていく。

「まあ、座らないか」新浦が言った。「久しぶりにシャンパンを口にするが、やはり、うまいな」

「ちょっと待ってろ。逃げるなよ」

「何で俺が逃げなきゃならないんだ」

竹花はトイレで用を足した。新浦は悠然とシャンパンを飲み続けている。

竹花は、中里のところに一旦《いったん》、戻り、「しばらく待っていてほしい」と口早に言うと、新浦の席にとって返した。

「まあ、座れよ」

竹花は新浦の前に腰を下ろした。すでに新しいグラスが用意されていた。

「やっぱりクリュグはうまい。甘さがなくて味が濃くていい。これはその中でも絶品だ」

そう言いながら、新浦が竹花のグラスに酒を注ごうとした。

「何が絶品だ」

「あの学生のことなら心配はいらない。朝の五時までコンビニで働いてる。自転車で通ってることも分かった。タクシーで後を尾《つ》ければ住まいは見つかる。その間、公園にいるよりも鋭気を養える場所にきた。それだけのことだ。ところで、あんたはここで何をしてるんだ」

「仕事だよ」

ママがやってきた。

「まあ、おふたり、お知り合いだったんですか？」

「新浦さん、しょっちゅうここに？」

「ここは初めてですけど、隣のビルのクラブの方には、よくいらっしゃってくれてました」

「ママとは、親父《おやじ》の代からの付き合いでね。上京すると親父は必ず、彼女の働いてる店で鋭気を養ってたんだ」

「お父様が飲めなくなってからは、お坊ちゃんに使っていただいてるんですよ」ママが、幼稚園児を見るような目付きで、新浦に微笑《ほほえ》んだ。

「クラブの方に顔を出したら、ここだって言われたから来てみたんだよ。さっきも言ったけど、素敵な店だね。昔の銀座の香りがする」

新浦と知り合ってから、何度、彼に唖然《あぜん》とさせられたろうか。

まるで映画の一シーンを観《み》ている気がした。一体、公園と山手線で暮らしている男が、堂々と高級ラウンジでシャンパンを飲んでいる。ここの払いをどうするつもりでいるのだろうか。そうか。バカラで儲《もう》けた金を当てようというのだろう。しかし、それで保《も》つかどうか。ママには、今、何を生業《なりわい》にしているのか教えているのだろうか。

「新浦さん、証券会社を辞めたって訊きましたが、今は何を？」竹花が淡々とした調子で訊いた。

この間、竹花に渡したのと同じ名刺を差し出し、カリマンタン島の石炭の採掘について語り出した。竹花は黙ってきく外なかった。

長年、銀座に来る成金、詐欺師、そして男たちの栄枯盛衰を見てきたはずのママが、新浦の発する、うらぶれたニオイを嗅ぎ分けられないわけがない。そんなことは承知の上で、店に通したのだろう。

「俺は人をカラオケルームに待たせてる。これで失礼するよ」

竹花は席を立ち、中里のところに戻った。

「竹花、どういうことなんだ」中里が低くうめくような声で言った。

「え？」

「お前が今、話してた男、新浦って名前だそうじゃないか。元証券マンってこともママから聞いた。孫を助けてくれた男だろう？」中里の息が荒い。

竹花は力なくうなずいた。

「奴はお前の助手で、今は……」

「ちゃんと説明しますから、興奮しないでください」

「わしは興奮なんかしてない。お前を信用したわしが馬鹿だった」

竹花は事情を説明した。「……金があった頃の悪いクセが治らない。だが、悪い奴じゃないですよ」

「〝悪い奴じゃない〟って奴らが、どれだけムショにいるか知ってるか」

「分かります。そして、〝悪い奴じゃなかった奴〟が、本当のワルになるのがムショですからね」

「この期におよんで、減らず口を叩《たた》くとはな。あっぱれだよ」

しばし沈黙が続いた。中里の呼吸が次第に元に戻っていく。

竹花はじっと中里の次の言葉を待った。

中里がぐいと躰を寄せてきた。「なぜ、わしに紹介しない？」

「それには訳があって……」

そこまで言った時、カラオケルームのドアが開いた。

竹花は新浦を見て、顔をそむけた。後ろにママが立っていて、困った顔をしていた。

中里がステッキを頼りに立ち上がった。「どうぞ」

新浦は揉《も》み手をする小狡《こずる》い商人のように、首を引っ込め、名を名乗り、中里に名刺を渡した。

「孫を助けてくださったそうで。心から感謝してます」中里が深々と頭を下げ、席を勧めた。

「新浦さん、時間はたっぷりあるが、酒は控えろ」竹花が冷たく言い放った。

「いい酒はわる酔いしないんだ」

戸口に立って、はらはらしながら様子を見ていたママに、中里がシャンパンを頼んだ。

「中里さん、この男に飲ませないでください」

「学生の尾行など酔っていてもできる」中里が鋭い視線を向けた。「そうでしょう、新浦さん」

「やはり、お話が分かる方ですね」

新浦はそう言ったが、中里の迫力に気圧《けお》されたようで、視線が落ち着かなかった。

シャンパンが運ばれてきた。

「あなたも私にとっては恩人だ」

中里と新浦がグラスを合わせた。竹花は軽くかざしただけで、口をつけずにテーブルに戻した。

「これからも、お嬢さんとお孫さん捜しに竹花さんの助手として身を粉にして働くつもりです。その代わりというわけじゃないんですが……」

「あの話はよせ」竹花は強い口調で、新浦を制した。

中里が竹花を見た。「あの話とは？」

「聞かなくてもいいんです」

中里が新浦を見た。「話してみてください」

新浦の顔が真剣なものに変わった。

中里は黙って新浦の話を聞いていた。

「……というわけで、いくらかでも出資していただけないかと」

「こんなこと言っちゃなんだが、ブローカーが持ち込む話に、万にひとつも本当のものはない」

「私も再度、調査し、胡散臭《うさんくさ》い話でしたら、中里さんを巻き込むようなことは絶対にしません。中里さんと繋がりができただけでも、私は運がいいと思ってます。今回のことが駄目でも、お付き合い願えればと……」

「新浦さん、中里さんを金主にしたいんですよ」竹花が投げやりな調子で口をはさんだ。

「そうらしいね。名前さえ出さなければ、そういう人間と深い関係があるということを吹《ふい》聴《ちょう》してもかまいませんよ。せめてもの恩返しに」

「ありがとうございます」

「しかし」中里の目付きが再び鋭くなった。「絶対に名前を明かさないこと。裏切り行為は許さんよ。電話での応対ならかまいませんがね」

「肝に銘じておきます」

「そろそろ、わしは引き上げる。後はゆっくりやってくれたまえ」

中里が立ち上がると、新浦は秘書にでもなったかのようにさっと腰を上げ、ママを呼んだ。

「見送りはいらんよ」

「万が一、表に出て、何かあったら、俺に連絡をください」

竹花の言ったことに、片手を上げて応《こた》えると、中里は姿を消した。

新浦がグラスを空け、にっと笑った。「俺は運のいい男だな」

竹花は呆《あき》れて物も言えなかった。

「榎木田の金主とは会えたか？」

「その話は明日する」

「もったいつけないで、今話せよ」新浦がボトルに手を伸ばした。

「これ以上、飲ませない」竹花がボトルを奪い取って、床に置いた。

「案外気が小さいんだな。学生の住まいは必ず見つけるから」

「駄目だ。俺の事務所で一眠りしろ」

新浦はそれには応えず、宙に虚《うつ》ろな目を向け、グラスを空けた。

「親父が俺にやったように、息子を俺がこういうところに連れてきてやりたかった」

「そうならなくてよかったよ。あんたみたいな末路を息子も迎えたかもしれないからな」

「おい、言っていいことと悪いことがあるぜ」新浦の顔が歪《ゆが》んだ。

「酔いが冷めたか」

歪んだ顔はすぐには元に戻らなかった。「あんたは一見、優しそうに見えるが、冷たい奴だ。他人のことにまるで関心がないし、物事に感動することもない奴だよ。あんたが俺や中里さんに心を動かされてるのは、熱い人間が羨《うらや》ましいからだよな。違うか？」

「当たってるかもしれんな」竹花が軽い調子で認めた。

新浦の目がさらに据わった。「俺にはもうひとり子供がいたんだ」

「死んだのか？」

「ああ」

「男の子？」

「いや。女の子だった。生きてたら二十八になってる」

「何で死んだんだ？」

「新宿のデパートに買い物に行った時、バックしてきた車と駐車場の壁に挟まれて圧死した」

「運転者は、ギアを入れ間違えたんだな」

新浦がまたグラスに酒を注ぎ、背もたれに躰を倒した。「俺がハンドルを握ってりゃあんなことにはならなかった」

「じゃ、奥さんが」

「あの子が生きてたら、俺の人生も変わったかもな」

竹花は余計なことは口にしなかった。

「女の子も可愛《かわい》いもんだよな。だけど、友だちの話によると、女の子は、中学ぐらいになると、父親を鬱陶《うっとう》しく感じ、避けるようになるそうだ。父親の下着を一緒に洗濯するのさえ、気持ち悪がったりするんだって」

「聞いた話だが、そういう反応は正常だそうだよ。近親相姦《きんしんそうかん》を避けるために、娘がある程度の歳《とし》になると、父親を生理的に嫌う時期があるんだって。そうではない娘、父親との密着度の激しい娘は、多くの場合、独立できずに、中には鬱を発症したりすることもある。そういう例を、俺自身も知ってる」

「なるほどな。俺の知り合いの娘は、父親が死んでから、自分が父親を本当はどれほど愛していたか気づいたって言ってたよ」

「そういう例は珍しくないね」

「死んでから愛されるか」新浦が短く笑った。「息子はどうなんだろうな、俺が死んだら……。ボトルを寄越せよ」

竹花は新浦を見つめたまま口を開かない。

北見という学生を見ていたら、また子供のことを思い出し、酒を飲みたくなったのかもしれない。

「俺の事務所で一休みしろ」

「帰ってくれ。俺はここでしばらくママと昔話がしたいんだ」

「学生の件でどじったら、付き合いは終わりだ。そう思え」

「大丈夫だって言ってるだろうが」

「しかし、あんた頑丈だな」竹花はたっぷりと嫌味をこめて笑った。

「ちっとも頑丈じゃないよ。去年の十二月、三週間、入院してる。食道と胃の静脈瘤《じょうみゃくりゅう》が破裂して、大量の血を吐いたんだ。二度目は二月。二つの静脈瘤が破裂した。残り一つはまだ大丈夫だが、いつ死ぬか分からん」

正確なことは分からないが、食道だろうが胃だろうが、静脈瘤破裂の原因の大半は肝硬変だと聞いたことがある。

「酒と煙草は、緩慢な自殺のための道具か」

「まさか。俺は一儲けして、息子のためにその金を使えるまでは、死にたくないよ」新浦が吐き捨てるような調子でつぶやいた。

「入院費はどうしてるんだ。保険証ないんだろう？」

「保険証はね、住んでる区を変えると出してもらえる。俺の住民票は今、豊島区の友だちの事務所にある」

「あんた、年金はもらえるんだよな」

「二ヶ月に一回な。微々たるもんだぜ。俺は、年金制度に言いたいことがあるんだ」

「年金制度の話なんか聞きたくもない。それよりも、神崎にもう一度連絡してみてくれ」

「いいけど、なぜだ？」

「警察内部の情報がほしい」竹花は用件をかいつまんで教えた。

新浦は神崎に電話をした。相手はすぐに出た。用件を伝える。

「……そうだ。俺は小杉の行方を追ってるんだが、そのことを依頼した探偵が、別の件で知りたがってるんだ……。竹花っていう男だ……。うん、分かった。頼りにしてますよ」

神崎とは明日、十一時に品川駅で会うことになった。

竹花は吸っていた煙草を消し、腰を上げた。「北見の住まいを見つけたら、俺を電話で叩き起こしてくれ」

竹花はそう言い残して、カラオケルームを出た。

ママが現れた。

「新浦さんに、あれ以上、飲ませないようにしてください」

「大丈夫ですよ。あの方、或る意味で超人みたいなところがあるんです。いくら飲んでも、やることはやる人ですから」

「あの人が超人ね。ママの言う通りかもしれないですね」

支払いはすべて中里がやったという。竹花はママに深々と頭を下げられ、店を出た。

タクシーを拾った。途中、日付が変わった。

ニュースが流れてきた。

復興国債、原発のニュースの後、殺人事件のことが流れた。

〝……昨日の午後、栃木県矢板市の山中で、首を絞められて死んでいる男性の死体が発見され、警察は殺人事件と断定し、捜査を開始しました。所持品から、亡くなったのは小杉義一さん、六十一歳と判明しました。司法解剖の結果、死後二、三週間経過しており、殺された後、死体が遺棄された模様です〟

小杉のアパートから、竹花や新浦の毛髪等々が発見される可能性は大いにある。面倒なことになったものだ。竹花はふうと長いため息をついた。

事務所に戻ると、パソコンを開いた。そして、ネットのニュースを見た。小杉のことは無職と報じられていた。麻縄のようなもので首を絞められたらしい。

犯行の動機は何なのだろうか。消えたとされる三千万が絡んでいるのか。小杉は独自に何らかの調査を行っていた。探られた人間が、犯行におよんだ可能性もある。

スキャンしてパソコンに落としたストリートビュー写真を拡大し、再度調べてみた。

東京スカイツリーからそれほど離れていない場所で撮影されたものには違いない。専門家に見せれば距離をつかむことはできるだろうし、陽《ひ》ざしの感じで、ある程度の方角も分かるかもしれない。しかし、白亜のマンションがどこにあるかまでは特定できないだろう。

真澄の電話を時々、鳴らしているし、メールも送ったが、相手が応答したことは一度もない。

十

携帯が鳴った。遙香だった。

「今、麻布十番にいるんだけど、竹花さんのとこに寄っていい？」

「真澄さんのことで何か？」

「うーん。ちょっと探偵事務所を見てみたくなったの。迷惑ですか？」

「いいけど、むさ苦しい部屋だよ」

「事務所じゃないんですか？」

「まあ、いいから上がってきなさい」

ほどなくチャイムが鳴った。竹花は遙香を事務所に通した。遙香は事務所を眺め回していたが、何も言わなかった。

「見学に来るほどのものじゃないだろう」

「そうね」遙香ははっきりと答えた。

「何か飲む？」

「お水でいいです」

竹花は遙香をソファーに座らせ、ミネラルウォーターをグラスに注いだ。

「真澄さんに、何度も連絡をしてるんだけど、相変わらず出ないの。私、少し心配になってきました」

「俺も時々、かけてるが出ないよ」

「私の電話にも出ないっていうのが変に思えるんです」

「君と連絡を取ることで、居場所を突き止められるかもしれないと恐がってるのかもしれない」

遙香の眉が引き締まった。「私が彼女を裏切るわけないでしょう」

「裏切るとは思ってないだろうが、ともかく、これまでの知り合いと連絡を取らないことで安心できるんじゃないのかな」竹花は煙草に火をつけた。「彼女を援助している人間が必ずいる。その人物に頼ってる。そんな気がするね」

「どうしてそう思うんです？」

「真澄さん、不安でたまらないはずだ。不安だと、信頼できる友人に電話をしたくなったりするだろう。それがないということは、彼女の心のケアをしてる人物がいるってことになる」

「北見君のこと調べました？」

「うまく行けば、夜が明けた頃には、彼の住まいが判明するはずだ」

「でも、あの子じゃ、真澄の心の支えにはならない気がするけど」

「まだ学生とはいえ男だよ。いるだけで安心できるってこともある」

「でも、イニシアティブを取って、彼女を助けられるような子じゃないですよ、北見君は」

「同じことの繰り返しになるけど、彼の他に、真澄さんを助けられる人物はいないのかな」

「竹花さんに会ってから、もう一度考えたけど、誰も頭に浮かばなかったな」

「ディーラーって、大体、月にどれぐらい稼げるもんなんだい？」

遙香は答えたくないのだろう、ちょっと困った顔をした。

「真澄さん、どれぐらい金を持ってるか気になったんだ」

「月、四十万ぐらいにはなってたはずだから。子供がいても、住んでたマンション、お母さんのものだったでしょう？　だから、当分は金の心配はいらないはずよ」

「金の心配がいらないとなると、相手に金の余裕がなくても助けられるな」

遙香が腰を上げ、机のある方に歩を進めた。「座っていい？」

「どうぞ。フィリップ・マーロウの気分が味わえるかも」

遙香が怪訝《けげん》な顔をした。「フィリップ・マーロウ？　誰、その人」

「俺よりちょっとだけ格好いい私立探偵だよ」

それには答えず、遙香が回転椅子に腰を下ろし、ふんぞり返った格好で、竹花を見、指さした。そして、低い声で言った。「犯人は君なんだね」

「なぜ、分かったんですか、ミス・マーロウ」竹花は大げさにうなだれて見せた。

遙香が、デスクに置いてあったストリートビューのコピーを手に取った。「この写真に、その証拠が……」

竹花は冗談を言い返そうとしたが止《や》めた。写真を見る遙香の表情から笑みが消えていたのだ。目を細め、写真をじっと見つめている。竹花は彼女の傍《そば》に立った。「どうした？」

「ここに人が写ってるでしょう？　この人、兄さんの友だちに似てる」

「確かか？　顔が消されてるよ」

「そう言われると自信ないけど、被《かぶ》ってるハンチングと赤いパンツ……その人が、よくしてた格好よ。躰つきも似てる」

「彼はどこに住んでるの？」

「三茶よ」

　世田谷の三軒茶屋から、こんなによくスカイツリーが見えるわけがない。

「兄さんに見せたら、もっとはっきりするね」

「だと思うけど」

「彼、まだ店にいるよね」

「うん」

「付き合ってくれるね」

　遙香がうなずいた時、チャイムが鳴った。ドアスコープの中に、ジョージ・イチロー・マツイの顔があった。

「何の用だ？」

「開けろ」いきなりドアが蹴《け》られた。「誰といるか分かってるんだ」

　初対面の時は紳士ぶっていただけ。ついに正体を現したということか。

　竹花はドアを開けた。ベーブは、竹花を、腕で横に押しやって、靴も脱がずに中に入った。

遙香は窓際に立ったまま、躰を硬くして立っていた。ベーブは周りを見回した。壁やファイルケースにまで憎しみを感じているような目付きだった。それから肩を怒らせ、廊下に出ると、トイレのドアを開けた。

ベーブは真澄がここに来ているかもしれないと思っているのだった。

竹花はベーブの後を追った。

ベーブが寝室のドアを開けた時、竹花はベーブの襟首を摑み、ぐいと引っ張った。

「いい加減にしろ」

「調べさせてもらえれば気がすむ」

ベーブは竹花の腕を払って、寝室に入った。誰もいないことが分かると、押入を開けた。

「ダッチワイフが入ってるが、見て見ない振りしてくれるよな」

竹花の冗談には応えず、廊下の方に戻りかけた。

「押入の戸、閉めろ」

ベーブは黙って言われた通りにした。

「気がすんだろう。帰れ」

ベーブは玄関をすぎ、事務所に戻った。そして、どすんとソファーに大きな尻を落とした。息が荒い。

「紀藤の子分が、彼女を尾行してたらしいな」

「この人、ひょっとして……」

「そのひょっとしてだ。真澄さんの元亭主、ミスター、ジョージ・イチロー・マツイ。渾名《あだな》はベーブ。ベーブ、レディーに挨拶《あいさつ》したら」

ベーブが顔を上げ、遙香を見た。「ミス、あなた、真澄の居場所を知ってるんだろう?」

「知りません」

「じゃ、なぜ、こんな時間にここに来た」

「竹花さんに会いたくなったから」

「嘘だ」ベーブが大声を出した。

「ベーブ、この間も言ったが、あんたの気持ちは分からんでもない。だから、静かに話そうぜ」竹花が諫《いさ》めた。

「ハルカさんだっけ。真澄の居場所、知ってるんだったら教えてくれ。ゆっくり彼女と話がしたいんだ」

「私、真澄さんのこと心配してる。でも、本当にどこにいるのか知らないの。でも、知っていても絶対にあなたには教えない」

「健太の父親はこの俺だ」

「それがどうしたの? 話し合いができる人には思えないもの」遙香がはっきりと言った。

「健太君、あなたがパパなんて可哀相《かわいそう》」

「何だと」

遙香がベーブを睨み付けた。「いきなり、竹花さんのところに来て、断りもせずに部屋に入るような人が話し合いなんてできるはずないでしょう?」

「真澄がここに来てるんじゃないかって思ったんだ。彼女とはちゃんと話す。俺は、離婚なんかしたくなかった。本当は真澄にもボルチモアに戻ってきてほしいんだ」

ベーブの言葉に嘘はなさそうである。

「あなたは本当の職業を隠してた。それだけじゃない。彼女に暴力を振るったことあったでしょう? そんな男のところに戻るはずはないし、子供を渡すわけない」

「親権は俺にある」ベーブの両拳《こぶし》がぎゅっと握られた。

「アメリカではね。でも、日本じゃ、今のところ、あなたには何の権利もない」

ベーブが立ち上がり、机の向こうの窓際に立ったままの遙香に近づいた。遙香の顔が恐怖で青ざめた。竹花は慌てて、ベーブの前に立ちはだかった。

「帰れよ。彼女には指一本、触れさせない」

「何もしやしない。ハルカさん、真澄と連絡が取れたら、もう一度やり直したいって、俺が言ってたって伝えてくれ。お願いします」ベーブが頭を下げた。

竹花は、遙香にソファーの方に移るように、目で合図した。遙香は竹花の背中をすり抜けて、ソファーの方に移動した。しかし、座りはしなかった。

顔を上げたベーブが竹花を見た。

「中里とかいう父親はどうなってるんだ?」ベーブが訊いた。

「そんなことあんたに答える必要ないだろう」

ベーブが、机の上に置かれた写真に目をやった。「それ、真澄の居場所に関係あるんじゃないのか」

「血迷うな。俺が、なぜ真澄さんの失踪を調査しなきゃならないんだ」

ベーブが腕をのばし、写真を手に取った。

「ここはどこだ」

「分からないから調べてる。もう一度言うが、真澄さんの件とは無関係だよ」

ベーブは竹花を睨んだまま、写真を鷲《わし》づかみにし、ジャケットの懐に押し込んだ。そして、肩を落として事務所を出ていった。

「俺たちは今から、彼女の兄貴の店で飲む。嘘だと思うんだったら、俺たちの後についてこい」

竹花の言ったことに答えたのは、玄関のドアの閉まる苛立《いらだ》った音だった。

竹花は遙香に優しく声をかけた。「怖かっただろう」

「ちょっとね。でも、意外だった」

「何が？」

竹花は、ベーブに持っていかれた写真を再びプリントアウトし始めた。

「もっと嫌な奴かと思ってた。でも、意外と純な感じがした」

「純だというのは褒めすぎだが、線が細いから暴れたりするんだよ。ギャングになる奴が全員、太い神経の持ち主だとは限らない」

「そうかもね。でも、竹花さん、格好よかったよ。激しいところは激しかったし、抑えるところはちゃんと抑えてたもの」

「久しぶりに、若い女に褒められた。嬉《うれ》しいね」

「ダッチワイフの冗談、面白かった」

「あれは冗談じゃない」

「え？　じゃ、竹花さん、毎晩、ダッチワイフを……」

「さあ、どうだろうね」竹花が肩をすくめて見せた。

「見ていい？」

「どうぞ。我儘《わがまま》で傍若無人な女より、可愛いかも」

遥香が寝室に向かった。竹花もついていく。遥香が押入を開けた。

一瞬、息をのんだ遥香だったが、急に笑い出した。笑いながら、ダッチワイフを押入から引きずり出した。

「よくできてるね」

「製作者は名品だと自慢してた」

「愛人をこんなとこに押し込んでたら可哀相」

「きもいオヤジに思えてきたろう？」

「ちょっとショックかな。でも、私、変態に偏見はないよ」

「安心したけど、俺にはダッチワイフを抱いて寝る趣味はない」

「じゃ、なぜここに」

「兄さんの店まで歩いていこう。道々、教えるから」

竹花と遙香は事務所を出た。周りに視線を走らせた。車が何台か停まっている。だが、尾行車が待機しているのかどうかは分からなかった。

ツタヤのある通りを目指した。

なぜ、ダッチワイフが家に置いてあったのか。ちょうど一年ほど前のことである。ダッチワイフを製作販売している会社の社長の娘の行状について調査した。娘の付き合っていた男は元AV男優で、振り込め詐欺の出し子《だこ》が仕事だった。覚醒剤《かくせいざい》もやっていた。娘は、そんなことは知らずに、男と付き合っていた。竹花の調査で、男の裏が暴かれ、娘は男と別れた。報酬はきちんともらったが、依頼人は会社の自慢の作品を勝手に送りつけてきたのだ。彼は、妻を亡くしてからは、自社製品と添い寝していると告白し、ずっと独身でいる竹花にも〝パートナー〟が必要だと老婆心を働かせたのだった。

「シリコンでできてるそうだ。そのまま粗大ゴミに出すわけにもいかないし、細かく砕くのも大変だから、そのまま押入に入れてあったんだ」

遙香が大声で笑い出した。「それ本当の話？　添い寝してたんじゃないの」

「馬鹿を言え。オナホールも何もかも未使用だよ。誰か引き取ってくれる人物がいたら、教えてくれないか」

長閑《のどか》な会話をしながら芋洗坂を上っていく。尾行はないようである。

『スコーピオン』は空《す》いていた。

カウンターでサラリーマン風の若い男がひとりで飲んでいるだけだった。店内には、七〇年代のダンスミュージックが流れていた。

勝彦は、妹が竹花と現れたことにちょっと驚いた様子だった。

遥香が客に声をかけた。若い男ははにかんだような目をして、それに応えた。それから、時々、目の端で竹花を見た。

「ちょっとあなたに見てもらいたいものがあるんだよ」竹花は、例の写真をテーブルにおいた。

「これ、ムネさんに似てない?」遥香が言った。

「おう、そうだよ。確かに宗典《むねのり》だよ」

「間違いない?」

「これって、グーグルのストリートビューですよね。このハンチングと赤いパンツ、ちょっと前まで、彼が気にいってた格好です。顔は消されてるけど、間違いなく宗典ですよ。でも、どうしてこんなものを竹花さんが……」

「姓は何て言うんですか?」

「高田《たかだ》です」

「彼は三茶に住んでるそうだけど、この写真に写ってるのは三茶じゃない」

勝彦がうなずいた。「そうですよね。スカイツリーが三茶からこんなに大きく見えるはずないですから」

「高田さんは、ここのお客さん？」

「ええ。ラジオ番組の制作会社の音楽プロデューサーをやってる人です。歳は四十で、バツイチ」

「彼は東京の出身ですか？」

「いえ。鳥取です」

「俺は、ここに写っているマンションの場所がどこか知りたいんだ」

「真澄さんと関係が？」

「いや。違う調査の手がかりなんだよ」

「電話してみましょうか？　奴はＤＪも時々やってる男だから、こんな時間でも寝てることは絶対にありませんから」

「是非」

勝彦が音楽のボリュームを少し下げ、棚に乗っていた携帯を手にした。

「遙香さん」客が口を開いた。「僕はそろそろ帰りますけど、お兄さんにちょっとしたものを渡してあります。後で受け取ってください」

「ちょっとしたもの」

「もう少しで誕生日でしょう？」

「あ、そう。ありがとう。後で楽しみに開けますね」

「大したもんじゃないですけど、受け取ってください」

高田という男は電話に出ないようだ。勝彦が連絡をくれるように留守電に吹き込んだ。

客が勘定を払って出ていった。兄妹が、その後ろ姿を見つめていた。

お替わりを頼んでから竹花が言った。「君に惚《ほ》れてるらしいね、今の客。俺を見る目にもささやかな嫉妬《しっと》の色が浮かんでたよ」

「ささやかな嫉妬。いい表現ね。でも、嫉妬は熱くなきゃ意味がないよ」

「はい、これ」勝彦が妹の前に、小さな包みを置いた。

遙香が開けた。指輪のようである。

「嫌だあ」遙香が身震いした。「エンゲージリングよ、これ。これをもらったら、結婚しますって言ったのと同じじゃない」

「これでまた客をひとり失ったな」勝彦が軽い調子で言った。

「何てこと言うのよ、兄さん。きもいって思わない？」邪険な手つきで、指輪を箱に戻し、包み直すと、兄の方に押しやった。

「悪いけど返しておいて」

「それはいいけど、お前がちゃんと言わないと駄目だよ」

「何を言えばいいのよ。あなたは世界一の勘違い男だとでも言うの」

「俺が立ち会うから」兄が諭すように言った。

「ダッチワイフを持ってる男の方がずっといい」

勝彦が口を半開きにして、妹を覗き込んだ。

「竹花さん、ダッチワイフを持ってるのよ」

「そうなんですか。そういう趣味が……」

「遙香さん、変態に偏見がないそうだよ」

「テキーラ、飲みたい」

「止めなさい」

兄が止めたが遙香はきかなかった。

「竹花さんの趣味じゃないのよ」

竹花が、先ほど遙香に伝えたことを繰り返した。「誰か引き取ってくれる人間がいないかな。未使用のシリコン製。買ったら六十万ぐらいするそうだ」

「そんなにするんだったら、中古屋に売ればいいじゃない」

遙香が口をはさんだ。いまだにエンゲージリングを見た時の不快感から抜け出られないでいるような顔をしている。

「中古屋に運ぶだけでも面倒だよ」

「ダッチワイフには名前がついているんじゃないの。リカちゃん人形みたいに」

「いや、あれにはついてなかったと思う」

「じゃ、遙香にして」

さらりとした口調だったが、丸っきり冗談とも思えないニュアンスが言外にこめられていた。

「妹は、ぐんと年の離れた男が好きなんですよ」

「兄さん、余計なこと言わないで！」

遥香が、グラスの中のテキーラを兄の顔にかけんばかりの勢いで怒った。

「いいじゃないか。セックスの趣味は人それぞれだから」

「兄貴はどっちかっていうとロリコンだよね。休みの日はひとりでガールズバーに行って、女子大生みたいな女の子と話してるのが好きなのよね」

勝彦の頬がかすかに赤らんだ。「そうだけど、ロリコンってわけじゃないよ」

「真性ロリコンじゃないけど、そのきらいはあるよ」そこまで言って、遥香は竹花に目を向けた。

竹花は改めて勝彦を見つめた。鬚《ひげ》をたくわえ、躰つきもいい。しかし、ハンターの目はしていない。ガールズトークに自然に混じれる柔らかい雰囲気を湛《たた》えた男である。益荒男《ますらお》ぶりを発揮はしないが、女を口説かないタイプでもなさそうだ。ガールズトークからベッドへ。竹花の世代の男たちには想像しがたい回路で女と繋がる男のようだ。ヤクザを相手に戦う熱い魂の持ち主だが、女に関しては柔らかい。ベーブのことが脳裏をよぎった。ベーブは、女に対しても益荒男ぶりを発揮していないといられないタイプ。半世紀前は、ベーブのような男が主流だったのだが。

アナクロ男、ベーブが、却《かえ》って竹花には新鮮だった。

「遙香って、自分の都合の悪い話になると、話題を変えるのが上手なんですよ。遙香がこれまで付き合った男って……」

「兄さん」

遙香が再び声を荒らげた時、勝彦の携帯が鳴った。

「……ちょっと話があるんだ。……分かった」

携帯を切った勝彦が竹花に視線を向けた。高田宗典は二十分ほどで、店に来るという。

「竹花さんって独身ですか？」

「一度も結婚したことがないんだ」

「遊びすぎたんですね」

「六十すぎまで、一度も結婚したことがないというと、大概の女は、肉体的、或いは精神的に問題があるんじゃないかって思って引き気味になるよ」

「いろいろあった。そんな感じがする」遙香が口をはさんだ。

「大したことはなかったさ」

「動物って、使わない器官は退化するんだってね」遙香が言った。

「そういう心配をして、依頼人は俺にダッチワイフを送ってくれたんだよ」

竹花の性生活に、独特の視点から触れてきた遙香に、竹花は興味を抱いた。

かつて律子《りつこ》という女と激しい恋に落ちた。それが悲惨な結末を迎えてからは、街の底で生きる女たちの間を、浮遊する生活を送ってきた。そういう女たちに竹花は信頼された。

女として女を演技し、躰を売っている彼女たちを安心させる何かを竹花は持っているらしい。そういう女たちは、口を極めて人の悪口を言うことが多かった。辟易《へきえき》したことは一度や二度ではない。しかし、説教めいたことを口にしたことは一度もなかった。聞き流すのが、もっとも、女たちのささくれ立った心を癒《い》やすことを知っているからだ。

　高田宗典はほぼ時間通りにやってきた。

　グレンチェックのハンチングを被り、グレーに抽象的な模様の走ったTシャツを着、ベージュの半ズボンを穿《は》いた男が入ってきた。

　勝彦が高田宗典を竹花に紹介した。

ずんぐりとして小柄だが、筋トレに励んでいるのか、躰は引き締まっていた。放射能汚染など気にせず、サーフィングをしていそうな日向臭《ひなたくさ》い肌をしていた。

　早速、謎《なぞ》の写真を彼に見せた。

「ほおう」高田は躰を振って笑い出した。「確かに俺ですよ。いつ頃の写真かな」

「場所が知りたいんです」

「富岡八幡宮の裏辺りです。こっちから行くと葛西橋通りを木場に向かって走ります。仙台堀川に亀久橋《かめひさばし》っていうのがかかってます。それを少し行った辺りですね」

「失礼だが、その辺りにお知り合いでも？」

「付き合ってた女が、まさにこの写真に写ってるマンションに住んでるんですよ」

「付き合ってた、というのはもう別れたってことですね」

「ええ。でも、今でも交流はあります」

高田は詳しい住所は、パソコンを開かないと分からないと言ったが、江東区平野二丁目にある、亀久リッシュというマンションに愛人でも囲ってる奴がいるんですか？」

「このマンションに愛人でも囲ってる奴がいるんですか？」

「そうじゃないんですが、或る調査の重要な手がかりになるマンションなんです。あなたのおかげで本当に助かった」竹花は礼を言った。

「そんな女がいたなんて、知らなかったなあ」勝彦が煙草に火をつけながら口を開いた。

「恋人ってわけじゃないから。麗子《れいこ》に振られたろう？　その後に出てきた女だけど、向こうも妻子ありと別れたばかりだったんだ。傷口を舐《な》め合っただけのクールな関係だったんだよ」

「女の方はクールを装ってるだけかもしれないわよ」遥香が言った。

高田は軽く肩をすくめ、グラスを空けた。

竹花はちらりと写真に目をやった。「もしも、このマンションに入らなければならないような事態が生じたら、協力してくれますか？」

「何をすればいいんですか？」

「あなたの知り合いの女性の友人ということで、マンション内に入れてもらいたいんです」

「彼女に訊いてみないと……。でも、多分、俺が頼んだら大丈夫だと思います」

「彼女は何をやってるんですか？」

「外資系の投資銀行に勤めてます」

竹花はグラスを空けると勘定を頼んだ。一万をほんの少し超えた金額だった。二万円を渡し、「後はみんなで飲んでください」と言って、腰を上げた。

「私も帰る。明日、早いの」

妹の言葉に、兄が意味ありげな笑みを浮かべた。

「送って行こう」

竹花と遙香が店を出た。

「すぐだから歩くしかないよ」

裏通りを歩く。小洒落《こじゃれ》たマンションが目立つがアパートや小さな一軒家も残っている。人気がない。夜更けに女がひとりで歩くのは止めた方がいいが、尾行の気配があるか否かを判断するには好都合な道である。

遙香が竹花の手を軽く握った。竹花は遙香を見つめた。遙香は目をそらすことはなかった。

「また遊びに行っていい？」

「いいよ。でも、あんなむさ苦しいところで会うよりも、どこかで食事でもしよう」

「明日、いや、今日は早番だから早く終わるよ」

「今日の約束はできない。連絡を取り合おう」

「オッケー」遥香の声が弾んでいる。愛くるしい声だった。

竹花は久しぶりに感情の高ぶりを覚えた。

十一

午前七時すぎ、電話で起こされた。事務所に戻ってもすぐに眠れず独酌した。それがたたって、頭が痛く胃の調子もすこぶる悪かった。

相手は新浦だった。

「学生の住まいが分かったぞ」

「どこだ？」

「真澄のマンションから歩いて五分とかからないとこだ」

竹花は住所とマンション名を控えた。

「学生は今頃、白河夜船、ぐっすりと寝てるんじゃないかな」

新浦は小杉義一が死体で発見されたことを知らないらしい。

「ありがとう。あんたも寝ろ」

「もしも真澄さんが学生のところにいたら、十一時に品川駅に来るのは無理だろうが」

「そうだな。あんたの依頼よりも中里の依頼を優先させるべきだからね。ともかく、マンションに行ってみる。まずは周辺の聞き込みをする。それに、神崎って元マルボウ、品川駅に来ないかもしれないぜ」

「どうして?」

「小杉義一が昨日、栃木県の山中で死体で発見された」

「やっぱり……」新浦が絶句した。

竹花はラジオやネットで知ったことを教えた。「……小杉は無職と発表されていたが、ブローカーだったことを警察はつかんでるに決まってる。同類が溜まる品川駅には、刑事がすでに行ってるだろう。あんたも行かない方がいいかもしれない」

「いや、普段通りにしてないと却って疑われる」

「小杉は、アパートから拉致され、どこかで首を絞められ殺された。そして、山ん中に捨てられたんだろうな」

「神崎に連絡を取ってみる。何も品川駅で会う必要はないんだから」

「そうしてくれ」

電話を切った竹花は、事務所に入ると、ソファーに躰を投げ出した。コーヒーを飲む気もしないほど気持ちが悪かったのだ。煙草に火をつけたが、二服吸っただけで消してしまった。

洗面をすませるとソルマックと胃薬を飲み、ウコンの錠剤を口に放《ほう》り込んだ。それからお茶を淹《い》れた。新聞を開く。

〝山中に首を絞められた男性の死体〟

そんな見出しの記事が見つかった。しかし、新しい情報は何も載っていなかった。

シャワーを浴び、服を着た。すでに九時近くになっていた。どんなに二日酔いでも、若い頃はもう少し動きが機敏だった。化粧もしないのに、起きてから出かけるのに二時間もかかっているなんて。竹花の頬がゆるんだ。

ぽつりぽつりと雨が降り出していた。タクシーに乗った。シートに躰を沈め、ぼんやりと外を見ていた。胃が重く、胸を突き上げてくる不快な感覚が残っている。

北見達也の住んでいる杉内コーポは、路地にあった。三階建ての細長い建物だった。管理人はいないようだ。杉内コーポの前には、大きなマンションが迫っていて、二〇二号室には、とても陽《ひ》が入りそうになかった。

竹花は、マンションの入口付近で、ポケット版の住宅地図を開き、行き先に迷っている振りをした。しばらくすると宅配便のセールスドライバーが段ボールを手にして表通りから走ってきた。トラックが入れば、他の車が立ち往生するしかないような道幅しかないのだ。

セールスドライバーは、北見のマンションに入っていった。インターホンで住人と話している。竹花は頃合いを見計らって、エントランスに入った。ちょうどガラスのドアが開いた。

「どうぞ」竹花はセールスドライバーを先に行かせた。

彼はエレベーターに乗ったが、竹花は階段を使った。

二〇二号室の呼び鈴を鳴らした。応答はなかった。すでに学校に行ってしまったのか。

もう一度、今度はしつこく鳴らした。

室内で物音がした。

「はい」生気のない声が返ってきた。

「北見達也さんですね」

「そうですが」

「私は探偵の竹花といいます」

竹花はドアスコープに向かって、名刺を見せた。

「奥宮真澄さんが、お宅にいると聞いたものですから、彼女に会いにきました」

ドアチェーンが外される音がした。

短い髪が乱れていた。眠気に溶け出したように顔の輪郭が曖昧《あいまい》になっている。

三和土《たたき》に目をやった。女ものの履き物も子供の靴もなかった。

「奥宮さんが、ここにいるなんて誰が言ったんですか？」

「不確かな情報です。だから確かめにきたんです」竹花の視線は奥に注がれていた。

短い廊下の向こうにドアがあった。ドアは半開きになっていた。寝乱れたベッドの端が見えた。

奥宮親子が、ここに匿われているとは考えられなかった。

「僕も彼女のことを心配してます。携帯を鳴らしても全然、出ないんです」

「もう一眠りしたいでしょうが、少し、私の話に付き合ってもらえませんか？」

「いいですよ、どうぞ」北見は一呼吸おいて、生気のない声で答えた。

壁中が本棚の部屋だった。フランス語の原書が机に載っていた。

仕事で学生の部屋を訪ねたことが、これまで何度かあったが、これほど学生らしい雰囲気の部屋に入ったのは初めてだった。ガットギターが壁に立てかけられている。ポスターは、ジェラール・フィリップが主演した『赤と黒』だった。

「スタンダールが好きなの？」

「ええ」

狭い部屋だから、竹花は床に腰を下ろした。靴の置き場がないらしく、組立式の家具を利用して、そこにブーツやスニーカーが押し込んであった。ファンシーケースを目にするのは久しぶりのことである。

北見は洗面所のドアを開けた。「調べるんだったらどうぞ。人が隠れられる場所は、洗面所しかありませんから」

「残念だよ。真澄さん親子が、君のところにいてほしかった」

北見がベッドの端に浅く腰を下ろした。「彼女に何かあったんですか？」

「探偵にも守秘義務があるから言えないが、家に戻れない由々《ゆゆ》しき事態になってるらしいんだ。ここしばらく音信不通なんだね」

「ええ」

アクリル製の白いテーブルの上には、マグカップやインスタント焼きそばの容器、メモ帳、ペン立てなどが雑然と載っている。気になるものが目に入った。放射線量測定器。

「放射線量を気にしてるんだね」

「僕はそれほど神経質にはなってません。これ、真澄さんに頼まれて買ったんです。渡そうと思って電話をしても通じない。家にも行ってみましたが、返事はありませんでした。だから、すごく心配してるんです」

「これからも時々、彼女に連絡を取ってくれないか。留守電だったら、探偵・竹花が会いたがってるって吹き込んでおいて」

「彼女に危険が迫ってるってことですか？」

「或る人物が、彼女の息子を攫《さら》おうとした。偶然だけど、助けたのは俺なんだ。だから俺は、彼女の味方だよ」

「でも、あなたは誰かからお金をもらって動いてるんでしょう？」

「ボランティアは俺の趣味じゃない。依頼人については彼女が知ってる。ともかく、真澄さん親子を援助してる人物がいる。その状態に彼女自身が満足してるんだったら、俺が四の五の言う必要はないし、依頼人も引くしかない。だけど、家財道具を家から引き取ることもできずに行方をくらました状態がベターなはずはない。そうだろう？」

北見が小さくうなずいた。

竹花は机の上に開かれていた原書を手に取った。ミステリのようである。

「なかなか難しいな」

「竹花さん、フランス語が分かるんですか？」

「昔、向こうに住んでたことがあったから」

長いフレーズの一部にカンマがあった。そこに？マークがついていた。北見がつけたものだろう。

竹花の携帯が鳴った。新浦からだった。

「どうだった？」

「話は後でする。それより神崎は……」

「品川駅で会う人間がいるそうだ」

「俺は予定通り、駅に行くよ」電話を切った竹花は、原書に目を戻した。「このカンマはくせ者だよ。文脈からするとおそらく、関係代名詞の代わりだな」竹花は原書を元に戻し、立ち上がった。「連絡がついたら、俺の伝言を伝え、電話がほしいと言ってくれ。それから、俺が動き回ってることは、真澄さん以外には言わないでくれないか」

北見は不安げな顔をした。「健太君を拉致しようとした人間が……」

「脅かすわけじゃないが、君を訪ねてくるかもしれない。でも、心配はいらん。君は何も知らないんだから、正直に答えればそれですむ。変なことがあったら、いつでも俺の携帯を鳴らしてくれ」

そう言い残して、竹花は北見の部屋を出た。

雨脚が強くなっていた。小走りに表通りに向かい、再びタクシーを拾い、品川駅に向かった。

駅のコンコースに、肩を落として歩いている男の後ろ姿が見えた。

竹花は急ぎ足になった。そして、新浦の肩を叩いた。

「で、どうだった？」

新浦の声は、伸びきったゴム紐《ひも》のようだった。

もう学生のことには興味が失せてしまったのだろう。小杉義一の件のことで頭が一杯なのかもしれない。

「あの学生は何も知らない。彼の部屋に入ったが、女子供が同居していた跡もなかった」

「あの親子は忽然《こつぜん》と姿を消したか」新浦がつぶやくように言った。

「八方塞《ふさ》がりだよ。だけど、朗報もある」

新浦の目が異様に鋭くなった。「真澄さんのことで何か？」

「違う。小杉がプリントアウトしたストリートビューの場所が分かった」

新浦の足が停まった。「どこなんだ」

「江東区平野二丁目……。元マルボウにあった後、そっちに行ってみるよ」竹花の口許《くちもと》に笑みが垂れた。「乗りかかった舟だからしかたないが、中里から金をもらってるのに、そっちの方の進展はない。心苦しいよ」

「俺はちゃんと借りは返す男だ。まあ見ててくれ」新浦が胸を張って、きっぱりと言ってのけた。

竹花は返す言葉がなかった。

　昨日と同じように、入場券を買って中央改札を通った。余田の姿が待合スペースの端の方にあった。ふたりの男が彼を囲んでいる。周りには他に人はいなかった。ふたりの男は刑事かもしれない。刑事だとしたら、管轄が違うので、警視庁が動いているはずはない。栃木県警の刑事が上京してきたと見ていいだろう。

「見慣れない顔だな」

「じゃ刑事だ」

「あんたは警察には会わない方がいい。俺はどうせ調べられるんだから堂々と会いにいくがな」

　竹花は新浦の言ったことをすんなりと受けた。捜査線上に上がっているはずもない自分が関係者のリストに自ら載るような真似《まね》をするのは得策ではない。

　待合スペースを離れ、エキュートの方に向かった。ニューデイズでリポビタンDを買い、待合スペースの見える場所まで戻った。余田と共に、新浦も刑事たちに事情聴取されていた。後ろに人の気配がした。

「やっぱり、竹花さんかい」

　男は濃いサングラスをかけ、口ひげを蓄えていた。しっかりとした眉と厚い唇の持ち主で、髪はベリーショート。小柄だが、胸板が厚く、肩はいかっている。やや脂ぎった感じがするが、細胞から精力を滲《にじ》み出させているような雰囲気の男だ。歳は五十五、六といったところだろうか。

「久しぶりだな、楢山《ならやま》さん。こんなとこで何をしてるんだい？」

「俺、今は神崎って名前なんだ」

「ほう。元マルボウの神崎があんただったとはね。これは驚きだ」

「昨日、新浦から電話をもらう前、余田から竹花って探偵の話を聞いた。あんただと思ったよ。あんなおめでたい名前の探偵はそうそういるもんじゃないからな」

「婿養子にでも入ったのか」

「逆だよ。婿養子だったが、離婚して元の姓に戻った」

竹花が楢山、いや神崎を見つめた。頬が薄くゆるんだ。

「何がおかしい」

「婿養子だったにしては影が濃かったと思ってさ」

「外弁慶なんだよ、俺は」

「ところで新浦の話だと、あんたここで誰かと待ち合わせをしてたんだろう？」

「もう終わった」

竹花は新浦の方に再び目をやった。ふたりの刑事のうち、白髪混じりの刑事が新浦と話していた。もうひとりは相変わらず余田の前でメモを取っている。

最近の警察は、相手の人権を配慮して、人前で質問をすることを避ける。警察が質問しているだけで、あいつは何かやったんだ、という誤解が生じ、後々、相手が白い目で見られる可能性があるからだ。余田や新浦に対して、刑事たちは、話せる場所を彼らに任せたはずだ。ふたりとも、その場で応じることにしたらしい。

「あんたも事情聴取されたのか」竹花が神崎に訊いた。

「会ってた奴ってのは、あそこにいる刑事たちだよ。質問したい連中がうろついてるから、都合がいいだろうから、あえてここを選んだ」

「一般市民に戻っても、警官魂は失われていないってことか」

神崎は曖昧に笑っただけだった。「新浦をここで待っててもしかたがない。喫茶店にでも行こうぜ」

竹花はうなずき、駅構内を後にした。新浦はおっつけ電話をしてくるだろう。

改札を出た瞬間、ふたりの男が神崎に寄ってきた。柄が悪いことだけは確かだが、刑事なのか、闇社会の人間かは判断がつかなかった。男たちが竹花をじっと見つめた。

「明日にしてくれ。俺は忙しいんだ」神崎がふてぶてしい態度で男たちに言った。

「こっちは待つのに飽きたんですがね」中肉中背の男が濡れた目を神崎に向けた。

神崎が竹花を見た。「ちょっと待っててくれ」

神崎は男たちを連れて竹花から離れた。

神崎は闇金業者から金を借りて返せないでいるのかもしれない。

五分ほど待たされた。男たちが港南口の方に去っていった。

「何者なんだい？」竹花が訊いた。

「博打《ばくち》の借金が溜まっててね」神崎は悪びれもせずに答えた。

「博打って？」

「麻雀。俺はよくプロともやるんだよ。プロは競技麻雀には強いが、賭け事になるとけっこうビビってくれる」

「でも負けてるんだな」

「ここんとこ、つかなくて。だけど、自慢するわけじゃないが、俺は、金融屋がつくほど強いんだよ。俺に乗ってれば、あいつらも稼げるからな。あんなに焦って取り立てなくてもいいのに」神崎がチッと舌を鳴らした。

「榎木田って元付けも麻雀が強いそうじゃないか」

「確かに。だけど、あいつもレートを上げるとビビるんだ」神崎が下卑た笑みを頬に垂らした。

昨日、余田と話したルノアールに入った。

座った瞬間、ふたりとも煙草に火をつけた。「あんたまだハイライトを吸ってるのか」

神崎の前にはマイルドセブン・エクストラライトが置いてあった。

「一箱、千円になっても止める気もないし、変える気もない」

「煙草なんかで粋がるなんてガキのやることだぜ」

「俺は、健康至上主義ってのが性に合わないだけさ」

「肺癌《がん》だろうが肺気腫《はいきしゅ》だろうが、なったらきついぜ。探偵なんかやってられないよ」

「刑事を辞めた奴が、病院に拾われることが多いって話じゃないか。病院の事務局に勤めたらいいのに」

「相変わらず減らず口の多い野郎だな」

ふたりともブレンドを頼んだ。

神崎が手帳を開いた。「ハイエースの所有者は、新宿にある探偵社の人間だったよ」

竹花は探偵社と所長の名前を控えた。

コーヒーが運ばれてきた。

「小杉のことで知ってることがあったら教えてくれないか」

「奴は、元付けが用意した三千万を、一芝居打って、自分のものにした」

「そんな話があるのは新浦から聞いたが、本当かどうかは疑問だな。小杉は被害届を出したんだろう？　鞄《かばん》の中身について本当のことを言ったかどうかは知らないが」

「一緒にいた女は、知り合ったばかりの人間だった。わざと証人を用意したって気がする」

「榎木田が誰かを使ってやったとも考えられるじゃないか」

「まあね」

「榎木田、姿を消したらしいが、そのことで何か知ってるかい？」

神崎がサングラスを外し、上目遣いに竹花を見た。ぱっちりとした目だが、瞳《ひとみ》は淀《よど》んでいた。

「あんた、榎木田が小杉を殺《や》ったと思ってるみたいだな」

「予見は間違いの元。刑事だったあんたは、そのことを痛いほど知ってるはずだぜ」

十年以上前のことだが、竹花は警察に不当な扱いを受けた。山梨の暴力団と付き合っていた女の父親から、娘が捕まってもかまわないから、覚醒剤を止めさせたい。そのための証拠を握ってくれと頼まれた。問題の男の弟は歌舞伎町でバーをやっていた。弟に接触し、そこから問題の男との付き合いを作った。同じ頃、警察が内偵を進めていた。頻繁に暴力団員たちと会っている竹花のことも彼らは調べた。探偵という職業は、口には出さねども、警察からみたら詐欺師か暴力団のフロントと同じようにしか考えられていない。もっとも、そう思われてもしかたがない探偵がいるのは事実だが。ともかく、暴力団員と女が炙《あぶ》りをやっている現場に竹花は踏み込んだ。その直後、刑事たちが、群れをなしてやってきたのだ。

竹花の所持品からパケも出てこなかったし、尿検査でもシロだった。にもかかわらず、当時楢山と名乗っていた神崎は、竹花の事務所をもガサ入れし、期限ぎりぎりまで勾留《こうりゅう》した。神崎の聴取は激しく、椅子ごと、竹花を床に倒したこともあった。その椅子はロープでしっかりと固定されていたので、椅子でもって刑事に対抗することはできなかった。民主国家でそんな横暴なことが行われるはずはない、というのは認識不足である。少なくとも十年以上前までは、そうやって自白を強要することもあったのだ。

クールにかまえて、時には軽口を叩く竹花の態度が神崎は気に入らなかったらしい。イジメに繋がるような湿った感情を持っている男である。

「榎木田は、金主から逃げたんだろうよ」神崎が言った。

「榎木田の金主はひとりだったのか」

「それは俺には分からない。そういうことをべらべらしゃべる元付けはいないから。竹花さん、小杉捜しの依頼人は新浦のようだが、あいつに調査費を払える金があるとは思えんのだがな」

「あいつ、バカラで儲けたんだよ」

「被疑者に金の出所を訊くと、決まってギャンブルで勝ったって言うぜ。榎木田が睨んでた通り、小杉と新浦が共謀して三千万を盗んだ。だが、ふたりの間に何らかのトラブルが起こった。そうも考えられるだろうが」

「確かに」

「あんたと新浦はどこで知り合ったんだい」

竹花は以前の調査の過程で知り合い、再会したのはこの間だと正直に教え、拉致未遂事件についても話した。

「なるほど。川崎にあるどこぞの組の紀藤とかいうヤクザのことを新浦は気にしてたが、そいつが拉致未遂に関係してるのか」

「まあね」

竹花の携帯が鳴った。新浦からだった。竹花は神崎とルノアールにいることを教えた。

「新浦に言われたことを調べてみたよ」神崎がだらりとした口調で言った。

「紀藤はどこの組の者なんだ」

「済世連合会《さいせいれんごうかい》の三次団体、多摩崎組《たまざきぐみ》の幹部だ。だが、幹部っていったって、組自体が小さいから、歳を食ってるわりには、うだつの上がらないヤクザのようだ。済世連合会ぐらいの大きな組織は大会社と同じ。紀藤は子会社で燻《くすぶ》ったまま一生を終えるんじゃないかな」

「前科は？」

「傷害やら恐喝やらで三回実刑を食らってる。多摩崎組は武闘派で知られてる組だよ。だが、今は暴力団に対する警察の締め付けが厳しいから、大人しくしてるがね。五年ほど前、いや、もう少し前かな、投資会社の社長が南青山の裏通りで射殺された事件があった。その社長、土地取引のことで済世連合会ともめてた。殺ったのは多摩崎組の若いのだった」

「そんな事件あったな」

「鉄砲玉は捕まったが、鉄砲は出てこなかった。殺った奴は、江戸川に捨てたって言ったんだが、見つからなかった」

神崎がメモを竹花の前に置いた。「紀藤のヤサの住所だ」

紀藤は渋谷区円山町のマンションに住む、木下多恵《きのしたたえ》という女のところに転がり込んでいる。

「ありがとう。助かったよ。ところで栃木県警にコネはないのか」

神崎がにやりとした。「栃木のヤクザなら知ってるけど、県警にパイプはない」

「どんなルートでもかまわんから、小杉事件に関する情報が入ったら流してくれよ」

「小杉のアパートはどこにある」

「梅丘だと聞いてる」

「北沢署の管轄だな。まあ、何とか探ってみよう」

「それなりに礼はする」

「あんたには昔、迷惑をかけた。罪滅ぼしに安くしておくぜ」

「いくらほしい」

「十万。前払いでお願いしますよ」

竹花は財布から札を取り出し、神崎に渡した。

新浦が現れ、竹花の隣に腰を下ろした。憔悴《しょうすい》し切った顔をしている。ウェートレスにアイスコーヒーを頼み、出された水を一気に飲み干した。

「田舎の刑事は、てきぱきしてないから疲れたよ」新浦が大きく息を吐いた。

「それも奴らの手かもしれないぜ」竹花が言った。

「その通りだ。甘く見てると痛い目に遭うぜ」

「俺が痛い目に遭うことはないよ。だって、小杉の事件とは関係ないんだから」

「でも、疑われてる」竹花が言った。

「警察は関係者全員を疑うだろうよ。けど、第一の容疑者は榎木田だ。警察は必死で奴の行方を追ってるみたいだから」

「俺もさっき聴取された。新浦さん、あんたカリマンタン島の件、警察に話したのか?」

「神崎さんは?」

「教えるしかないだろうが。他のブローカーの耳にも入ってるはずだから。自分にも声がかかったから、金を集めようとしてるが、うまくいってないって答えた」

「大体、俺の答えも同じようなものだ。金主の話は、余田さんがしゃべったらしく、刑事たちはよく知ってた」

「神崎さん、知り得た情報を流してくれるそうだよ」

「それは助かるな」

「新浦さん、もう小杉は死んだんだぜ。調査なんかしたって意味がないだろうが」

「喉にひっかかってるものが魚の小骨だって分かってても、取り除かないと気がすまない。何事も澄み切った空のような状態がベストじゃないか」

神崎が小馬鹿にしたように笑った。「時々、新浦さん、詩人か哲学者めいたことを口にするんだ。人知を超えている関係でも、そこには必ず法則性があるなんて言うんだからな」

「それは真実さ。人間の脳の中には使われてない部分、或いはかつては活発だったが、今は利用していない部分がいくらでもある。だから……」

神崎が右腕をかざして、新浦の言葉を制した。

「もういい。うざい話は疲れる」

「小杉さん、根来さんとはうまくいってなかったようだね」

竹花の言葉に神崎は、新浦を睨んだ。「少しは口を慎め」

「本当の話なんだろう？」

「そりは合わなかったさ。だけど、それだけのことだよ」

場の雰囲気が重苦しくなった。

「どうなんです？　神崎さんの元付け、乗り気じゃないんですか？」新浦が話を変えた。

「そうなんだ。だけど、独自に目をつけた女がいる。これから、その女に会ってくる。資産家の爺さんが死んで、たんまり金の入った女でな。金の使い道に困ってるらしいんだ。あんたは大変だな。元付けが入院しちゃったんだろう？」

「俺は金主になってくれる爺さんを見つけたよ。うまくいけば黙って金を出してくれるはずだ」新浦が自信たっぷりに答えた。

演技がうまい。竹花は感心した。

神崎が腕時計を見た。「俺は行かなきゃ」

神崎と携帯番号の交換をした。神崎が姿を消すと、竹花は、神崎との因縁を新浦に教えた。

「変だなって思ってたよ。初対面の感じがしなかったから。でも、びっくりだな。あいつ、俺にも何も言わなかったけど」

「俺を驚かせたかったんだろうよ」

伝票を手に取ると竹花は立ち上がった。

「俺、また明日、事情聴取を受けることになってる」

「どこで？　住所不定なんだろうが」

「京橋に知り合いのイタリアンレストランがあるんだ」新浦が店の名前を口にした。老舗《しにせ》である。

「金のある頃、俺は上客だった。そこの事務所の名前を使わせてもらった。ひょっとするとそこで、しばらく寝泊まりできるかもしれない」

「銀座のクラブでシャンパンを飲み、名の知れたイタリア料理屋で寝泊まりする。あんたは、実に面白い」

新浦が口を細めて笑い、こう言った。「人生、これからだよ」

「平野には、俺も一緒に行く。いいか」

竹花は黙ってうなずいた。

激しくなっていた雨は急に上がり、陽《ひ》ざしが濡《ぬ》れた街路樹と戯れていた。人の心も読めないが天候も同じだということだ。

竹花はしばらく徒歩で三田方面に歩いた。そして、思い出したことがあったかのように立ち止まり、喫茶店に戻った。ウェートレスに携帯がなかったかと訊いた。あるはずはない。尾行者がいないかどうか確かめたにすぎないのだから。

十二

タクシーで亀久橋を目指した。永代通りから葛西橋通りに入った。大和橋の手前で車を降りた。そして、仙台堀川にかかる亀久橋を進んだ。橋を越えた辺りが平野二丁目である。しばらく行くと、問題のマンションが右側に見えてきた。スカイツリーは、写真よりも随分育っていたが、マンションは写真と寸分も違《たが》わなかった。

竹花はアイポッドで音楽を聴く振りをして、ビデオを回した。そして、そのままマンションの中に入った。

一階はロビーになっていた。

人を捜しているような動きで、郵便ポストをビデオに収めてゆく。高田の付き合っていた女の名前もあった。全部で四十世帯ぐらい入っているマンションである。この中に死んだ小杉が興味を抱いていた人物が住んでいるか或いは住んでいたに違いない。

管理人がじっと竹花たちの様子をうかがっていた。

新浦が管理人に話しかけた。「このマンションに、音楽関係の仕事をしている方はいませんかね」

「あなたは？」

「簡単に言えば、借金取りです」

「何て名前の方ですか？」

「新山新《にいやまあらた》。上から読んでも下から読んでもってやつですよ」

「そんな人はいませんよ」

「名前も住まいも、免許証で確かめてあるんですがね。まあいいや。調べ直してまた出直してきます」

竹花がビデオを撮り終わったのを見計らって、新浦は引き下がった。

竹花は管理人に一礼して外に出た。新浦が竹花の横に並んだ。

「あんたの名演技のおかげで、仕事はスムーズに運んだよ」

亀久橋にさしかかった。三角形の桁《けた》を組んだトラス式の橋である。陽ざしが橋を囲った鉄骨に鈍く跳ねていた。新浦が足を止めて、欄干に両手を置いた。欄干はまだかすかに濡れているようだった。

「川はいいねえ。銀座の運河を潰《つぶ》した奴は馬鹿だよ」

護岸工事がなされ、リバーサイドにはマンションが建ち、サクラの木が植えられている。竹花は学生の頃に、何度かこの辺りにきたことがある。友人が近くに住んでいたのだ。当時は、川岸はすべて倉庫か材木屋で、製材された材木がずらりと並び、川には太い丸太が何本も浮かんでいた。

そんな光景は跡形もなく消えてしまっている。

水面は静かで、陽光だけが戯れていた。

新浦が煙草《タバコ》に火をつけた。「この橋も、関東大震災の復興事業のひとつとして架けられたって知ってたか」

「あんたは博学だな」

「無駄な知識で、頭ん中の川が氾濫《はんらん》を起こしそうだ。氾濫を起こした後は……」そこまで言って、一瞬新浦は黙った。「ゴミのような悲しみがヘドロとなって残るだけだ」

竹花も煙草に火をつけた。「自業自得のことを美しく語る才能は認めるよ」

「東北の大震災での被災者のことを、俺は時々考える。大変だろうと思う。だけど、人間って勝手だから、今、目の前にある自分の問題のことで頭が一杯。対岸の火事を消しにいくような気持ちにはなれない」

「それはいいも悪いもない。それもまた人間らしいことさ」

「俺、本気でボランティアとして被災地に行こうかと思ったことがあったよ」

「ボランティアをやることで、今ある問題から逃げようとしたんだな」

「その通り。動機は不純だが、それなりに役に立つと思った。だけど電車が動いてなかったから止《や》めた」

「震災の時にどこにいたんだ」

「新宿にあるデパートの中。しがないブローカーは、デパートの待合所で会うこともあるんだ。俺は帰宅難民にもなれないから、ずっとデパートにいた。外を見たらすごい人だった。学生の頃のデモを思い出したが、その比じゃなかった。早めに閉店するっていうから、俺はデパートの奴に、店を一昼夜開けて開放しろって何度も言ってやったよ」

「そうしたデパートがあったな」

「俺のいたデパートはそうしなかった。外に出た俺は歩いたね」

「どこまで？」

「帰宅するところがないんだから、ただ歩いてた。看板みたいなものが俺の後ろに落ちてきたこともあったよ」

「家族には連絡を取ったのか」

「地震発生直後に電話した。運良く通じた。女房が出たから、大丈夫だったかって訊《き》いたけど、あいつ、一言も言葉を発せず切っちまいやがった」

新浦の妻が、他の男と愉《たの》しそうにホテルから出てきた時の光景が脳裏を過《よ》ぎった。

ふたりの吸っている煙草の煙が、絡み合って消えていった。

「川を見すぎてると吸い込まれちまうぜ。行こう」竹花が新浦の肩を叩《たた》いた。

煙草を靴でもみ消した新浦が欄干を離れようとした。だが、再び欄干に手をやり、川に目を向けた。先ほどよりも身を乗り出している。

「どうした？」

「反対側の歩道をふたりの外国人が歩いてるだろう？」

竹花は肩越しに振り返った。東南アジア系らしい男がふたり橋を渡って、平野の方に向かっている。

「何者なんだ」

「ひょろっとした方がインドネシアの大使館員で、背が低い奴が採掘権を根来に売り込んだ男だ。俺は顔を知られているから、あんたが後を尾《つ》けてくれ」

「俺から連絡を入れるから、携帯を鳴らすなよ」

竹花はまたアイポッドで音楽を聴いている振りをして、踵《きびす》を返した。

ふたりの外国人の足取りは落ち着いている。ほとんど会話は交わしていない。背の高い方はベージュのスーツに白いシャツを着ていた。スーツの生地は麻らしい。もうひとりは、デニムに萌葱《もえぎ》色のTシャツ姿だった。

小杉がストリートビューで見たマンションに入っていく可能性が大である。竹花は歩を速めた。車道の幅は結構あるので、反対側の歩道を歩いている人物を、彼らは気に留めてもいなかった。適当なところで車道を渡った。彼らを正面に見ながら、音楽を変えるのに手間取っている振りをして、彼らにレンズを向けた。スーツの男の鋭い視線が竹花をとらえた。しかし、竹花の盗撮には気づいていない様子だった。竹花と男たちはすれ違った。

振り返ると、男たちが、問題のマンションに入っていくところだった。

亀久橋に戻る。新浦は、橋が架けられた昭和の初めからそこにそうやっているかのように、同じ格好で川を眺めていた。

竹花に気づくと、笑みを浮かべた。無理に作った笑みのようだ。様子が変である。

「どうした？」

「どうしたって何が？」

「躰《からだ》の調子が悪いのか」

「ちょっとな。それよりあいつらどうした？」

「思った通り、あのマンションに入っていった」

「おかしい」新浦が低くうめくような調子でつぶやいた。

「大使館員が、今頃、こんなところにいるのもおかしいし、もうひとりが、再来日したんだったら、根来が何か言うはずだ」

「とんでもないガセだったらしいな」

「根来の野郎」新浦が歯ぎしりをした。

「俺は事務所に戻って、今、撮ったビデオを調べる。それから、昨日会った高田という男に連絡を取り、あのマンションに住む高田のガールフレンドと会えれば会って、あのマンションに入ってみる」

「俺は一休みするよ」

「俺ん家《ち》で休むか」

「いや」新浦は歯切れが悪かった。

「新浦さん、ひとりで根来に会いに行くなよ。行く時は俺も行く。小杉殺しに根来が深く関係しているかもしれないんだから」

「いつ死んでもいいって思ってるが、まだ死ねないな」

「俺の言うこと聞けるな」竹花は脅しに近い口調で言った。

「うん」

タクシーを拾った。

イタリアンレストランの事務所で休むという新浦を京橋で落とし、事務所に戻った。午後二時少し前だった。一息ついてから高田の携帯を鳴らした。留守電になっていた。スタジオに入っているのかもしれない。

アイポッドのビデオをパソコンに落とす。そして、まず男たちの姿を拡大し、プリントアウトした。それから、郵便ポストの名前をひとつひとつ見ていった。

外国人の名前の入ったポストは一個しかなかった。竹花の頰《ほお》に笑みが浮かんだ。高田のガールフレンドの隣の部屋だったのだ。

アブドゥル・ビルマンと、カタカナとローマ字で書かれていた。

アブドゥルはイスラム教徒の名前である。インドネシアにはムスリムが多い。

ジャカルタに暮らしていた根来だから、在日インドネシア人の知り合いがいたに違いない。金に困ったインドネシア人に一芝居打たせたのかもしれない。

三時頃、高田から電話が入った。事情を話すと、早速、元の恋人に連絡を取ってくれた。

高田とは六本木の交差点で待ち合わせをし、午後九時すぎに、例のマンションに行くことになった。

竹花の本筋の仕事は、中里のために真澄親子を発見することである。しかし、現在のところ手繰れる細い糸すら見つかっていない。手の施しようがない。一旦《いったん》、頭を白紙にして、アメリカに発つ前の人間関係から洗い直す必要があるだろう。

それにはやはり、住んでいた彼女の部屋に入る必要がある。何も見つからないかもしれないが、ともかく、部屋の中を調べてみたい。竹花の腕で、鍵《かぎ》が開けられるかどうかは分からない。それに、ベーブが依頼した連中が、マンションを監視している可能性もある。

すっかり酒も抜け、胃の調子もよくなった。竹花はベッドの上に大の字に寝転がったが、三十分も経たないうちに携帯が鳴った。公衆電話からの電話だった。

「奥宮真澄です」

「お久しぶり」竹花は何事もなかったように明るく応対した。

真澄が黙ってしまった。

「随分、心配しましたよ。元気な声が聞けてよかった」

「中里、まだ私たちを捜してるんですか？」

「誰からその話を聞きました？」

「誰からも聞いてません。竹花さんが彼に、何があったか話せば、私たちをあなたに捜させると思っただけです」

「誰があなたを匿《かくま》い、援助しているのかは分かりませんが、中里さんは頼りになります。過去のことを引きずっているでしょうが、ここは、彼の世話になったらどうですか？」

「……………」

急に外の音が聞こえてきた。真澄は電話ボックスからかけていて、暑いのでドアを開けた。そんな気がした。

車の音が消えると、鳥の囀《さえず》る声が竹花の耳に届いた。

「あなたの元の夫に会いましたよ。彼は何が何でも、健太君をアメリカに連れ戻す気でいます」

「あの人は、獲物に食らいついたら絶対に放さないドーベルマンみたいな男です」

「ドーベルマンにしては太りすぎだな」

真澄がかすかな笑い声を立てた。しかし、それは一瞬のことだった。

「あの人、あなたに何を言ったんですか？」

「あなたと話し合いたいと言ってましたが、信用できる話じゃないですよね」

「あの人を国外退去させる方法はないでしょうか？」

「健太君の拉致未遂事件を警察に話し、首謀者が元夫だと言えば、簡単に事は解決しますよ」そうはしないと分かっていたが、竹花は口にしてみた。

真澄は黙った。

かすかにだが電車の音がした。そして、こんな男女のしゃべり声が聞こえた。

〝タクシーにする？〟〝電車の方が早いよ〟

竹花が再び口を開いた。「それが嫌だということになると難しいな。偽造パスポートで入国していれば別ですが。アメリカのマフィアかもしれないというだけでは警察は動けない。日本の暴力団と非合法な取引をしていることが証明されれば話は変わってくるだろうが、証拠をつかむには時間がかかる」

「彼と関係のある暴力団の名前を知りたいんですが」

「そんなこと訊いてどうするつもりです？」

「ダメ元で、警察に話します」

「彼が関係を持っているのは済世連合会という組で、あなたの息子さんを拉致《らち》しようとしたのは、その下部組織の多摩崎組の連中らしい。あなたは元の旦那が日本の暴力団とどんな関係を持ってるのか、知ってるんですか？」

「マネーロンダリングです」真澄はあっさりと答えた。「犯罪で得たお金を、暴力団と裏で繋《つな》がってる企業に一旦送金する。そこで綺麗《きれい》な金に換えてるんです」

「なるほど」

「竹花さん、もしもまた彼に会うようなことがあったら、私から電話があって、警察に知ってることを話したと教えてください。今のところははったりですが、私は本気です」

「何とか伝えてみましょう」

「お願いします」

「真澄さん、どうしても中里さんに会うのは嫌なんですか？」

「困ったら、お願いするかもしれません」

「待ってます」

「ところで、私たちを助けてくれた方、どうしてます？」

「俺の助手となって、あなたを捜してます」

「じゃ、あなたのところに勤めているんですか？」

「アルバイトのようなものです」

「ちゃんとしたお礼を言ってなかったですから、竹花さんから伝えてください」

「ついさっきまで一緒だったんですがね」

「一緒に私のことを調べ回ってるんですか？」

「北見君って学生に会いましたよ」

「本当に？」

「真澄さん、俺にだけ居場所を教えてくれませんか。あなたの承諾なしに中里さんに教えたりは絶対にしませんから」

「今のところはまだ。すみません」

そう言って、真澄は一方的に電話を切ってしまった。

竹花は煙草に火をつけ、再びベッドに寝転がった。

真澄の声は決して明るくはなかった。しかし、終始、落ち着いていた。援助者が心の支えになっているのだろう。相手が男とは限らないが、荒手の人間を向こうに回しているのだから、男の可能性が高い。

竹花は紀藤の携帯を鳴らした。紀藤はすぐに出た。

「用は何だあ？」紀藤が威圧感のある声で訊いてきた。

「こんな格言を知らないか？　弱いヤクザほどよくすごむ」

「おい、こらっ。つけあがるんじゃねえぞ、ジジイの探偵が」

「例の女から今、電話があったよ」

「本当か」

竹花は、彼女の言ったことを少し脚色して紀藤に伝えた。

「彼女、すでに警察に伝えたらしい。マネーロンダリングをやってたんだってね」

「何の話か俺には分からない」

「ともかくあんたらとミスター・マツイの関係をあの女は警察に通報するって言ってる。ミスター・マツイをアメリカに帰した方がいいんじゃないのか。あんたらの上部組織の尻に火がつかないうちに」

「上の人間に伝えておくよ」紀藤はそう言って電話を切った。

真澄はどこから電話してきたのだろうか。鳥の囀りが幾度か聞こえた。公園の中の電話ボックスではなかろうか。都内の公園と決めつけるわけにはいかないが。

〝タクシーにする？〟と女が訊き、〝電車の方が早いよ〟と男が答えた。

都内にいるのか。

たとえそうだとしても、公衆電話ボックスを設置している公園はいくつもあるだろう。真澄がかけてきた公園を特定するのは不可能に近い。

十三

高田と六本木の交差点で落ち合うために、竹花は事務所を出て、エレベーターで一階に降りた。

降りた瞬間、入口付近に立っていた若い男が首をめぐらせた。キャップを深々と被《かぶ》り、サングラスをかけているから、表情はよく分からない。しかし、ただならぬ雰囲気が竹花に伝わってきた。自分に用があるのか。

用心しながらも、何食わぬ顔で、竹花は郵便ポストに近づいた。

その時だった。制服警官がふたり、男に近づいた。

「すみません。ここで何をしてるんですか?」がたいの大きい、定年間際のような感じの警察官が優しい口調で訊いた。

「別に」

「だいぶ長い間、ここに立ってましたよね」

「それがどうしたんだよ。立ってたって犯罪にはならないだろうが」

「サングラス、外してもらえませんか」若い方の警官が言った。

男がいきなり逃げだそうとした。古株の警官が行く手を塞《ふさ》いだ。男が警官に襲いかかった。

竹花は路上に出た。

男は簡単に組み伏せられてしまった。

「おいこらっ、お前ら何だよ、この野郎、ざけんじゃねえよ‼」

男は暴れている。

それにしても、日本のアウトローのボキャブラリーはすこぶる貧困だ。〝男は黙って〟という儒教《じゅきょう》がもたらした文化のせいだろうか。

男は暴れ続けた。公務執行妨害の現行犯で、男の手に手錠がかかった。

キャップが路上に飛び、サングラスが外れている。

見た顔だ。健太を拉致しようとした実行犯のひとりだった。新浦にやられ、一瞬、気を失った細い目の男に違いなかった。

若造は、自分に会いにきた。紀藤が送って寄越したとしか考えられないが、なぜ、ひとりでビルの入口に立っていたのだろうか。

手錠をかけられ、立たされた男の身体検査が行われた。上着のポケットから、折りたたみ式のナイフが出てきた。

男はパトカーに乗せられた。そこに応援のパトカーがやってきて、一時、麻布十番商店街は騒然となった。

野次馬に混じって様子を見ていると、男と目が合った。竹花に深い恨みでもありそうな目をしていた。警官がやってきて、野次馬が排除された。

竹花は六本木の交差点までタクシーを使うことにした。歩いていると遅刻しそうだったからだ。交差点で高田を拾い、そのまま平野のマンションを目指した。

高田のガールフレンド、橋村祐美子《はしむらゆみこ》のマンションには午後九時半少し前に着いた。広いリビングには、三人がけの黒いソファーとアジアンテイストの籐《とう》を編んだ背もたれの高いラブチェアーが置かれてあった。マチスのリトグラフが白い壁に飾られている。ポールで留めた棚には、アフリカで作られたらしいマスクが並んでいる。

橋村祐美子は、ほっそりとした小顔の女だった。特段、美人というわけではないが垢抜《あかぬ》けしている。白ワインを勧められたが、竹花は断り、ペリエにした。

「竹花さん、彼女の家は禁煙なんです」高田が申し訳なさそうに言った。

「壁の白さを見れば分かります」

「隣に住むビルマンさんのことだそうですが」

採掘の権利を持っている会社の社長に成りすましていたのは、アブドゥル・ビルマンである可能性が高い。

「彼のこと、どれぐらいご存じですか」

「二、三度、彼の部屋で開かれたパーティーに呼ばれたことがあります」

「ビルマンさんの職業は？」

「通訳です。語学学校でも教えてると言ってましたが」

「永住権は持ってるんですか？」

祐美子がグラスを口に運んだ。「あくまで彼の話ですが、日本に十五年住んでいると言ってます。日本人の女性と結婚しているが別居中だそうです。なかなか頭のいい人で、インドネシアへの投資に詳しくて、私の仕事に役立つこともあるかと思って、お付き合いをしています。でも、特に親しいというわけではないです」

高田がにやりとした。「口説かれたことあるんじゃないの？」

「あったけど、きっぱりと断ったわよ。男としては何の興味もないもの」

「カリマンタン島の石炭の話をしてませんでしたか？」

「いえ。鉱物資源については話してましたけど、あそこは銅やニッケル、それからスズの生産高が多い国なんですってね」

「石油も出ますよ」竹花は、プリントアウトした写真を見せた。「どちらがビルマンさんですか」

「背の低い方がビルマンさんで、一緒にいるのはインドネシア料理屋のオーナーのバタオネさんです」

バタオネという男の店は門前仲町にあるという。店名はトゥナンカフェ。トゥナンはインドネシア語で静かなという意味だそうだ。

「祐美子がそれだけ彼らと付き合いがあるんだったら、いつでも竹花さんに彼らを会わせられるよね」高田が口をはさんだ。

「できるけど」祐美子の目に躊躇《ためら》いの色が浮かんだ。「彼らは何をしたんですか？」

「彼らに会わせてほしい時、理由をきちんと話します。今日、私がここにきたことは絶対に秘密にしておいてください」

「もちろんそうします」

ビルマンとバタオネが、根来に頼まれて大芝居を打ったことは間違いない。カリマンタン島の石炭採掘がでたらめだという証拠なら、彼らを押さえるだけで十分である。しかし、小杉の殺害事件が、この詐欺事件に関係しているかどうかは、今のところはっきりしていない。

ふと、小杉のアパートで見つけた豆のようなもののことを思い出した。あれがインドネシアの植物の種、或《ある》いは食料品のひとつだったら、実行犯にインドネシア人が加わっていた可能性が高い。通訳のビルマン、レストランのオーナーのバタオネが直接手を下さなくても、仲間が殺《や》ったとも考えられる。少ないとはいえ、インドネシア人が日本で犯罪を犯した例はないわけではない。

竹花は高田を祐美子の部屋に残して引き上げた。すぐにはタクシーを拾わずに亀久橋に向かって歩いた。煙草が吸いたかったのである。

亀久橋に近づいた時だった。向こうからビルマンらしき男が歩いてきた。

竹花は車道を渡り、顔を見られないようにした。

橋の欄干に躰を預け、携帯のネットに入り、トゥナンカフェの場所を調べた。

表通りを行くのも面白くないので、以前は深川冬木町と言っていたところの裏通りに入り、高速深川線の下を潜《くぐ》り富岡八幡宮の境内を抜けた。

蒸し暑い。それだけでもじんわりと汗をかいた。本格的な夏を迎えたら、ジャカルタ並の暑さになるかもしれない。

永代通りを渡り、大横川沿いの通りに入った。トゥナンカフェはその通り沿いのビルの二階にあった。看板の灯りは点っていた。営業してはいるらしい。

こぢんまりとした繁華街だが、路上にはキャッチのお兄さんたちの姿が見られた。キャバクラらしき店のキャッチフレーズが目に入った。セット料金二千九百八十円。二九八で思い出すのは家電量販店だった。

そのキャバクラには、若いサラリーマン風の男たちがぞくぞくと吸い込まれていく。

中里と会った銀座の店を思い出した。アパレルに喩《たと》えるとしたら、銀座の高級クラブはアルマーニ、今、通り過ぎたキャバクラはユニクロ、いや、しまむらというところだろうか。デフレの時代である。何も高い金を払わずとも、そこそこの女の子とそこそこの楽しみが得られるということだ。アルマーニとしまむらの差が縮まったように、銀座の高級クラブと門仲のキャバクラとの距離もなくなったのだ。それは、ポルノの業界にも言える。今のAV女優は、昔のブルーフィルムに出ていた女とは比べものにならないくらい綺麗ではないか。

そんな愚にもつかないことを考えながら永代通りに戻った。空車を拾うと、新浦に電話をしてみたが出なかった。

深夜を回った頃、携帯が鳴った。遙香だった。呂律《ろれつ》が回っていない。ヒールの響きが耳を叩いている。歩きながら電話をかけてきたらしい。

「今、どこにいるの？」遙香が訊いてきた。

「家だよ」

「行っていい？」

「いいよ」

竹花はジーンズを穿《は》くだけでも面倒くさかった。テレビを消し、ベッドから這《は》い出て、髪を手櫛《てぐし》で軽く直し、生あくびを嚙《か》み殺し、事務所に使っている部屋に向かった。ほどなく、チャイムが鳴った。ドアを開けると、遙香が倒れ込むようにして中に入ってきた。そして、ソファーにどすんと座ってから、とろんとした目を細めて微笑《ほほえ》んだ。

「酔っ払いの依頼人は相手にしないんだけどな」竹花はそう言いながら、ミネラルウォーターとグラスを用意した。

「お酒の方がいいんだけど」

「ともかく水を飲んで」

遙香はまたにっと笑って、竹花の言葉にしたがった。

竹花は煙草に火をつけ、窓辺に立ち、ブラインドを上げた。路上に目をやった。車が二台停《と》まっていた。いずれもセダンだった。人が乗っているかどうかは分からない。ヒルズのところどころの窓から明かりがもれていた。

「早番だったから、夜は飲み歩いてでもいたのか」

「家にいたよ」

「家でひとり酒か。何か嫌なことでもあったのか」

「何もないよ」遙香が歌うように言った。「嫌なことだらけの二十九年間だったから、何も感じなくなってるの」

竹花の顔が軽く歪《ゆが》んだ。それは一瞬のことだった。竹花は、こういう投げやりなことを口にする女によくとりつかれるのだった。

「そんなに酔ってちゃ、尾行されてるかどうか気にもしなかったろうな」

「絶対に尾けられてないよ。ちゃんと注意してたから」

「今夜、高田君の世話になったよ。君のおかげで、重大なことが分かった。ありがとう」

「真澄さんから、夕方、連絡があったよ」

「俺んとこにもあったけど、彼女、何を言ってた？」

竹花は遙香の前に腰を下ろした。

「仕事だったから出られなかったの。留守電が入ってたけど」

「公衆電話から？」

遙香がうなずいた。

真澄は、連絡しなかったことを遙香に謝り、健太も自分も元気だと言い、夫をアメリカに帰らせる手立てを考え、それを竹花に伝えたと吹き込んでいたという。

「俺に電話をした後に、君にかけたらしいな。鳥の鳴き声が聞こえてこなかった？」

「聞こえなかったな。でも、近くにいたおばさんらしい人たちの会話が入ってた」

竹花の表情が変わった。

「そんな怖い顔をしないでよ」

「留守電消しちゃった？」

遙香は首を横に振り、眉をゆるめた。「聞かせてほしかったら、お酒、飲ませて」

「しかたないな」

「酔っ払って眠くなったら、ここで寝てっていい？」

「条件ばかり出すんじゃない」竹花は強い口調で言った。「早く携帯を」

遙香がバッグから黒い革にビーズをちりばめた携帯を取り出し、自分で操作してから、竹花に渡した。

電話ボックスのドアを開けたまま、留守電に吹き込んだのは間違いない。

竹花は真澄の話していることは気にせず、聞こえてくる女たちの会話に耳を集中させた。

〝こんなとこでホタルが観賞できるのね〟

〝三日かあ。私、来られないわ〟

〝お待たせ……〟

三人の中年らしき女の声がはっきりと聞き取れた。電車の音もかすかに混じっている。

〝こんなとこで〟というのは都会で、ということだろう。東京だと決めつけるわけにはいかないが、可能性は非常に高い。

竹花は遙香のためにウイスキーを用意した。水も氷もいらないという。遙香がシガリロを吸いながら、ウイスキーを飲んでいる間にパソコンを開いた。そして、〝東京都内　ホタル観賞会〟と入れてみた。十二万件近くヒットした。

渋谷区ふれあい植物センター、深大寺公園、椿山荘《ちんざんそう》……。

渋谷区ふれあいセンターは屋内を植物園にしているところだ。それに電車の線路からはかなり離れている。椿山荘はどうだろうか。

竹花は首を傾《かし》げた。あそこは高速からは近いが電車の線路からは遠い。

下落合二丁目にあるおとめ山公園でも観賞会が開かれていることが分かった。地図を見てみると、西武新宿線と山手線が走っている。西武新宿線の線路から公園までの距離は二百メートルほどしかない。おとめ山公園が高台にあるとしたら、風向きによっては電車の音が聞こえてもおかしくはない。

おとめ山公園に公衆電話はあるだろうか。すぐに調べてみた。これを調べ上げるのにはかなり時間がかかった。都内の公園の施設を詳しく記したウェブにヒットした。おとめ山公園には公衆電話が一台あった。

朝起きたら、新宿区の役所に電話をし、ホタル観賞会のことを訊いてみることにした。

竹花は椅子《いす》の背もたれに躰を倒し、目頭を押さえた。

遙香に視線を向けた。遙香はソファーに半ば躰を倒し、目を閉じていた。

パソコンを切り、竹花はそっと遙香に近づいた。

「寝てないよ」

「そうかもしれないが脳が死んでる」

竹花はグラスに氷をたっぷりと入れ、遙香の前に戻った。そして、グラスにウイスキーを注《つ》いだ。

「真澄さんの居場所、分かったの？」

「どこの公衆電話からかけてきたかはほぼ見当がついた。ありがとう。これで君には二度助けられたな」

遙香が左手を伸ばした。「情報料は？」

「いくらほしい」

「竹花さんの手」

竹花はそれを無視して、グラスを空けた。遙香は腰を上げると、ふらふらと事務所を出ていった。トイレではなかった。寝室のドアが開けられる音がした。

竹花はグラスを空けると、また酒を注いだ。そして、遙香のシガリロを一本失敬した。口の中で香りを転がし、琥珀色《こはくいろ》の液体を喉《のど》に流し込んだ。

女が自分のベッドに寝ている。意識がそちらに向かないというのは嘘だが、鼓動が高まることはなかった。あればそれで良し。なければないでそれも良し。そんな暮らしを続けてきた。酔った女をどうのこうのする気はない。それでも、ソファーで眠るつもりは毛頭なかった。

竹花はブラインドを下ろし、テーブルの上のものを片付けないまま寝室に向かった。遙香の衣類が、部屋の片隅にきちんと畳んであった。その上に猫の形をした銀色のバレッタが置かれている。

「今の若い女は、脱いだ服も畳まないんだ」女好きの弁護士がそう言って怒っていたのを思い出した。楚々《そそ》とした女と寝たかったら、自分の年に見合った女とそうしろ、と言いたかった。竹花は、そんなことはまるで気にならない男である。ただ、きちんと畳んだ衣類の上に銀色の猫が光っていることに、竹花の口許《くちもと》がゆるんだ。

竹花も裸になった。しかし、衣類をきちんとは畳まなかった。

ベッドに潜りこんだ。そして、眠っているかどうか定かではない遙香を腕枕《うでまくら》した。遙香の肌は生温かかった。

遙香が躰を寄せてきた。意志を感じる迫り方である。上半身を起こした竹花は、遙香の唇に唇を落とした。

廊下のスポットライトの光が、ドアの隙間《すきま》から漏れているだけで、寝室は闇《やみ》に沈んでいた。

布団を蹴《け》り落としたのは竹花だった。指使いも舌の回し方もゆっくりとしていた。腋窩《えきか》にかすかに汗がにじんでいる。次第に激しくなった愛撫《あいぶ》に、合わせるように遙香は攻撃的になった。髪が扇状に乱れた。竹花は遙香の中にゆっくりと、三島由紀夫《みしまゆきお》が〝仏塔〟と表現したものを静かに滑り込ませた。

十四

チャイムの音で目が覚めた。遙香はまだ眠っていた。顔が少し膨れている。その分だけあどけない表情になっていた。

ドアスコープを覗《のぞ》くと、そこに新浦の顔があった。

「いつまで寝てるんだ……」

言葉が流れ、視線がミュールに向けられた。

「あ、そういうことか」

竹花は新浦を事務所に通した。正午近くになっていた。携帯の着信もメールもなく、事務所の電話にも何も入っていなかった。

「ちょっと待っててくれ。顔を洗うから」

洗面をすませ、シェーバーを顎《あご》に当てながら事務所に入った。

「鬚《ひげ》、剃《そ》らない方が格好いいぜ」

「柄が悪く見えるって言われたことがあるんだよ」

「確かに、悪徳探偵にしか見えんな」新浦はシガリロのケースを手で弄《もてあそ》んでいた。

昨夜、電話したが繋がらなかったことを告げた。新浦は、疲れ切っていてコールバックする元気もなかったと力なく笑った。

竹花は、亀久橋のところで目撃したインドネシア人の正体を教えた。新浦はさして驚く様子もなく、無言のまま煙草をふかしていた。

「今日、根来に会う。一緒に来るだろう」

「詐欺師の顔を見てみよう」

そう答えてから、竹花は真澄から電話があったことに話題を振った。新浦はその話には大いに興味を示した。やや大袈裟《おおげさ》なぐらいに。

寝室のドアが開く音がした。竹花は事務所を出て、新しい洗面道具を用意した。

「誰が来たの？　お客さん？」

「新浦だ」

「我が友、酔っ払いね」遙香が疲れ切った声で言った。そして、鏡に映っている自分の顔を見た。「ひどいね。化粧も落とさずに寝たなんて、何年ぶりかなあ」

竹花は新浦のところに戻った。

「遙香さんにも、電話があったそうだよ」

「誰にも連絡を取らずにいるのがきつくなってきたかな」

「コーヒー、淹《い》れますか？」台所から遙香の声がした。

「悪いな。お願いするよ」

やがて古いコーヒーミルの音が聞こえてきた。

「女が家にいると部屋の空気が変わるな」新浦がしみじみとした口調で言った。

確かにその通りだ。しかし、竹花はそれが日常化することを好まない。何事も日常化してしまえば、ファストフード店の定番メニューを毎日食っているような味気ないものに変わるものだ。

「竹花さん、手伝って」

遙香に頼まれて、コーヒーを三杯とトースト一枚を盆に載せて運んだ。

トーストにバターを塗っていると、遙香が事務所の部屋に現れた。

「よう。いつも綺麗だけど、今日は一段と可愛《かわい》いよ」

新浦の含みのある冗談に、にこりとしてから「おはようございます」と明るい声で挨拶《あいさつ》した。そして、竹花の隣に座ってコーヒーを飲み始めた。

「俺は反対だな」コーヒーをすってから新浦がつぶやくように言った。

「何が？」竹花が訊いた。

「真澄さんが、旦那《だんな》のことを警察に話すということだよ。そんなことをしても、警察は取り上げてくれないだろうし、夫もそれで引くようなタマじゃないだろうよ。相手はアメリカのマフィアだぜ」

「マルボウ、今は組織犯罪対策部っていう組織に変わってるが、そこの刑事が多摩崎組の上層部と面談してくれるだけでも効果はあるだろう」

「神崎を使う気か」

「あいつの世話にはなりたくないが、それが一番の早道だろうよ」竹花が煙草に火をつけた。

「俺が話すよ」

「金の要求をしてくるぜ」

「そうだろうな。しかし、真澄さんと連絡を取れなきゃ話にならんだろうが」

竹花は携帯を手にして、デスクに向かった。昨夜プリントアウトした、おとめ山公園でのホタル観賞会の問い合わせ先は、新宿区の区長室、区政情報課だった。

電話で確かめてみると、今年は七月三日の日曜日の午後七時から開かれるとのことだった。

「やっぱり、おとめ山公園だった？」

これまで黙って、竹花と新浦のやり取りを聞いていた遙香が口を開いた。

「間違いないだろう」

「ホタル観賞会って？　一体どうしたんだい？」新浦が怪訝《けげん》な顔をした。

「真澄さんは俺と遙香さんに公衆電話を使って電話をしてきた。その場所は目白にあるとめ山公園。十中八九間違いない」

「東京にいるとは限らんだろうが」

「そうだが、真澄さんは東京生まれで、アメリカに長く暮らし、日本に戻ってきてからも東京に住んでいた。そんな女が、咄嗟《とっさ》に地方に住んでいる人間に連絡をし、匿ってくれと頼んだとは考えにくい。横浜とか埼玉って可能性は頭に入れておかなきゃならないがな」

「勘が当たってたらすごいな」

竹花は突き止めるまでの経緯《いきさつ》を話し、遙香をちらりと見た。「彼女のおかげで、ここに居ながらにして、本命と思える場所を見つけ出せたんだよ」

新浦が真《ま》っ直《す》ぐに竹花を見た。「大したもんだな。あんたは本当にボンクラじゃなかったな。けど、その何とかいう公園の近所に隠れているとは限らんだろう?」

「隠れ潜んでる人間が、子供を連れて遠出するわけないだろう。しかも、おとめ山公園なんて、都民の誰もが知ってる公園じゃないぜ」竹花は再び遙香に視線を向けた。「真澄さん、目白に友だちがいるようなことを言ってなかったかい?」

「聞いたことないわ」

「よし」新浦が膝《ひざ》を叩いた。「根来と会った後、特別な用がない限り、俺がその公園に行ってみる」

「俺も行く。あの公園には子供の遊び場がある。そこに連れて行くのが日課になっていてくれるといいんだがな」

沈黙が流れた。

「遙香さん、今日の仕事は夜なの?」新浦が訊いた。

「そうよ。家に帰ってもう一度寝るわ。竹花さん、仕事が終わったら電話していい?」

竹花は黙ってうなずいた。

遙香が立ち上がった。

「そうだ。遙香さん、真澄さんの写真、携帯に入ってない?」

「あるよ」

「写真、パソコンに落としていいか」

「いいよ」

写真はSDカードに落としてあるという。遥香と一緒に撮った写真が二枚出てきた。それをパソコンに入れて、遥香に携帯を返した。

「電話するね」ともう一度言って、遥香は帰っていった。

「あの子、あんたに惚《ほ》れてるな。目を見れば分かる」

「そろそろ出よう。着替えてくる」竹花は席を立った。

タクシーで神田に向かった。根来の事務所は西口商店街からほど近い、多町通りに面したビルの二階にあった。一階は古美術店で、弥勒菩薩《みろくぼさつ》の像が二体、ショーウインドーの中から道行く人を見つめていた。

狭いエレベーターを降りた正面に、根来カンパニーと書かれた磨《す》りガラスの塡《は》まったドアがあった。

根来寛次は、髪をきちんと七三に分けた四角い顔の男だった。白髪交じりの髪だが、却《かえ》ってそれが紳士風に見せている。還暦をすぎた男が髪を薄い茶に染めることが、いかにセンスの悪いことかを知っている男だった。やさぐれた感じはまるでない。銀行の支店長だった頃の気分を保持し続けているのだろう。

「どうぞお座りください」

ソファーもデスクも安物ではなさそうだ。棚にはインドネシアの仏像や土偶が並んでいる。新浦が言っていた通り、マラドーナの写真が飾られていた。二枚のうち一枚は、マラドーナが躰を斜めにしてボールを蹴ろうとしているもので、もう一枚は、根来と握手しているものだった。いずれにも直筆と思えるサインが入っていた。

「話があるってことだが、この方は？」根来が訊いた。

「探偵の竹花です」竹花は根来に名刺を渡した。

根来は胸ポケットから老眼鏡を取り出した。それから偽札かどうか確かめるように、竹花の名刺に触れながら静かに言った。

「新浦さん、どうして探偵さんと一緒に」

「神崎さんから聞いてないんですか？　小杉さん捜しを私が彼に依頼したんです」

「ちらっとは聞いてますよ。でも、探偵の料金は馬鹿にならない。失礼だけど、新浦さんにそんな金が」

「この間、カジノで大勝ちしたんです」

根来が竹花を見つめた。「出資者を新浦さんに紹介したのはあなただと聞いてるんですが」

「金をつけてくれるかどうかはまだ分かりませんが、この間、銀座の会員制のラウンジで話を聞いてもらいました。電話でも言いましたが、その人、竹花さんの知り合いでしてね」

根来は黙っている。目の芯《しん》の部分に不信感が表れていた。

「今日は、新浦さんに言われてここに来たんです。小杉さんの件ではなくてね」

「なるほど。あなたは出資者の方の代わりに、私に会いにきたということですか」

「大金が動く話ですから」

「その方、何をされているんですか？」

「何にも」竹花は軽い調子で答えた。「金の使い道に困ってるってことですよ。頼まれて金を貸し、利子を取っているようですが、用心深い人ですから、そう簡単には話に乗ってくると思いませんが」

「あなたの依頼人だったと聞いてますが」

「詳しいことはお話しできませんが、事件を解決した私に恩を感じているらしく、それからも親しいお付き合いをさせてもらってます」

「仕事を回してもらったりもしてるんですか？」

「直接はありませんが、彼の知り合いの弁護士から仕事をもらってます」竹花は平然と嘘をついた。

根来は悠然とした態度で、背もたれに躰を倒した。「今度の仕事は、儲けだけが目的じゃないんです。私の夢を叶《かな》える最初にして最後の仕事です。私がジャカルタにいたことは新浦さんから聞いてますよね」

「A銀行の支店長だったそうで」

根来がうなずいた。「その時に作ったネットワークが今回生きました。採掘権を得た会社の社長とは、支店長時代からの知り合いで、担当の政府高官の父親と私は親しくしてました。この間、採掘権を取得した会社の社長が来日していたものですから、大使館の人と一緒に新浦さんたちにも会わせました。書類もきちんとそろっています」

「後、足りないのは資金だけというわけですか」

「その通りです」

「一般人から小口の融資を頼んだらいいんじゃないですか。それだけしっかりした話なら、配当はきちんと払えるでしょう？」

「いや、それがそうはいかないんです。時間がかかるし、広告費も馬鹿になりません。それに、ありもしない儲《もう》け話を持ち込む、詐欺師が多いから信用されないでしょうしね」

根来はいけしゃあしゃあとそう言った。

「私も今度のことに賭《か》けてます。どこまでも根来さんについていくつもりです」

根来は新浦の顔も見ない。完全に無視している。

「その方はおいくつ？」

「七十四」竹花が答えた。

「以前は何をやってた人なんですか？」

「或る大名の末裔《まつえい》に当たるらしく、どこぞに広大な茶畑を持っていたと言ってましたね」

そこまで言って、竹花はぐいと根来の方に躰を寄せ、囁《ささや》くようにこう言った。「最近、かなりボケが入ってきてるようです。話がきちんとできる間に、話をまとめた方がいいと思いますよ」

「ボケね。それは大変だ」根来の口許がかすかにゆるんだ。「ご家族は？」

「今はひとり暮らしです。お嬢さんは外国に行ったきり戻ってこないそうです」

「ひとり暮らしでボケが入ってきたとなるとますます厄介だ」

根来の頬《ほお》がますますゆるんだ。

ボケた老人をペテンにかける詐欺師はいくらでもいる。銀行員の中にも、詐欺とまでは言わないが、相手が理解できないことをいいことに、資産運用の新しい商品を勧め、判を押させる輩《やから》がいるくらいなのだから。

「小杉さんがあんなことになり、元付けだった榎木田が捕まった。嫌なニュースばかり続いてますから、新浦さん、あなたの持ってきた話は、希望が持てていい」

根来の口調には何の感情もこもっていない。猫撫で声で金を借りるように勧め、返せなくなった時は、掌《てのひら》を返したように容赦なく財産を差し押さえてきた頃に、躰に染みついた習性かもしれない。

「榎木田さんが捕まった？」新浦は躰を前に倒し、真剣な目で根来を見た。

「知らないんですか？　正午前のニュースでやってましたよ。小杉の死体を遺棄した連中が捕まり、榎木田に頼まれたと自白したそうです」

「榎木田さんは認めたんですか？」新浦が訊いた。

「否認してるそうだ。いずれここにも警察がくるでしょうね」

「どこで捕まったんですか？」竹花が訊いた。

「東北の被災地にボランティアとしてもぐり込んでいたそうです」

竹花の携帯が鳴った。ベーブからだった。

「今、打ち合わせ中だ。後でかける」

「打ち合わせなんか後にしろ。こっちは急いでるんだ」ベーブは相当怒っていた。

事務所を出た竹花は階段で一階まで降り、外に出た。

「用は何だ？」

「ミスター・竹花、あんたが真澄をサポートしてるんだな」

「まだ俺が彼女の居場所を知ってると思ってるのか。馬鹿なこと言ってないで、早くボルチモアに戻って、オリオールズのサポーターでもやってろ」

「紀藤さんの組織の幹部に、刑事が会いに来たそうだ。組と俺の関係を訊きにな」

竹花はこめかみに二本の指を当てた。昨日のうちに真澄が警察に、暴力団と元の夫の関係を話したのだろう。しかし、妙だ。あまりにも迅速すぎる。真澄が、警察のどの部署の誰に相談したかによるが、最寄りの署に行ったくらいでは取り合ってくれるはずはない。

「あんた、聞いてるのか」

「どの署のどの部署の刑事が来たのか知ってるか」

「赤坂第一署の暴力団関係の事件を扱ってる刑事だそうだ」

「刑事はひとりだったのか」

「人数なんか聞いてない。竹花さん、あんたが真澄に協力したんだろう？」

「あんたの国のプライベート・アイ（私立探偵）はアイ・コンタクトだけで、プライベートな付き合いをしてる刑事を動かせるのかもしれないが、日本の探偵はそうはいかない。アメリカよりも社会的認知度が低いんだよ。それよりも、赤坂第一署の組織犯罪対策課の刑事は、川崎にある紀藤のいる組に来たのか」

「精粋会《せいすいかい》の幹部に会いにきた」ベーブが不機嫌そうに答えた。

精粋会は、済世連合会の二次組織である。多摩崎組と比べたら規模が違う。清粋会の本部は赤坂にあるのだ。

「で、それがあんたにどんな影響があるんだい？」竹花が訊いた。

「紀藤さんが、この件から手を引くと言ってきた」

「あんたの組織からは？」

「俺は組織を通さずに個人的に精粋会の幹部に頼んだんだ。だが、今は俺の組織も知っていて、すぐに帰国しろって言ってきてる」

竹花は短く笑った。「芝居を打って俺を安心させ、それが真澄に伝わることを願ってる。そんな筋書きじゃないのか」

ベーブが悪態をついた。英語だった。映画の台詞《せりふ》でお馴染《なじ》みの〝バイタの倅《せがれ》〟という意味の言葉が聞き取れた。携帯のＩＣチップが壊れそうな大声である。

「ベーブ、落ち着け。俺はその件にまったく関係してない。信じろよ」

ベーブの荒い息づかいが聞こえてきた。

「大人しくボルチモアに戻れ」

「あんたに言われなくてもそうするしかない。組織の命令は絶対だから」ベーブの声が急にしおらしくなった。「だが、戻る前に俺は息子の顔が見たい。真澄から連絡があったら、そう伝えてくれないか」

「いつ帰国するんだ」

「明後日《あさって》の便で帰る。その前に息子に……」

「伝えておくよ、連絡があったらな。でもな、ベーブ、彼女は相当、あんたのことを恐れてる。うんとは言わんだろうよ」

「向こうに戻ったら裁判を起こす。俺の主張が通ると、真澄は誘拐犯として手配されると伝えておいてくれ」

「分かった。だが、今の日本とアメリカの関係じゃ、彼女が日本にいる限り効力はないぜ」

「本当か？」

「弁護士に訊いてみろ」

「健太は俺の息子なんだ」ベーブがまた英語でわめいた。

「帰国する前、俺と一杯やりたくなったら、いつでも電話をくれ」

ベーブが一呼吸おいて言った。「この間も言ったが、あんたが、俺のために働いてくれるんだったら、金はいくらでも出す。俺の使った探偵社は、人数もそろってるし、ハイテク機材も持ってた。だけど、全員、話にならんほど馬鹿だった」

「俺が真澄さんの居所を知ってたとしても、あんたが裏の世界で生きてる限り会わせない」

「邪魔して悪かったな」

ベーブが電話を切った。

竹花はすぐには根来の事務所には戻らなかった。煙草のパッケージを手にした時、ふたりの男が、足を止めた。路上喫煙を取り締まる監視員である。禁煙ファッショの始まりは、ここ千代田区だったことを思い出した。

監視員はふたりとも爺《じい》さんだった。警察官にでもなった気分で監視に当たっているらしい。罰金を徴収するだけでも権力を握ったと思い上がりそうな連中だった。

竹花はビルの敷地内に立ち、煙草に火をつけた。監視員たちは、幅跳びの選手がフライングしているかどうかを目視しようとしている審判のように、竹花の足許《あしもと》を見つめていた。

竹花は流れる煙を楽しむかのような顔をして考えた。

多摩崎組の上部組織、精粋会に顔のきく刑事が幹部に会った。そこでどんなことが話し合われたのだろうか。精粋会が、下部組織を使ったりして、ベーブの組織のマネーロンダリングに関与していることを、赤坂第一署は以前からある程度つかんでいたのだろう。ベーブの抱えているトラブルは極めて個人的なこと。そんなことで、精粋会はリスクを冒したくないに決まっている。

赤坂第一署の刑事たちを動かしたのは誰なのだろうか。真澄を匿っている人間に手づるがあったのか？

くわえ煙草のまま、階段を上がり、根来の事務所に戻った。

「遅かったじゃないですか」新浦が言った。

「灰皿はありますか？」

根来が棚の下にしまってあった灰皿を取り出した。「事務所は禁煙なんです」

竹花は差し出された灰皿の真ん中で煙草を軽く潰した。

「しかし、信じられないな。あの大人しい榎木田さんが、殺しをやるなんて」根来が言った。

「今はまだ死体遺棄の罪で引っ張られただけでしょう」新浦が言った。

「死体遺棄罪事件から殺人事件に発展する。お決まりのコースでしょうが」根来が軽く肩をすくめてみせた。

「榎木田さん、栃木に土地鑑があったんですかね」竹花が口をはさんだ。

「那須《なす》塩原《しおばら》の出身だって聞いたことがある」新浦が言った。

根来が腕時計に目をやった。「私、そろそろ出かけなきゃならないんです。新浦さん、金主の方、よろしくお願いしますね」

「頑張ります」

「今、鉢山《はちやま》製鉄と交渉中なんですが、首尾良くいったら、いよいよ新たな会社のスタートです」根来は力のある声で言い、竹花に目を向けた。「その方に一度お会いしたいですな」

「根来さん、それは」新浦が眉《まゆ》をひそめた。

「新浦さんを飛ばして交渉するなんてことはありませんよ。あなたは、新しい会社の役員になる人ですからね」

「出す金の額にもよりますが、大きい場合は、その方も、あなたに会いたがるでしょう」

竹花はそう言いながら腰を上げた。

竹花と新浦は根来の事務所に出た後、駅近くの喫茶店に入った。竹花が選んだのは当然ルノアールだった。

「ますます奴を詐欺で警察に突き出したくなったよ」新浦が低い声でつぶやいた。

「現段階では、詐欺で立件するのは難しいな。金が相手の手に渡らないと詐欺罪は成立しない。他に被害者がいて、彼らが訴えを起こせば展開が変わるだろうがな。でも、詐欺未遂なら何とかなるかもしれない。時機を見て、根来と中里さんを会わせ、ヨテでも何でもいいから、金を渡す用意を中里さんにしてもらう。根来は書類を持ってきて説明するはず。金が根来に渡らなくてもその段階で未遂は成立するだろう」

「未遂じゃ生ぬるい」

「詐欺未遂は詐欺罪に匹敵するほど重い罪だ。それに一旦、逮捕されれば、金を渡した被害者が出てくるかもしれない。そうなれば詐欺罪が適用されるだろう。だが、警察を動かすのは大変だよ。中里さんは元総会屋、被害者と言っても、警察は畑を耕してる隠居老人を扱うような優しい態度では臨まないだろうし、中里さんだって、刑事たちの顔は見たくないだろうよ」

「あれだけ手の込んだことをやる奴は許せん」新浦の目は義憤の色に染まっている。

竹花は心の中で笑った。犯罪にも重いものと軽いものがある。使い込みは、情けない犯罪だから軽いと言える。しかし、詐欺行為には違いない。表沙汰《おもてざた》にはならなかったとはいえ、新浦は会社を欺いていたわけだ。そんなことをやった人間が、今は義憤にかられている。罪を償って改心したというのなら分かるが、まったくそうではない。足許にこびりついた泥のことはすっかり忘れている。救いようのない男だ。しかし、境界型人格障害ではないのかと思えるこの手合いは、世の中に掃いて捨てるほどいる。しかし、山手線で寝ているくせに、酒の講釈をし、銀座でシャンパンを飲むような人物にお目にかかったのは初めてである。教養はあるが、やることが馬鹿げている。竹花はそういう人物を嫌いになれない。頭はいいが賢くない奴は、とんでもないことをしでかすから面白い。頭が良くて賢い人間は、先ばかり読んでいるので人生の成功者になる可能性は高いが、魅力のある人物はほとんどいない。

「さっきの電話、誰からだったんだい」

竹花はベーブのことを話した。新浦は黙って聞いていた。

「あの子にそんなコネがあったとはね」

「だからもう神崎に頼む必要はなくなった」

「一度、ベーブとかいうマフィアに会ってみたかったね」

「なぜ？」

新浦が軽いため息をもらした。「俺が奴の立場だったら、同じことをしてると思うからさ」

「帰国が決まったら、一杯飲もうって誘っておいた。一緒に来てもいいぜ」

「竹花さん、あんたいい奴だな」

「この間、逆のことを言ってたぜ。俺は、女には同情心はほとんどもたないが、時々、男には感情が動く。特に、できの悪い男に。誤解するなよ、俺はあっちの方はストレートだよ」

「分かってるさ。女嫌いの色好みってのが世の中にはいるからな」

「俺は女嫌いの色好みなんかじゃないよ。同情心で女と付き合う趣味がないだけさ」

「同情心から愛が生まれる。そういうこともありえるよ」新浦が言葉を噛《か》みしめるように言った。

「そんな経験があるみたいだな」

新浦は口をすぼめて笑った。「遠い昔のことさ。そんなことより中里さんに連絡を取ろう」

竹花は携帯を手に取った。中里はすぐに出た。

「連絡を待っとったぞ」

昨日から起こった真澄に関する出来事を詳しく伝えた。

「昨日まで旧東富坂に停まってたハイエースが今日はいない。変だと思っておったが、あんたの話を聞いて理由が分かったよ」

「まだ安心しないでくださいよ。向こうが違う手を打ってきたとも考えられますから」

「分かってる。わしにそういう忠告は無用だ」中里が豪快に笑った。「わしの勘だと、もうじき、あんたの前に真澄は姿を現すな」

「あり得ないことではないでしょう。あなたに対する思いも、ほんの少しですが変わってきた。そんな気がします」

「目白ねえ」中里がつぶやいた。

「おとめ山公園に新浦さんと行ってきます」

「そうか。暑いのにご苦労だな。監視がないことがはっきりしたら大手を振って会えるな」

「ええ」

電話を切った竹花を、新浦が上目遣いに見た。「どうして、根来の話をしなかったんだい」

「ああいうことは会って話すことだろう。機会はいずれやってくる」竹花は生あくびを嚙み殺した。

「お疲れのようだな。当たり前だけど」

「久しぶりに乗馬をやった気分だよ」

「竹花さん、馬に乗れるのか。俺、大学の時、乗馬もやってたことがあるんだ」

「俺は子供の頃、メリーゴーラウンドに乗ったことしかない」

竹花は煙草を消した。火が消えると同時に頬にさした笑みも失せた。「本当に榎木田が小杉を殺ったと思うか」

「榎木田が誰かに小杉の死体を捨てさせたっていうのが事実なら、奴が殺ったんだろうよ。動機は、やはり例の三千万だな。死体が出てこなければ、小杉が三千万と共に消えたことになる。でも、すっきりした感じはしないな」

「榎木田は嫌疑がかかる前に行方をくらました。俺はそこが気になってる」

「平山から逃げたんだろうよ。平山が追っ手をかけたとしても、たった三千万だから、いつかは諦《あきら》める。今は、下手に暴力団なんか使ったら、却って面倒を背負い込むだけだしな。榎木田、その辺のことを見越してた気がするね」

「うん」

「竹花さん、納得してないみたいだな」

「いや、榎木田が殺して、死体を遺棄させた。動機は消えた三千万と関係がある。普通に考えたらね。ただ詐欺事件のことがあるから疑いたくなるんだ」

「そうだよな。根来たちにも動機はある。でも、小杉は、どこまで真相をつかんでいたかは分からない。少なくとも、書類は本物だって、インドネシアの知り合いから聞いてるんだから」

「そろそろ出よう。この件は横に置いて、中里さんの娘を探そう」

竹花と新浦はタクシーでおとめ山公園を目指した。徒歩で調べるのが一番だ。竹花は新目白通りの氷川前歩道橋のところで降りた。

ふたりは、歩道橋を渡り、おとめ山公園に通じる細い道に入った。ゆるやかな上り坂である。文教地区。幼稚園を皮切りに小学校、中学校と続いていた。坂の名前は相馬坂。上り坂に従って、子供が上の教育機関に進んでゆくようにできていた。実に環境のいいところである。

右手がおとめ山公園で、坂道の途中に門があった。裏口のような目立たない入口だが、そこから公園に入れた。

プロムナードを緑濃い木立が囲んでいた。右側が池だった。鳥の囀りが聞こえる。

昼下がり、公園を散策している人はほとんどいなかった。緑の香りを嗅《か》ぎながらプロムナードを進むと、管理事務所の建物が見えてきた。その前の網を張ったところに看板があった。そこでヘイケボタルを育てているのだった。管理事務所の塀に温度計が設置されていた。日陰なのに二十七度を差している。

再び門があり、そこを出るとまた坂道が左右に走っていた。道を越えた向こうもおとめ山公園だった。どうやらこの辺りが公園の中心部らしい。電車の走る音が風に乗ってかすかに聞こえてきた。

周りに目をやった。公衆電話を見つけて、これほどまで喜びを感じたのは久しぶりのことだ。携帯がなかった時代、使われていない公衆電話を見つけるのに苦労した、やっと見つけた公衆電話に胸をなで下ろしたことが何度あったことか。しかし、今回の喜びは、それ以上のものである。

「おそらく、真澄さんはこの公衆電話から俺や遙香さんに電話をしてきた。来てみてなおさらそう思ったよ」

新浦の反応がなかった。

「どうした？」

「いや、何でもない」新浦が笑った。明らかに作り笑いだった。

「躰の調子が悪いんじゃないのか」

「気にしなくていいよ。遊具はどこにあるんだろうな」新浦が通りを渡ったところにある門を潜《くぐ》った。

そこにも池があり、人の数は、先ほど歩いてきたプロムナードよりも多かった。遊具の置かれている場所はすぐに見つかった。

ブランコで母親と幼い女の子が遊んでいたが、真澄と健太の姿はなかった。

「よし、手分けして聞き込みをしよう」

竹花は、遙香の携帯に入っていた真澄の写真のコピーを新浦に渡し、住宅地図を広げて、回るエリアを決めた。

公園を分断している坂道を、竹花は上がり、新浦は下った。

道行く人の数は少なかった。一軒家の住人とマンションの管理人に真澄の写真を見せ、聞き込みをやった。しかし、まったく成果は上がらなかった。相馬坂を下り、幼稚園のあるところまで戻った。保母が園児を引率していた。竹花は保母に声をかけ、写真を見せた。保母は写真をろくに見もせずに、「知りません」と躰を硬くして答え、園児たちと共に坂を下りていった。

自分が誘拐されるか、イタズラをされるのではないか。そういう反応である。何かあったら、園児たちを残して逃げ出してもおかしくない雰囲気でもあった。声をかけられただけで警戒心を募らせなければならない世の中になったということだ。

昔から、全国津々浦々、下半身を露出したりする〝変なオジサン〟がいて、女の子たちが怖がってはいたが、それほど神経質ではなかった。物の本によると、中世ヨーロッパでは、正常か異常かの境目が、近代以降とはまったく違っていて、今だったら隔離されるはずの人間が、町中にごろごろしていたそうである。

中世の方が、探偵稼業がやりやすかったということだ。もっとも、探偵という仕事も、複雑化した近代社会があってこそ成り立つ商売だから嘆く気はまったくない。むしろ、骨と血管が剝《む》きだしになったような神経症的な世の中になったわりには、自分の仕事が増えないことを嘆きたくなった。

　西武新宿線、下落合駅の方に向かった。怪しげなリフォーム屋、シロアリ駆除業者などの命を受けて、家を回って歩く者を、裏社会では叩き屋という。竹花を見る住人のほとんどの視線は、叩き屋を見る目とまったく同じだった。

　何の成果も上げられずに日が暮れた。新浦に電話を入れた。すぐには出なかったが、五分も経《た》たないうちにコールバックがあった。この間、何の連絡もなかったのだから、彼の方も徒労だったことは改めて訊くまでもないことだった。新浦と落ち合う必要もない。明日の朝から、また聞き込みをやることに決め、彼とは会わずに目白を離れた。

　新一の橋交差点の近くまでタクシーで戻った竹花は、『大越《おおこし》』という、六〇年代からある洋食屋で夕食を摂《と》った。タクシー運転手に人気のある食い物屋は安くてうまい。夫婦共、地元の出身。女将《おかみ》さんの話によると、この辺りの高台から、彼女が子供の頃は海が見えたという。名物の塩スパゲッティとメンチカツを食べてから事務所に戻った。

　その夜は本を読んですごすことにした。

　竹花は新しい本はほとんど読まない。チャンドラーの『ロング・グッドバイ』をひもといた。村上春樹《はるき》訳の文庫本が買ったままになっていたのだ。清水俊二《しみずしゅんじ》訳になれているから、最初は違和感を感じた。しかし読み進むうちに、感覚が訳文に馴染んできた。どちらが上というわけではない。意訳しているのがどちらかも原文を知らない竹花には分からなかった。

解釈というのは恣意的《しいてき》なものだ。或《あ》る人にとっては温厚に見える人間も、或る人にとっては癇癪持《かんしゃくも》ちに思える。コップも見る角度で違っていると言った人がいたが、まったくその通りである。人物の言動が意外に思えるのは、コップの全体を一瞬にして見抜くことができないからである。訳文もそれに似ている。

携帯が鳴った。中里からだった。

「報告が遅れましたが……」

「いや、それは会ってから聞く。久しぶりの夜の散歩をしておってね」

「銀座ですか？」

「麻布十番の商店街だよ」

「尾行は？」

「大丈夫。確約する。君の事務所を拝見していいかな」

「どうぞ。二十歩以内ですべての用がすむ豪邸ですがね」

電話を切った竹花はブラインドを下ろし、往来を眺めた。パナマを被り、アロハを着た男がステッキをついて歩いてくる。

中里が事務所の入っているビルの前に立ち、上を見上げた。

竹花は窓から身を乗り出し、手を振った。

事務所に入ってきた中里は、すぐにはソファーに腰を下ろさず、部屋を眺め回していた。

「とうの立った女の気分ですよ」竹花が言った。

「え？」

「じろじろ見られると、アラ捜しをされてるような気分になるということです」

「お肌がピンピンしてる若い女だけが素晴らしいわけじゃない。なかなか味のある事務所じゃないか」

「日本語は豊かな表現を持つ素晴らしい言葉ですね」

「例の銀座の店に呼び出そうかと思ったが、急にあんたの事務所が見たくなったんだ。妙に落ち着く。本当だ。こういう雰囲気の方が、依頼人は本音が話しやすいはずだ」

飲み物を勧めると、お茶がいいと中里は答えた。

竹花は煎茶《せんちゃ》を淹れた。中里が驚きをあらわにして、美味《おい》しいと褒めた。

竹花は、下落合周辺の聞き込みを行ったがまったく成果がなかったことを伝え、明日も同じことを新浦と共にやると告げた。

「警察の、いわゆるローラー作戦か。大変だな」

「ずっとやってるわけにはいきませんがね。真澄さんから電話がかかってくるのを待つしかないのが歯がゆい」

「わしがもう少し、あの子が子供の頃にかまってやっていれば、こんなことにはならなかったんだよ」中里が力なく言った。

「このことがきっかけで、ふたりの間がうまくいくかもしれませんよ」

「違法カジノのディーラーなんて、いつかは挙げられる。ホステスでもやっててくれた方がよほどましだったのに」

「真澄さんの人間性は分かりませんが、男に媚《こ》びを売るよりも、カードを配って、客を翻《ほん》弄《ろう》する方が好きなんでしょう」

「分からんね。今の若いもんの気持ちが。男の子は、モヤシみたいな奴らばかりだしな」

中里がお茶をすすった。「ところで、あの出来損ないのブローカーはどうしてるんだ」

「出来損ないね」竹花は笑って首を縦に振った。「中里さんから見たら、粋《いき》がってる幼稚園児にしか見えないでしょうね」

「あんなしょぼくれた格好をしてるが育ちの良さは感じられた。ママから素性を聞いたよ。何で身を持ち崩したかはあえて訊かんがね。しかし、頼りなさそうな助手だな」

「あなたにお願いがあります」

「何だ？」

竹花は詳しく説明した。

「新浦には恩義がある。根来って奴をはめるのはいいが、警察を動かさないとどうにもならんじゃないか」

「ひとりだけ、昔から知ってる警察官がいます。退職する歳《とし》じゃないから、まだ警視庁にいるはずです」

「段取りがつけば、新浦のために一役買ってやってもいいが、そう簡単に事は運ばんぞ。時間をかけないと、相手が警戒するに決まってる」

「その通りです。金主であるあなたがすぐに話に乗ったら変ですからね」

竹花の携帯が鳴った。公衆電話と表示された。

「真澄さんからかもしれません」

中里が、脚の悪い老人とは思えない速さで上半身を起こした。「わしに代わってくれ」

竹花はそれには答えず、携帯を耳に当てた。

果たして真澄だった。

自ら電話してきたくせに、名乗っただけで後は黙りこくってしまった。竹花はそれを良い兆候と受け取った。

「何かありましたか？」竹花は優しく訊いた。

「夫のこと、警察が取り上げてくれました。でも、あの人のことですから、すんなりと帰国するかどうかは……」

「あなたの電話を待ってたんですよ」

「え？」

竹花は、ベーブからの電話の内容を伝えた。

「そんなの全部嘘です」真澄が興奮した。

「会わない方がいいことは百も承知してます」

「彼が帰国したかどうか見届けていただけませんか？　費用は銀行に振り込みますから。成田空港で、彼が出国ゲートを潜ったことさえ確認できればいいんですから」

「もしもその確認が取れたら、お父さんに会ってくれますか?」

「………」

「俺はあなたのお父さんに雇われてる探偵です。娘であるあなたの安全を守るのも俺の役目。だから、彼が出発ゲートを潜ったかどうかを確認することは、あなたからお金をもらわなくてもやります」竹花はちらりと中里の方に目を向けた。「お父さんからふんだくりますから」

中里は竹花の冗談にも、真剣な表情を崩さない。

「その先のことは、俺が口出しすることじゃないが、ともかく、あなたの生活が立て直せるまで、お父さんの世話になったらどうです?」

「分かりました。ベーブが出国したことを、あなたの目で確かめてくれれば、父に会います」

「その前に声ぐらい聞いてみますか?」

「はあ?」

竹花は携帯を中里に渡した。

「中里です」口調も硬いが、表情も緊張しっぱなしだった。「ちょうど竹花さんの事務所に来てたんです。私のせいで苦労かけてしまった。心から謝ります。真澄さん、聞いてますか?……。ともかく、一度ゆっくり会いたい。困ったことがあれば援助したい……」

真澄が何かまくし立てているのが、もれ聞こえてきた。しかし、何を言っているのかは定かではなかった。

「もうそういうことはまったくしてないよ。こんなことを言うと、嫌がられるだろうが、孫の顔も見たい……。分かった。必ず竹花さんに連絡してくれるね……。竹花さんに代わろうか？……そうか。じゃ、会える日を楽しみに」

電話を切った中里は竹花の携帯を握ったまま黙っていた。放心状態のようだ。

竹花はパソコンを開いた。

ボルチモアまでの直行便はなかった。明後日のフライトを調べ、プリントアウトしてから元の席に戻った。

「どの便に乗るかつかめたか？」

竹花は肩をすくめた。「本数はそれほどありませんから、何とかなるでしょう」

「頼むぞ」

竹花は小さくうなずき、煙草に火をつけた。

「しかし、奇跡的だな。初めて君のところに来た直後に、真澄から電話があるなんて」

「中里さんの思いが通じたんですよ」

「よくやってくれた。感謝する」中里はしみじみとした口調で言い、深々と頭を下げた。

「俺はただ電話を受けただけです。暇な探偵にしかできないことですよ。でも、まだ安心しないでくださいよ」

「ともかく明後日、空港から電話をくれ」

竹花は黙ってうなずいた。

中里が帰るとすぐにベーブに電話をした。彼はホテルにいた。

「さっきはゆっくり話せずすまなかった」竹花が謝った。

「俺がどうしているか探りの電話か」

「まさか。明日はまだ東京にいるんだろう?」

「いるよ」ベーブの声に力はなかった。

「明日の夕方にでも会わないか。会って軽く一杯やろう」

「俺も、あんたに会ってから帰ろうと思ってた」声が柔らかくなった。

竹花は会う時間と場所を決めて電話を切った。便名が分からないと、航空会社によってターミナルもウイングも異なる成田空港に行っても右往左往するばかりで、ベーブが搭乗口を通ったかどうか確認することはできないだろう。

電話でいきなり便名を訊くのは不自然だから、飲もうと誘ったのだが、ベーブに会いたいという気持ちがなかったわけではない。

携帯が鳴った。遙香からだった。

「どうした?　仕事中じゃないのか」

「休憩時間よ。もうお酒飲んじゃった?」

「今から飲もうとしてたとこだよ」

「ドライブしたいから飲まないで」

「どこに行きたいんだい？」

「海」

「酒も飲まずに、海まで運転手か」竹花が苦笑した。

「男は、それぐらいできないと」

「俺をいくつだと思ってんだ。葉山も房総も俺には遠すぎる」

「どこでも付き合うって言って」

「ともかく、車で迎えにいく」

「嬉《うれ》しい」

迎えに行く時間を決め、電話を切った。

飲むなと言われたら、余計に飲みたくなったが、我慢をして、『ロング・グッドバイ』に戻った。

東麻布まで歩いて車を取りに行き、一時少し前に、龍土町美術館通りに入った。

路地の見える場所に車を停め、煙草を吸いながら遙香を待った。

酔ったホステス風の女が泣きながら歩いてくるのがルームミラーに映った。雑誌『LEON』のモデルを真似《まね》たような、どこにでもいる個性のない四十ぐらいの男が、女を宥《なだ》めていた。しかし、宥めれば宥めるほど女は興奮した。

女は足許をふらつかせながら、真っ直ぐに竹花の車の方に向かってきた。

「邪魔よ、この車」

足許がおぼつかないまま、女が竹花の車に寄ってきて蹴ろうとした。男が慌てて止めた。車高の低い黒いスカイライン。男の顔に恐怖の色が浮かんだ。竹花が窓ガラスを開けた。遙香の姿が見えたから窓を開けたのだが、男は誤解した。

「蹴ってませんから」声を震わせて男が謝った。

遙香が近づいてきた。

「あんたの女はこの車より元気だな。交換するかい？」竹花が男に笑いかけた。

「こんなの私の男じゃないよ」

そうわめいた女を男は本気で押さえ、引きずるようにして去っていった。

遙香は、レースで縁取りされた黒いタンクトップにローライズのデニムを穿いていた。

「今の何？」助手席に座った遙香が訊いた。

「酔っ払った女が、この車を蹴ろうとしたんだ」

「それで男が謝ってたのね」

「どこに行きたい」

「葉山と言いたいとこだけど我慢する。お台場に浜辺があるの、知ってる？」

「聞いたことはあるけど行ったことはないな」竹花は車をスタートさせた。「俺が女と海水浴に行ったのは、TUBEの『だって夏じゃない』がヒットしてた頃だよ」

「その曲って後で知ったわ。私、その頃、ドイツに住んでたから」

「親の転勤で？」

「そうよ」遙香が窓の外に目を向けた。

「兄さんも一緒だったの」

「うん」

遙香はそれ以上、そのことに触れられたくないようだった。竹花は黙って車線変更をした。

芝公園から高速に乗った。

「何で突然、海なんだい？」

「そんなこと訊かれても答えられない。夜の海が好きなの」

仕事で車を使ってきたので、都内を走るのは慣れている。しかし、お台場に行ったことは一度もなく、レインボーブリッジを渡るのも初めてだった。

遙香が、真澄のことを訊いてきた。進捗《しんちょく》状況を教えた。

話している間にレインボーブリッジが近づいてきた。

竹花は何台もの車を抜いた。ついアクセルを踏んでしまった。それだけ爽快《そうかい》だったのである。しかし、決して用心を怠ってはいなかった。彼よりも速い車の様子を見てから仕掛けた。覆面パトカーが怖かったのである。

ビルの位置を知らせる赤い照明が点滅している。東京タワーの灯はすでに落ちていた。

お台場に着いた。遙香は浜辺の場所をよく知っていた。近くの駐車場に車を停め、砂浜を目指した。

竹花と遙香は腰を下ろした。遙香は竹花の脚の付け根辺りに頭を乗せ、寝転がった。

打ち寄せる波の音は静かだった。対岸の夜景も節電のせいだろうが、控え目だった。

「来てよかったって思わない？」

「気持ちいいよ」竹花は遙香の首筋を軽く撫《な》でた。

沈黙が続いた。闇に沈んだ浜辺のどこからか男女の話し声が聞こえてくる。まるで、真夏のリゾート地にいるような錯覚を覚えた。

「なぜ、違法カジノのディーラーになったんだい」

「竹花さん、私に辞めてもらいたい？」

ぐんと距離の縮まる質問である。

「いつかは摘発される。賭博開帳図利《とばくかいちょうとり》って罪でな。これまでに捕まったことはないのか」

「ないよ」

「初犯だったら執行猶予がつくだろうが、面倒臭いことになることは間違いない」

「日本に合法的なカジノがないのがいけないのよ」

「石原都知事のブレーンになれ」

遙香が大きな口を開けて笑い出した。

「大して金にならないだろうが。ホステスの方が稼げる。いや、そうでもないか」

「私、飲みたくない相手と飲んだり、男の煙草に火をつけたりするのが嫌いなの」

「性格が男っぽいんだな」

「かもしれない。黒いチョッキを着て、カードを手にするとぞくぞくするの。女を売り物にしている商売、私には向かない」

どんな仕事に就いていようが、男性社会である限り、女は女を売っている。そんなことを言った女の社会学者がいたのを思い出したが、余計なことは言わずに、煙草に火をつけた。

「でもね」遙香が竹花の方を上目遣いに見、甘い声で言った。

「でも何だい？」

「やっぱり、私、女だと思う」

「気づいてくれてよかった」

「だって」遙香がまた言いよどんだ。「生理の前になると、すごく男がほしくなるの」

西洋人の女なら、あっけらかんとしてそういうことを口にすることは珍しくないが、日本人の女で、少なくとも竹花にそう言った女はひとりもいなかった。帰国子女の遙香ならではの発言かもしれない。

竹花は相変わらず、うなじの辺りを撫で続けていた。

「昨日の夜、そういう時だったってことか」

「うん」

「もっと生きのいい男を選べばよかったのに」

「そういう時って変な男に引っかかりそうなんだもの。家を一歩も出ないようにしてる時もあるよ。だから竹花さんでよかったって本気で思ってる」

「選ばれて光栄です」

「茶化さないで」遙香が竹花の手を取った。

「そういう日、ディーラーをやってるとどうなるんだい。調子悪いの？」

「どっちでもない。でも、カードを配ってると、頭ん中から、セックスって字が消えてく」

竹花は何も答えず、ぼんやりと海を見つめていた。

「キスして」遙香が囁くような声で言った。

竹花は遙香を抱き上げ、唇を唇に寄せた。

長い抱擁ではなかったが、濃密だった。

「酒が飲みたくなったよ」竹花が言った。

「コンビニで買い物して、一緒に飲もう」

遙香はコンビニの場所もよく知っていた。ウイスキー、焼酎《しょうちゅう》、ビール、ミネラルウォーター、それにツマミになるものも買った。サラダとハムを籠《かご》に入れたのは遙香だった。

レインボーブリッジにさしかかった。「私、今の仕事、天職だと思ってる」遙香が突然そう言った。

「ラスベガス、マカオ、モンテカルロ……。世界にはいくらでも、合法的でゴージャスなカジノがあるじゃないか」

「モンテカルロのカジノで働いてるドイツ人がいるの。向こうで働けないか頼んでるとこ」

「それまでに捕まったら、向こうで働けないはずだよ。犯罪歴のあるディーラーを働かせるわけがない」

「そうなの。私、それをマジで恐れてる」

「兄貴はどう言ってるんだい。反対してないのか」

「してるよ。でも、私が言うこときかない性格だって分かってるから諦めてる」

遙香と勝彦の兄妹には濃密なものが感じられる。根拠を問われると答えようがないのだが、母親に捨てられた兄妹が主人公の童話『ヘンゼルとグレーテル』をふと思い出した。妹のグレーテルは魔法を操れるようになるが……。竹花はちらりと遙香を見た。遙香はカードを自由自在に扱えるようになった。心の中でそんなことを考えながら車を走らせた。

家庭の事情というものが、兄妹の生き方に影響しているのは感じ取れる。しかし、それは誰にも、いや、犬猫にだって起こるものだ。

竹花は余計な質問はしなかった。

話したくなったら話すだろう。それを黙って聞いてやればいい。

フロントガラスに小さな虫がぶつかり潰れた。家庭環境に影響されない生き物を、竹花はワイパーを動かして取り払った。

「真澄さんは、どうしてカジノのディーラーに？」

「彼女は、日本でアメリカ人の語学教師と知り合って、向こうに渡ったって言ってた。でもその男とは長くは保《も》たず、次に知り合ったのが、カジノのディーラーだった。彼の影響でバイトしながら学校に通ったんですって。本当の話だと思う。だって、彼よりも自分の方が才能があったって言ってたから」

「問題の旦那とはカジノで知り合ったのかな」

「シカゴ近郊のカジノで働いてる時に、彼が遊びにきて、彼女に一目惚れしたらしい。前にも言ったと思うけど、彼女、本当に車のディーラーと結婚したつもりだった。ところが、マフィアだったってわけ」

　総会屋の父親を嫌っていた真澄が、アメリカのマフィアと知らずに結婚した。皮肉なことである。

「ね、今度、この車、運転させてくれない？」

「じゃじゃ馬だよ」

「私、そういう車、大好き」

　その晩も、遙香は竹花の家に泊まった。生理は始まっていたが、遙香は激しく求めてきた。

十五

　翌日の夕方、竹花は溜池近くにあるホテルのバーにいた。

ベーブはすでに来ていて、カウンターで飲んでいた。何を飲んでいるのかと訊《き》くと、ワイルド・ターキーだと答えた。日本でバーボンが流行《はや》ったのは八〇年代前半だった。当時は酒屋で買ってもかなりの値段がしたが、今は安く手に入る。元々、バーボンは高い酒ではない。分相応の場所に戻れて、バーボンもほっとしているに違いない。

「誘ってくれて嬉しいよ」ベーブが薄く笑った。

「明日は何時の飛行機なんだ」

「午後五時頃だ。シカゴまで行って乗り換えるんだが、シカゴで一泊するかもしれない」

竹花は水割りで喉《のど》を潤した。ベーブの組織の本部がシカゴにある気がした。

「真澄から連絡はありましたか」ベーブが竹花を見ないで静かな調子で訊いた。

「あったよ。あんたの言ったこと、一言ももらさずに伝えた」

「それで?」

「DVの旦那《だんな》の話なんか信用できないって言ってた」

「俺がDVね」ベーブの頬《ほお》が歪《ゆが》んだ。「殴ったことがないとは言わないよ。だけど、一度しかない」

「骨折するくらい殴られたって、彼女は友だちに言ってるんだがね」

「殴ったから骨折したんじゃない。階段から落ちて骨折したんだ。俺は一度も拳骨《げんこつ》で殴ったことはないよ」

「暴力がすべていけないなんて俺は思っちゃいないさ。愛ある暴力もないわけじゃないから」

「そういう考え方は、もう通用しない世界なんだよな」

「殴った理由は何だったんだ」

ベーブは軽く肩をすくめた。

「彼女が浮気でもしたのか」

「食料品の配達人と仲良くしてた。イタリア系の軽い男だった」

「そいつと浮気をしてたのか」

「知らん」ベーブが怒ったように言った。

「ただ親しげにしゃべってた。それだけの話じゃないのか」

ベーブはグラスを空けると、お替わりを頼んだ。答えないことが答えのようだ。

「俺はアメリカ人だけど、アメリカ人が嫌いでね」

「子供の頃にいじめられたのか」

ベーブの背筋が伸びた。「俺にかなう奴なんかひとりもいなかった」

「何人の人間を病院に送った？」

「野球だったら二チームできるくらい」

竹花が頰をゆるめると、ベーブも口を半開きにして笑った。自慢げな顔である。

「日本の女は大人しくて、ハズバンドを大切にすると思ってた」

「それは歴史の教科書に載せてもいいくらい昔の話だよ」

「俺、日本語うまいだろう？」

ベーブの表情は、成績の上がったことを親に報告する少年みたいだった。

「デーブ・スペクターよりもうまい」

「そいつは誰だ？　日系マフィアか」

「日本で有名なアメリカ人だ。忘れてくれ」竹花もグラスを空け、お替わりを頼んだ。

「俺は一生懸命、日本語を学んだよ。学校の成績は悪かったけど、日本語だけは誰にも負けたくなかった。魑魅魍魎《ちみもうりよう》って漢字だって書けるぜ。デーブ・スペクターって野郎も書けるか？」

「会ったら訊いてみる」

「家が貧乏でね。日本に留学したかったができなかった」

「日本に来てたら、怪我人《けがにん》の数が四チーム作れるほど増えてたろうな」

ベーブが肩をゆらして笑い出した。

「なぜ、マフィアに」

「あんたらしくない、つまらん質問だ」ベーブが鼻で笑った。

「両親はどっちも日本人かい？」

晴れていた空が、急に黒雲に被《おお》われたように、ベーブの顔つきが変わった。

「母親がアメリカ人だった。この女、夫を裏切って、郵便局員と、自宅でやってた」ベーブは、ビートルズの『プリーズ・ミスター・ポストマン』を口ずさんだ。

母親がベースマンと寝ていたら、ジョニー・シンバルの『ミスター・ベースマン』を口ずさんだに違いない。

「痩《や》せたスケアクロウみたいな男だった」

「そいつをこてんぱんにやったんだな」

「そいつだけじゃない。お袋も殴ってやった。警察に通報したのはお袋だよ」

傷害の前科のあったベーブは服役することになった。そこで、マフィアの下部組織の末端にくっついていた男と知り合ったのが縁で、闇《やみ》の世界に入ったのだという。

「魑魅魍魎の世界にはもううんざりしてる」ベーブがつぶやいた。

「そう簡単には抜けられないだろう？　あんたの頭ん中には組織の秘密が一杯つまってそうだから」

ベーブは何も言わず、グラスを空けた。お替わりは頼まなかった。

「あんた、子供はいないのか」ベーブが訊いた。

「女房もいなければ結婚したこともない」

ベーブが目の端で竹花を見た。「ホモか」

「アメリカ人の、いい男は大半ホモだって言ってたアメリカの西海岸出身の女がいた。その女が俺に言ったことがある。西海岸に行ったら、ストレートの男を捜してる女が一杯いるから、あんたでもモテモテだってね」

「なぜ家庭を持たないんだ？」

「今日はあんたらしくない、つまらん質問が続くな」

ベーブがお替わりを頼んだ。

「俺を見ろ」竹花が言った。

ベーブが言われた通りにした。

「眉《まゆ》と眉の間が広く空いてるだろう？」

「そうだな」

「こういう眉の人間は、家庭愛には恵まれないそうだ」

「馬鹿な迷信だ」ベーブは眉を引き締めてグラスを空けた。「あんたが言ってた通り、向こうで裁判を起こしても、効力がないって弁護士が言ってた。だから、俺はまた必ず戻ってきて、息子を取り戻す。いつ戻ってくるか分からない。一週間後かもしれないし、半年後かもしれん。用心しろって、真澄に伝えてくれ。後ろを歩いてる奴、住まいの近くに停《と》まってる車、すべて疑ってかかれってな」

竹花は煙草《タバコ》に火をつけた。「そうなったら、俺の出番になる。真澄さんの護衛という安定した仕事にありつける」

「日本のヤクザは駄目だな」

「どこが？」

「物事を決めるのが遅い」

「それは何もヤクザだけじゃない。政治家もサラリーマンもドブ浚《さら》いの作業員も、みんな同じだ」

「次回は、向こうで人を雇ってから来る」

「嫌いなアメリカ人を雇うのかい？」

「子供が母親のものだなんて考えてるのは日本人ぐらいだぜ」

「猫は女になつく。男の獣医より、女の助手の言うことをきくって話だ」

「……」

「柔らかい肌、高くて優しい声。俺たちにはないものを女たちは持ってる。幼児期には、子供にとってそれが大切な気がするな」

「そんなんじゃ、立派な男にはなれない」

「確かに男の子にとって父親もとても大事だよ。男の子の遊びを教えられるのは父親だからな。だから、両親がそろって、子供に愛情を注ぐのが一番さ。今、アメリカではどんなホームドラマをテレビでやってるんだい？」

「よく知らん。俺はあまりテレビを視《み》ないから」

竹花は、『パパ大好き』とか『パパは何でも知っている』とか『うちのママは世界一』の話をした。原題は知らないが、出ていた俳優の名前は覚えていた。フレッド・マクマレイ、ロバート・ヤング、ドナ・リード……。

「ああ、よくは知らないが、大体分かったよ。で、何が言いたい？」

「理想の家族は、あの頃のホームドラマにしかないんだよ。まして、あんたらの家庭はとっくの昔に崩れてる。元には戻れんよ」

ベーブは口を開かない。

「あんたの眉と眉には距離がない。ボルチモアに戻って、今の生活から足を洗って、新しい家庭を作れよ。あんたなら、これから野球チームができるくらい、子供を産ませることができるだろうが」

「他の子供はいらん。健太と生活したいだけだ」

ベーブの携帯が鳴った。

「誰？……。もう一度お願いします……。で、私に何の用ですか？」そう言ったきり、ベーブは黙った。そして、そのままバーを出ていった。

その間に竹花はバーテンに勘定を頼んだ。ベーブはすぐに戻ってきた。

「俺はそろそろ失礼する」竹花がスツールを降りた。

ベーブはご馳走《ちそう》されたことに礼を言った。

一緒にバーを出た。ベーブが握手を求めた。

「あんたはいい奴だ。俺の敵にならないようにしてくれ」

「この歳《とし》で骨折はきついから、気をつけよう」

竹花が頬をゆるめると、ベーブも口許《くちもと》に笑みを浮かべた。

ホールで男の子のはしゃぎ声がした。

十六

中里は、仕立てのいい紺色のスーツに、白地にネイヴィーブルーの縦縞《たてじま》が走るシャツを着ていた。ネクタイは光沢のある黄色で、着物の文様の業平格子《なりひらごうし》に似た柄が入っている。ネクタイとお揃《そろ》いのポケットチーフが、胸ポケットで柔らかく巻かれていた。腕時計に目をやる度に金のカフスが顔を覗《のぞ》かせた。

竹花と会う時はやや曲がっていた背中がぴんと伸びていて、エステにでも行ったのかと思えるほど肌艶《はだつや》がよく、毛穴の奥まで綺麗《きれい》になっている感じがした。

ついに真澄が父親に再会する日がきたのだ。

前日の午後二時すぎ、竹花は成田空港の第一ターミナル、南ウイングにいた。

久しぶりの成田である。南ウイングができたのは五年ほど前だったか。

午後五時頃、シカゴに発《た》つのは、他社と共同運航している全日空の7006便しかなかった。飛行機が遅れているという表示が出ている。

ANAのチェックインカウンターを遠くから見ていた。ベーブは出発の一時間前になっても現れなかった。旅慣れていれば、あり得ることだが。

出発の五十二分前、ベーブが現れた。飛行機が遅れていることを知っていたかのようである。

紀藤の姿が見えた。ベーブが日本を発つかどうか確かめにきたのは竹花だけではなかったのだ。

ベーブが出発ゲートから姿を消したのは、十六時十五分すぎだった。紀藤たちが空港を出てゆくのが見えた。竹花はコーヒーショップに入り、コーヒーを頼んだ。

真澄から電話が入った。これまで通り公衆電話からだった。

「彼は確かに出発ゲートを潜《くぐ》りましたよ」

「飛行機会社に訊いたら、遅れてるそうですね」

「ええ」

「竹花さん、まだ空港にいます？」

「飛行機が発つまでいてほしいんですか？」

「お願いします」

「分かりました。その代わり……」

「父に会う決心がつきました」

「健太君にも会わせてあげてほしい」

「明日の午後でいいですか」

「中里さんは、一刻も早く会いたがるでしょう」

「夜は何となく……」

真澄と話している間に割り込み電話があった。中里からだった。

「お父さんから電話が入ってます。あなたの気持ちを伝えておきますよ」

中里は、竹花の報告を聞いた途端、黙ってしまった。感激で言葉が出てこないのだろう。

「長い一日になりそうだな」

「ここまで待ったんですから同じでしょう」

「でも、子供を連れてくることを考えれば、気持ちは分かる」

全日空7006便は三十分遅れで飛び立った。真澄にそのことを伝えた。

そこで翌日の午後四時に、中里邸にやってくることに決めたのだ……。

まだ約束の時間にはなっていないのに、中里は落ち着きを失っていた。乗り込んだ会社の総務の人間の相手をしていた時も、株主総会で長々と発言した時も、そんな動揺を見せたことは一度もなかったはずである。

四時五分すぎ、インターホンが鳴った。

「竹花君、あんたが出てくれ」

竹花は言われた通りにした。この日も通いの家政婦はいなかったのだ。

玄関を開け、ふたりを招き入れた。

「お世話になります」真澄が沈んだ声で言った。

親子を応接間に通した。中里は立ち上がって、娘と孫を迎えた。

中里はしばらく、微動だにせず娘を見つめていたが、突然、深々と頭を下げた。

「よく来る気になってくれました。ありがとう」

「お久しぶりです」真澄の声は乾ききっている。

大人ふたりが緊張しているものだから、健太の表情も硬い。

コーヒーはすでに用意されていた。竹花がそれを運んだ。

「健太君か。いい名前だなあ」中里がしみじみとした口調で言った。「私は、お母さんのお父さん。だから、健太君は、私の孫なんだよ」

健太はお母さんに躰《からだ》を寄せ、床に届かない足をばたつかせているだけだった。

その姿を中里は目を細めて見つめていたが、ややあって視線を娘に向けた。

「これからのこと、私に相談してくれるね」

「……」

「気持ちは分かるよ。でも、電話でも話したが、私はもう、ああいう世界から遠のいて久しいんだ。ただの隠居老人。あなたに嫌な思いや寂しい気持ちをさせることは絶対にない。これまでの不義理をすべて挽回《ばんかい》できるなんて思ってもいないが、あなたと健太君のためになるように援助、いや、応援したいと心から思ってるんだよ」

真澄が顔を上げ、真っ直ぐに中里を見つめた。「私もいろいろと相談に乗っていただきたいことがあります。今すぐにというわけではないんですが」

「俺はそろそろ失礼します」竹花が腰を上げそうになった。

「竹花さん、まだいてください」真澄がすがるような目で竹花を見た。

「竹花さん、遠慮してほしい時は、はっきり言うから」中里の表情も、いまだほぐれていなかった。

何十年ぶりでの親子の再会。家族は血のつながりがある分だけ、一旦《いったん》こじれると解凍するのに時間がかかる。そういう時は赤の他人の存在が緩和剤になるものだ。

「真澄さん、俺にかけてきた電話、おとめ山公園の入口にある公衆電話だったんですね」

竹花が言った。

「どうしてそれを……」

真澄は俯《うつむ》いたままだった。もっと驚くかと想像していた竹花は少し拍子抜けした。父親との再会がもたらした緊張感が、驚きの感情を鈍化させてしまったのかもしれない。

「それは企業秘密」竹花は笑ってみせた。

だが、真澄の表情は和らがない。

「今の住まいはあの辺ですね」

「ええ」

「救ってくれた方にお礼をしなくてはね」中里が口をはさんだ。

「私、もうしばらくその人と一緒にいたいんです」

中里が一瞬言葉を失った。

「その人って男ですよね」竹花が訊いた。

「とてもいい方なんです。健太もなついてますし」

健太が、手にしていた怪獣のオモチャで遊びだした。

母親が注意したが、中里がそれを止めた。

「好きなだけ遊ばせてやってください。何を壊されてもかまわない」

お爺《じい》ちゃんらしい甘い言葉である。

親子の関係がうまくいったら、健太はオモチャの山の中で窒息してしまうかもしれない。

「その方は、何をやってるんですか？」中里が訊いた。

「いずれ、会っていただきます」

「住所、教えてもらえるね」

「それは相手の人と相談してみないと」

もう警戒することがなくなったのに、まだ隠そうとしている。相手の素性に問題があるのかもしれない。

真澄のハンドバッグで音楽が鳴り出した。携帯の着うたは、竹花が耳にしたことのない、女が歌っている英語のバラードだった。

携帯を取り出した真澄は、ちらりと画面を見ると「失礼」と断って応接間を出ていった。ほどなく玄関の扉が開け閉めされる音がした。

健太は怪獣をソファーの背もたれの上におき、「ガオッ」と明るく遊んでいる。中里が立ち上がり、部屋の隅に進んだ。そして、兜《かぶと》をかぶり、脚が悪いにもかかわらず、四つん這《ば》いの姿勢を取り「ガオッ」と健太の動きを真似《まね》た。

健太は物怖《ものお》じしない。怪獣を手にすると、兜を怪獣に攻撃させた。中里が声を上げてひっくり返った。健太が嬉《うれ》しそうに笑った。

「僕、強いんだよ。ママを守ったんだから」

「すごいなあ、健太君は。今、一緒にいるオジさんよりも強いの？」

「言わない。ママがしゃべっちゃ駄目だって言ってたもの」

「健太君は頭もいいんだねえ」中里が竹花を見て眉をゆるめた。

「これ食べる？」

健太が包みの中からチョコレートを取りだした。包みにはモッチーニと書かれてあった。

中里だけではなく、竹花も「おいしい」と言って、健太と一緒にチョコレートを食べた。

真澄はなかなか戻ってこない。竹花はそちらの方が気になった。

戻ってきた真澄の表情は、先ほどとは明らかに違っていた。

「何か問題でも？」竹花が訊いた。

「いえ」

「私と竹花さんには何でも話してほしい」腰を上げた中里が言った。

「お母さんの友だちからでした。その人が交通事故にあって」

「お母さんの墓参り、一緒に行ってくれるね。あなたと行こうと思って我慢してたんだ」

真澄は黙ってうなずいた。心ここにあらず。真澄が言ったことはまるで信用できなかった。

中里が夕食に誘った。

「あまり遅くならなければ」真澄は受けた。

健太が肉が好きだと聞いた中里は銀座のステーキハウスに行こうと言った。竹花も誘われたが、それは断り、そろそろ退散すると告げた。中里は引き留めはしなかった。

中里の家を出た。

真澄の態度がおかしい。

搭乗者リストまで調べたわけではないが、ベーブは確かに出国した。大きな脅威は去ったのだから、何が気がかりなのだろうか。

問題は一緒にいる男にあるのではなかろうか。またもや闇の世界で生きている人間と関係を持ったのかもしれない。

タクシーを拾う前、新浦に電話を入れた。新浦の声が異様に沈んでいる。

「どうした？」

「微熱があってな」

「例の病気のせいか」

「多分な。時々、こうなるんだ」

「今、どこにいる？」

「レストランの事務所だ。で、真澄さんの件は一件落着したのか」新浦は気を取り直して訊いてきた。

「一応、成功だな。ふたりの関係は、いずれ改善されるだろう」

「それはよかった。俺が言った通りうまくいったろう」

「まあね」

真澄の態度がおかしい話はしなかった。新浦が苦しそうだったからである。

「病院には行ったのか」

「大丈夫だ。じっとしていればよくなる」

新浦の声に笑いが混じった。消えゆく蠟燭《ろうそく》の炎のような弱々しい声だった。

「話は変わるが榎木田の件で神崎から電話があった。今夜、会うことにしたよ」

「俺が会う。あんたは休んでろ」

「いや、そういうわけにはいかん。あんたをただで使ってるようなもんだからな」

「真澄さんの捜索に協力してくれたじゃないか」

「そうか。じゃ、今夜は悪いが休ませてもらうよ」

「情報料として、奴はいくら要求してきてるんだ」

「その話はすんでる。今から、俺が電話をして、あんたが代わりに行くと伝えておくよ」

「奴とは何時にどこで会うんだ」

「六本木にある『キャシディ』って店に十一時に来てくれと言われた」

新浦は電話番号と大体の場所を竹花に教えた。

「具合が良くなったら、俺も行く」

「無理するな」

「ありがとう」

新浦は本当に具合が悪そうだった。住まいがあろうがなかろうが、五年もの間、酒浸りのすさんだ生活を送ってきたのだから、躰を壊しても何の不思議もない。しかし、それにしても頑丈な奴だ。静脈瘤が二つも破裂したのに、大酒をくらい、不摂生を止めずに動き回っているのだから。竹花は妙に感心した。

竹花は、新浦の発言で気になることがひとつあった。金の話はすんでいると言った。一万、二万の話ではないはずだ。新浦がまとまった金を持っているとは思えない。一体、どこから工面したのだろうか。竹花は首を傾《かし》げるばかりだった。

十七

『キャシディ』は六本木の交差点を少しミッドタウンの方に行ったビルの七階にあった。

ボックス席に座っている女はすべて外国人だった。アジア系はひとりもいない。ロシアン・クラブのようだ。と言ってもルーマニア人が混じっているのが大半だが。ポールダンスやセクシーさを売り物にしている店ではなさそうだ。錦糸町《きんしちょう》辺りにある外人パブの六本木版というところだろうか。

客は三組だけだった。神崎の姿はなかった。黒服は日本人だった。神崎の名前を出すと、奥の個室に案内された。VIPルームらしい。

カラオケが聞こえてきた。渡哲也の『くちなしの花』である。

歌っているのは神崎だった。竹花を見ても、神崎は熱唱し続けていた。

座り心地のよさそうなソファーが置かれた広い部屋だった。

四人の金髪女が神崎を取り囲んでいた。愉《たの》しげな表情をしている女はひとりもいない。霊安室でレクイエムを聴いている。そんな雰囲気だった。神崎の隣に座っていた、死体のように白い肌の女が立ち上がった。竹花は勧められるままに、彼女の座っていた席に腰を下ろした。

神崎の歌が終わった。女たちが拍手をした。

「新浦から電話があったよ」神崎が挨拶《あいさつ》もなしに言った。

「相当、調子が悪いようだったろう？」

「静脈瘤《じょうみゃくりゅう》が破裂したっていうのに、あんな飲み方してりゃ、おかしくもなるさ。ここで血を吐かれちゃかなわんから、あんたでよかった」神崎が顔を歪めて笑った。

「何を飲みますか？」正面に座り直した、死体のような白い肌をした女が訊いた。

神崎は水割りを飲んでいた。竹花も同じものにした。

「すぐに呼ぶから、しばらくみんな席を外してくれ」

女たちが部屋を出ていこうとした。

「ナタリー、呼んだらすぐに戻ってこいよな」

「はい」

死体の肌をした女がナタリーだった。神崎はその子にご執心のようだ。

「あんたは金髪好きなのか」竹花が訊いた。

「別に。だけど、外人女の方がいい。何をするにしてもはっきりしてるから。日本人のクラブに通う男の気がしれない。やれるかやれないのか分からないのに、大金を払ってるんだからな」

「日本独特の文化がお気に召さないってことか」竹花はグラスを口に運んだ。

「四人の女すべてがロシア人だ。モスクワにハバロフスク……。いや、ベラルーシもひとりいたか。まあ、どこから来てようが、日本になんか愛情のひとつもなく、日本人を見下してる。出稼ぎのくせに、ロシアという大国からきたっていうプライドを捨てきれないんだよ」

「そこまで分かっていても、そんな女と遊ぶのが愉しいのか」

「大国意識のある女を金で弄《もてあそ》ぶって快感だぜ」

「あんたの親父《おやじ》、満州からの引き揚げ者かい」

「何だ、それ」

「大戦末期になってロシア軍が満州に入った。狼藉《ろうぜき》を働いたロシア兵士はひとりやふたりじゃない。強姦《ごうかん》された日本人女もいたって聞いてる」

「俺の親父は満州になんか行ってないよ」

「じゃ曾祖父《そうそふ》が日露戦争で戦死したとか」

「外人の悪口が嫌いみたいだな。以前、外人とでも結婚してたのか。それとも人権派の探偵ってことかい。何にせよ、くだらない話は止《や》めよう。ここだって時間制なんだよ」

「それで、榎木田、ゲロしたのか」

「情報収集が大変だった。栃木のヤクザから仕入れるしかなかったよ」

「ご苦労さん」

「その言葉をあんたから聞きたかったんだよ」神崎が煙草に火をつけた。「小杉の死体な、榎木田の家に転がってたって言うんだな」

「転がってってどういう意味だ」

「言葉通りだよ。家に帰ったら、転がってたんだってさ。そんな馬鹿なことがあるかい」

「犯行現場は、榎木田のアパートだったのか」

「らしいな。奴は、死体遺棄は認めた。だけど、殺しの方は否認し続けてる」

「死体を運んだ連中は何者だったんだ」

「榎木田の死んだ息子の友人とその仲間だ」

「ヤクザか？」

「それよりもタチの悪い、札付きだってことだ。前科三犯。少年の頃に女をひとり殺してる」

「警察はどうやって奴らを割り出したんだ」

「奴らは当然、高速を使わずに栃木を目指した」

「高速に乗ると、運転者の顔がカメラで撮られるからな」

「盗難車を使ったのが命取りになった。一般道のNシステムに引っかかった。あんたも知ってるだろうが、Nシステムは、運転者の顔じゃなくて、車のナンバーを撮ってる。警察はNシステムから得た情報をチェックした。Nシステムの数が異様に増えたろう？　言ってみりゃ、Nシステムのネットワークができたようなものだ。それを使って、死体遺棄現場から東京まで、それから都内中のすべてのNシステムのデータを調べた」

「なるほど。盗難車じゃなかったら、目をつけられなかったんだな」

「その通りだ。国道を走ってるすべての車を洗うわけにはいかないからな」

竹花が煙草に火をつけた。「榎木田の言ったこと、あまりにも子供騙《こどもだま》しすぎやしないか」

「俺もそう思う。でも、小杉が榎木田のアパートにいたことははっきりしてる。現場に落ちていた髪の毛の中に、小杉のものがあったそうだ」

「それまでに小杉が榎木田のアパートに入ったことがあったんじゃないのか」

神崎の口許に皮肉めいた笑みが浮かんだ。「ない、と答えてるのは榎木田自身だよ」

「周囲の防犯カメラに手がかりになるようなものは映ってなかったのかな」

「さあな。そういう話は聞いてないが、あんた、榎木田が殺《や》ったんじゃないって思ってるみたいだな」

「榎木田の証言があまりにも単純すぎるからね」

「警察を出し抜いてみせたいってわけか」

竹花はゆっくりと煙を吐き出した。

「で、消えた三千万はどうなったんだ？」

「出てきてない。小杉がどこかに隠したか、榎木田が奪い返したかのどちらかだろう」神崎が右肩を揉《も》み始めた。「最近、肩こりが激しくてな」

「ナタリーは揉んでくれないのか」

神崎が目の端で竹花を見た。「揉んではくれるがね、肩じゃない。話を戻すが、或る意味、俺が余計なことを言わなかったら、小杉は死なずにすんだかもしれん」

「と言うのは？」

「小杉は金に困ってた。だから、俺が闇金業者を紹介したんだよ。闇金業者は俺の顔を立ててくれて、ひどい取り立てはやらなかった。ところが、三千万が消えた直後、あいつは借金を綺麗にした。そのことを俺が榎木田にしゃべっちまったんだ」

「そんな話を聞けば榎木田は小杉を疑うよな」

「新浦と共謀したと疑ってた。奴も入退院を繰り返してたから金がいると思ったんだろうよ。だけど、新浦はバイクには乗れないことが分かった。だから、小杉が人を雇ってやらせたと踏んだんじゃないかな」

「あんた最近、麻雀に勝ってるらしいな」

「え？」

「こんな店で女をはべらせて飲んでられるんだから」

「ちょっとだが手数料が入った。金融屋に持っていかれる前に、飲んじまおうと思ってさ。それに新浦からも金が入るし」

「あいつにいくら要求したんだい？」

「大した額じゃないよ」神崎は薄笑いを浮かべて話を濁した。

「あんたの元付けってどんな奴なんだ」

「元大手の短資会社にいた奴さ。こいつが為替相場でもうけた爺さんから金を引き出した。それを根来に渡した。だから、手数料が入ったんだ。俺の元付けは他にも金主を抱えてる。そっちとの話もまとまりそうだ」

「で、爺さんはいくら出したんだい？」

「四千万」

「その爺さん、認知症じゃないのか」

「さあな。だが、そいつこそ、金髪女が好きでな。ここを辞めた女と結婚したんだよ」

「プレイボーイ社のヒュー・ヘフナーみたいな爺さんだな」

「まったくだよ」神崎が声にして笑った。

「女の金持ちはどうなった？」

「あのばあさんはこれからだよ。しかし、何で、新浦は小杉の件にこだわってるんだろうな」

「古い付き合いだからだろうよ」

「でも、まあこれでこだわらなくてもすむだろう」

「多分ね」

神崎がだらりとした態度で立ち上がり、内線電話で女たちを呼び戻せと言った。女たちが戻ってきたが、ふたりに減っていた。

竹花はグラスを空けると腰を上げた。

「用でもあるのか」神崎が訊いた。

「別に」

「だったら、もう少し付き合えよ」

竹花は座り直した。

神崎がふたりの女を改めて紹介した。

ナタリーはハバロフスク出身で、エレナはモスクワだった。ナタリーよりもエレナの方が日本語が格段に上手だった。エレナは四年、ナタリーは二年、日本に住んでいるという。

「原発事故が起こった時、この辺で働いてる外国人の女の子のほとんどが帰国したって聞いたけど、ふたりは残ってたの？」

「残ってた。神崎さんが大丈夫だって言ったから」ナタリーが神崎の膝《ひざ》に手をおき、愛くるしい目で彼を見つめた。

「私も東京にいたよ。お父さんが心配して帰ってこいって言ったけど、しばらくして、お父さんから電話があったの。いろいろ調べたら、モスクワの方が放射能が多いことが分かったの」エレナが頬をゆるめた。

「去年だっけ、モスクワの近くで山火事があって、避難した人もいたよね。スモッグの中、外で飲みながら賭《か》け事《ごと》をやってた男たちに、外国のテレビ局の人間が質問してた。避難しないんですかって。そしたら、男のひとりがこう答えた。何で避難なんかするんだい。モスクワじゃ、ウオッカで死ぬ奴の方が多いんだからってね」

話を聞いていた三人が同時に笑い出した。

「何か歌いますか？」ナタリーが竹花に訊いてきた。

竹花は首を横に振ってからこう言った。

「ふたりとも『百万本のバラ』と『ロシアより愛をこめて』をリクエストされることが多いんじゃないの」

「そんなには多くはないけど、何度か歌いました」エレナが答えた。

「私、『ロシアより愛をこめて』って日本にくるまで知らなかった」ナタリーがたどたどしい口調で言った。

「竹花さん、何か歌ってくださいよ。おめでたいやつがいい」神崎が濡《ぬ》れた目をナタリーに向けた。

竹花は滅多に歌わない。調査が首尾良くいき、お礼にと食事に招待され、二軒目でカラオケスナックということもある。そんな時は歌うが、神崎は依頼人ではないので、歌は苦手だと言って断った。

「シャンソンでもやってくれればいいのに。あんたパリに住んでたんだろう？『枯葉』とかさ」

神崎は竹花がパリに暮らしたことがあるのを知っていた。新浦が教えたのだろう。

本職はダンサーだというエレナはパリに憧《あこが》れを持っていると言い、モスクワに行ったことはないのかと質問した。

「アエロフロートには何度か乗ったけど、モスクワは空港しか知らない」

「ともかく広くて汚い街」エレナが眉をひそめた。「モスクワ出身っていうのは嘘じゃないけど、生まれ育ったのは、モスクワ郊外なの」

「モスクワが好きじゃないんだね」

「東京の方がずっと愉しいよ」

竹花の携帯が鳴った。遙香からメールが入ってきた。

〝仕事が終わったら、兄さんの店で飲んでる。来られる？〟

腕時計を見た。小一時間ほどで遙香の仕事は終わる。兄の店まで歩いて五分とかからない。竹花は〝オッケー〟と返信した。

「メールってことは女だな」

竹花は曖昧《あいまい》に笑って煙草をくわえた。エレナが火をつけた。

「で、カリマンタン島の話、その後どうなってるんだい？」

「仕事の話はよそうぜ」

「俺の知り合いがひょっとすると出資するかもしれないんだ」

「その話、根来から聞いたよ。新浦に仕切らせないで、あんたが元付けをサイドビジネスにすりゃいいのに」

「これでも何かと忙しくてね」

「こんな不況なのに」

「気象も異常だが、人間もおかしくなってる。そういう時こそ探偵は忙しくなる」

「俺も探偵事務所でも開くかな」

「元警官っていう触れ込みの探偵は強敵だな」

「でもまあ、根来との仕事を成功させなきゃ、その資金もできん。ともかく、でっかい話だからね。あんたの知り合い、いくらぐらい出せそうなんだい？」

「まだそんな具体的な話にまではいってない。でも、新浦はすごく期待してる。成功したら、彼は根来さんが立ち上げる新しい会社に入って、ブローカーの仕事を辞めるって言ってたよ」

「俺も誘われてるんだが、探偵の方が向いてるかもしれんなあ」

竹花はガラスに入っていたオカキを口に運んだ。この手のものはチャームと呼ばれていて、自動的に出てくるのだが、銀座辺りだと、これだけで、すでに五千円ぐらいはする。

「こういうもの美味《おい》しいと思う？」竹花がエレナに訊いた。

「そんなに好きじゃない。ちょっと待っててください」

ややあってVIPルームに戻ってきたエレナが手にしていたものは、小振りのビニール袋だった。キリル文字で何か書かれていた。封はすでに切られている。

竹花の掌《てのひら》に袋から落とされたものを見た瞬間、胸に衝撃が走った。焦げ茶色の豆のようなもの。小杉の部屋に落ちていたものと寸分違《たが》わない。

「これ、おいしいよ」

「何、これ」

「ヒマワリの種。それを焼いたものなの。食べてみて」

竹花は数粒を口の中に放《ほう》り込み、ゆっくりとかみ砕いた。小杉のアパートで拾ったものと同じ味がする。焼いたものとエレナは言ったが、正確には炒《い》ったものだ。

「どう？」

「うまいよ。酒のツマミにいいね。これ日本で買えるの？」

エレナが首を横に振った。「お父さんに送ってもらってます」

「ヒマワリの種っていうと日本では野鳥やリスにやるものだとばかり思ってたが、ロシア人はこういうふうにして食べるんだよ」神崎が言った。

「ロシア人だけじゃなくてアメリカ人も食べるよ」ナタリーが口をはさんだ。

「もう少しくれる？」

エレナが言われた通りにした。

「けっこう後を引くな」竹花は神崎に視線を向けた。「あんたは嫌いなのか」

「大好きよ」答えたのはナタリーだった。「なくなると、ちょうだいって言われるの」

「これ食べてたら、煙草が止められるってナタリーが言うから、試してみたが、駄目だったよ」

平静を装っていたが、心臓の高まりは収まっていなかった。

「少しもらって帰っていい？」竹花がエレナに訊いた。

従業員に小さな袋を用意させたエレナは、そこにヒマワリの種を流し込んだ。

「これで十分、ありがとう」

「神崎さんも欲しい？」

「うん」

「これ全部あげる」

「ありがとう」

神崎がブルゾンのポケットに突っ込んだ。ポケットは浅かった。

「私の名刺、あげていい？」エレナが意味ありげな目で竹花を見た。

「いいよ」

「連絡先、教えて」

竹花は口頭で携帯番号を教えた。

神崎の携帯が鳴った。

「調子、悪いんだって？」

相手は新浦らしい。「……ならいいが、俺もまとまった金を用意したし、新しい金主にも働きかけてるとこだよ……。養生しろよ……。うん、代わるよ」

神崎は「新浦だ」と言って、携帯を竹花に渡した。

「どうだ？」

「大丈夫だ」

無理をしているのかもしれないが、先ほどより声に張りがあった。

「まだ飲み屋にいるんだったら、行こうか」

「もう俺は退散するよ。大体の話は聞いた。やっぱり、榎木田だよ」

「間違いないのか」

竹花はそこから芝居を打った。新浦が何も言っていないのに、話を作ったのだ。

「……そんなことできない。この件は今日で終わりだ。……うん、うん、詳しい話は明日にでもするよ」

竹花は携帯を神崎に返した。

「あいつまだ信用してないのか」

「そんな感じだな」

「あいつは誇大妄想気味の人間だから、思い込みが激しいんだよ」

「あいつ、自分で小杉のアパートを調べてみたいって言ってたよ」

竹花は真っ赤な嘘をついた。

「馬鹿が。そんなことをしたって何にもなんないよ」

「あんたは小杉のアパートに行ったことあるのか」

「ないよ。榎木田のアパートには一度だけ入ったがね」

「あんたの元付けでもないのに」

「この間も言ったと思うが、あいつとは何度か卓を囲んだことがある。先月、徹夜麻雀をやった時、あいつ途中で気分が悪くなったんだ。だからしかたなく送ってやった」

竹花はヒマワリの種をまた口に入れた。そして腕時計に目を落とした。「待ち合わせがあるから、これで失礼するよ」

飲み代を払えと言われるかと思ったが、神崎は、もう竹花のことなど眼中にないようだった。カラオケのコントローラーを手にして、曲を選んでいた。エレナがエレベーターのところまで見送りにきた。

「電話しますね」

「いつでも」

エレベーターのドアが閉まり、エレナの笑顔が消えた。竹花の口許も引き締まった。

事務所に戻った竹花は、エレナからもらった炒ったヒマワリの種と、小杉のアパートで拾ったものの形状を比べ、もう一度食べ比べてみた。専門の研究所で分析させるまでもない。まったく同じものである。

この種を食べるのはロシア人だけではなく、アメリカ人も食べるとナタリーが言っていた。

小杉の関係者にロシア人やアメリカ人がいたかどうかは調査してみないと何とも言えな

いが、そういう話は聞こえてきていない。何であれ、炒ったヒマワリの種を食べる人間が、小杉の周りに一体、何人いたのだろう。

竹花の知る限り神崎だけである。

神崎は小杉のアパートに行ったことがないと言った。彼のポケットから落ちた可能性は大いにある。小杉のアパートに落ちていたヒマワリの種は、五月三十日のスポーツ新聞の上にも転がっていて、泥の上にこびりついていた。

榎木田によれば、小杉の死体が彼の部屋に転がっていたという。それには嘘はないだろう。しかし、犯行現場だったかどうかははなはだ疑問だ。

小杉の部屋で犯行は行われた。それに何らかの形で神崎が関与していた。神崎に首を絞められた小杉が暴れた。その時、神崎の着ていた服のポケットからヒマワリの種がこぼれ落ちた。

今夜、神崎はポケットの浅いブルゾンを着ていた。ああいったものを着て、小杉と争ったとしたら、種がこぼれてもおかしくはない。

神崎がひとりで犯行に及んだとは考えにくい。共犯者がいたはずだ。

いずれにせよ、裁判になれば、その程度の証拠では、神崎を刑務所に送るのは難しいに違いない。しかし、警察でも検察でもない竹花にとっては十分な証拠だった。

なぜ、神崎が小杉を殺したのか。榎木田が手にした三千万が関係しているのだろうか。

小杉には本当に借金があったのか。闇金から借りた借金を綺麗に清算したと言ったのは神崎である。鵜呑《うの》みにできるはずはない。借金のことが本当だろうが嘘だろうが、小杉と神崎が共謀して三千万を奪ったとも考えられる。

小杉の死体、或いは気絶した小杉を榎木田のアパートに運んだのだろう。榎木田に罪を着せるために。しかし、誰がやったにしろ、大胆なことをしたものだ。

小杉は、根来が持ち込んだカリマンタン島での石炭採掘の話を疑っていた。インドネシアの大使館員と、採掘権を買った会社の社長というのが偽者だと突き止めていた。小杉に秘密を知られた根来が神崎と共謀した可能性もある。

もしもそうだとしたら、小杉の死が、石炭採掘の詐欺に繋《つな》がらないように万全を期す必要があった。小杉のアパートで彼の死体が発見されたら、警察は、根来たちのことも調べる。それでもって、彼らの詐欺行為が発覚することも十分にありえる。危険を冒しても、小杉の死体が榎木田の部屋で発見されるように仕組んだのではなかろうか。

一息ついた竹花は、『スコーピオン』に向かった。

遙香はすでに来ていた。竹花は、中里と真澄が会ったことを伝えた。

「真澄さん、これでやっと落ち着ける場所が見つかったね。明日にでもメール、打ってみよう。竹花さんから話を聞いたって言っていい？」

「いいよ」

「真澄さんを救った人は誰だったの？」

「それはまだ分からない。真澄さん、中里さんにも俺にも教えないんだ」

「その人に問題があるのかな」

「そんな気がしてる」

その夜も、遙香は竹花のところに泊まった。しかし、肌を合わせることはなかった。遙香がベッドに入るなり、可愛《かわい》い寝息を立てて、すぐに眠ってしまったのだ。

緊張感が以前よりも薄れた証拠だろう。男と女には緊張感は大事である。しかし、これでいいのだ。竹花は父親のような目で、寝息を立てている遙香をしばし見つめていた。

十八

翌朝、中里から電話が入った。上機嫌である。真澄との関係を修復する糸口がつかめたらしい。しかし、二人きりになっても、真澄は、彼女を匿《かくま》い、援助している人間については硬く口を閉ざしたままだったという。中里は相手の素性を気にしていた。

「相手がいかがわしい人間で、しかも真澄さんが、その男に惚《ほ》れている。そういうこともありえますね」

「そうなんだよ。それが一番、厄介なんだ。惚れた腫《は》れただけは、金の力が及ばないことがあるからね」

「無理に別れさせるようなことをすれば、せっかく修復の兆しが見えてきたのに、元の木《も》阿弥《くあみ》になってしまいますよ」

「だから、彼女が自ら話すまで、そのことには触れないようにしようと思ってる」

「それがいいと俺も思います」

「金は大丈夫か」

「十分にいただいてます。近いうちに報告書を出します」

「気が早い。まだあんたの仕事は終わっちゃいないよ。何とか真澄の住まいを見つけ、一緒にいる男のことを調べてくれ。ボーナスを弾むから」

ボーナスを弾むという言葉が、竹花の眠気を覚まさせる特効薬となった。

ここまでくると、真澄の居場所を見つけるのはそれほど難しくない。中里と真澄が会ってくれれば、竹花は新浦と共に、真澄の尾行ができるからだ。

新浦に電話を入れた。声に元気がない。

「大丈夫か？」

「昨日よりもいくらかマシだ」

竹花は、昨日の神崎との話を教え、ヒマワリの種についても話した。新浦はびっくりしていた。

「神崎が根来と組んで小杉を殺したんだ」

「神崎がこれまでどれぐらい金を集めたか分かるか？」

「神崎の元付けは、何人か金主を抱えているらしい。俺の勘じゃ、そのうちのひとりは瀬田に住んでる牧村潔《まきむらきよし》って男だ。牧村の家は代々、瀬田の百姓で、土地を売ったおかげで大金持ちになった。牧村潔は馬鹿な女に騙されてばかりいる男で、商才なんかないのに会社を興《おこ》しては潰《つぶ》してきた。だが、まだ十億以上の金は持ってるはずだよ」

「他の元付けの金主のことまで、何でそんなに詳しく知ってるんだ」

新浦が短く笑った。「牧村は俺の大学のふたつ先輩なんだよ。神崎の元付けが、そいつと会ってるのを俺は見てる」

「神崎、四千万を出資させたと言ってたが、相手は爺さんだと言ってたよ」

「そいつのことは何も知らない」

実際、どれぐらい根来と神崎は金を集めたか分からないが、いずれ詐欺だと発覚することは承知の上でやっているのだろう。かき集めた金を持って海外に逃亡するつもりなのかもしれない。

「根来のバックに、ヤクザとは限らんが組織がついてるって可能性があるかもな。ブエノスアイレスの支店にもいて、元のカミさんは向こうの女だって言ってたじゃないか」

「あり得んことはないな」

「逃走の準備を整えてから、巨大な詐欺事件を計画したのかもしれん」

「ともかく、根来と神崎は絶対にグルだ。中里さんの力を一刻も早く借りよう」

「警察と連携できなきゃ、うまくはいかないよ」

「竹花さん、警察にひとりぐらいは知り合いがいるだろうが」

「まあな」

竹花は唯一深い関係、いや因縁のある田上隆一《たがみりゅういち》に連絡を取ってみることにした。

竹花は昔、隆一の姉、律子と付き合っていたが、不幸な別れが訪れた。そのことで弟の隆一は竹花を憎んでいる。

　久しく会っていないが、自分に対する思いが風化したとは考えにくい。それでも、隆一に話すのが一番である。なぜなら、田上隆一は誠実な警官だからだ。

　最後に会った時、隆一は警視庁捜査一課の刑事だったが、今、どの部署にいるかは知らない。警察を辞めているかもしれない。

　古い手帳には、田上の親元の住所と電話番号が記されていた。家は西荻窪《にしおぎくぼ》にある。

　電話は通じた。女が応対に出た。母親でないのは声で分かった。

「田上隆一さんのお宅ですか？」

「はい。どちら様でしょうか」はきはきとしたしゃべり方をする女だった。

　竹花は名を名乗ってから「奥さんですか？」と訊いた。

「そうですが、ご用件は？」

　隆一は今、五十一、二である。竹花の知っていた頃は独身だったが、その後、所帯を持ったらしい。

「ご主人に至急連絡を取りたいことがあってお電話しました。今も彼は捜査一課にいるんですか？」

「そういうことにはお答えできません」

「奥さん、婦人警官だったんですか？」

「……」

竹花は職業、住所、そして携帯番号を隆一の妻に教えて電話を切った。

しかし、いくら待っても隆一から連絡はなかった。まったく無視する気でいるのか、それとも、どんな用なのか気にはなるが、躊躇《ためら》っているのか。

それから二日が経《た》った。新浦からも遙香からも連絡はなかった。エレナというロシア人ホステスから営業電話があった。店に行く気はないが優しい応対をした。神崎の出入りしている店の女である。何かのおりに役に立つかもしれない。

夜になって中里が真澄を食事に誘ったと電話で知らせてきた。しかし、真澄はそれを断ったという。次に会う時、匿ってくれた人を紹介すると言ったそうだ。

それが実現すれば、竹花が真澄の周辺を調べる必要はない。竹花は、中里からの報告を待つことにした。

中里と話した後、テレビのニュースを見るともなしに見ていた。止まらない円高、腐葉土から検出された放射線量の問題、被災者の仮設住宅での孤独、リビア問題……。

トイレに立とうとした時、殺人事件のニュースが流れた。戸口に立ったまま、竹花はテレビに目を向けた。

尿意が止まった。

江戸川区瑞江《みずえ》一丁目にある、閉鎖された中古自動車店で、射殺死体が見つかった。殺されたのは、ジョージ・イチロー・マツイ、四十歳だという。

訳が分からない。ベーブが帰国したのを見届けたではないか。

「ジョージ・イチロー・マツイさんは、ボルチモアに住む中古車のディーラーで、日本にきた目的は不明です。所持していたパスポートによりますと、四日前に一旦、出国し、ソウルで一泊し、再び日本に戻ってきたようです……。新しい情報が入ってきました。使用された拳銃《けんじゅう》の弾に残っていた痕《あと》、線条痕《せんじょうこん》が、二〇〇五年十一月に南青山で起こった投資会社社長の射殺事件の際に使用された拳銃のものと同じことが分かりました。銃身内に彫ってある溝の痕が、発射される弾丸に残ります。それを線条痕、或いはライフリングというそうで、言ってみれば拳銃の指紋のようなものです。しかし、どんな種類の拳銃か推測はできても、特定することができないそうです」

ベーブが密《ひそ》かに日本に舞い戻っていた。シカゴ行きの飛行機に乗る振りをして、ソウル行きに乗った。

ベーブがANAのカウンターでチェックインしたのは確かである。

竹花はネットを開き検索サイトに入った。十八時二十分発のソウル便が見つかった。デイリーの便である。ベーブが遅めに空港に現れたのは、十六時五十五分発のシカゴ便に乗るつもりが初めからなかったからだろう。

彼が舞い戻った理由はひとつしかない。健太の奪還である。組織の命令に背いてまで決行したのは、真澄の潜伏先をつかんだからではなかろうか。中里と真澄が会うことを知っていたとも考えられるが……。竹花は首をひねるばかりだった。

真澄から電話が入った。

「竹花さん」声が震えていた。

「ニュースを視《み》たんだね」

「彼が戻ってきてたなんて」

「ベーブが訪ねてきたなんてことはないね」

「あるわけないでしょう。あったら真っ先に、竹花さんに知らせてます」

「君と一緒にいる人物について知りたい」

「私、竹花さんに失望しました。ベーブが日本を発《た》ったって言ったのはあなたよ」真澄が興奮している。

「俺の失態だった。シカゴ便に搭乗したかどうかを、どんな手を使ってでも確認すべきだった。すまない」

「もうすんだことだからしかたないけど……」

「ベーブは殺された。だから、真澄さん……」

「私と一緒にいる人が、ベーブを殺したって思ってるのね」

「そんな飛躍したことは考えてない。俺はどんな人物なのか知りたいだけだ」

「彼はヤクザなんかじゃないし、人を殺せるような人でもありません」真澄はまくし立てた。「疑うんだったら私を疑って。私、拳銃ぐらい撃ったことありますから」

「真澄さん、その男に惚れてるね」

「惚れてるとか愛してるとかじゃないです。その人といると安心できるんです」

「誰がベーブを殺ったにしろ、もう彼が健太君を攫《さら》うことはできない」

「嫌な男だったけど、私……」真澄が泣き出した。

真澄のエモーションが収まるまで、竹花は口を開かなかった。

「ごめんなさい。私、ショックで」

「一緒にいる人に会わせてくれないか」

真澄は黙りこくってしまった。

「いずれ、警察は君とベーブの関係を突き止めるだろう。その覚悟だけはしておいてほしい」

「………」

「よく考えて、俺に電話をください」

「はい」

真澄は小さな声で答えて電話を切った。

中里からも新浦からも連絡はなかった。彼らはまだ、ベーブが東京に舞い戻り、撃ち殺されたことを知らないのだろう。

ベーブは組織の命令に背いた。だから、殺されたのだろうか。もしもそうだとしたら、紀藤が関与しているとみていいだろう。その場合、紀藤は、ベーブが東京にいることをどのようにして知ったのだろうか。疑問ばかり浮かんでくるのだった。

事務所の電話が鳴った。

「田上ですが」暗く沈んだ威厳に満ちた声だった。

「久しぶりだな」

「何か私に用があるとか」

「或る事件で、警察の手を借りたいんだ」

「警察が探偵に協力するのは映画の中だけですよ」

「或る大きな詐欺事件が持ち上がっていて、犯人は突き止めてあるんだが、探偵が取り調べたり逮捕したりすることはできんだろう」

「被害者が被害届を出せばすむことじゃないですか」

「詐欺だとつかんでいるのは俺だけで、出資者はまだ気づいてない。それに、殺人事件が絡んでる可能性もあるんだ」

「………」

「君は今も、警視庁の捜査一課にいるのか」

「いえ、赤坂第一署の生活安全課にいます」

ベーブのことで精粋会の幹部と会った組織犯罪対策課の刑事のことを訊いてみようかと思ったが止めた。余計なことを口にしない方が得策だし、根来たちの詐欺事件には関係ないのだから。

生活安全課か。探偵業法違反を取り締まるのも、違法賭博に目を光らせているのもこの部署の仕事だ。竹花は隆一と妙な縁を感じた。

「偉くなったか」

「警部です」

五十を越えたぐらいのノンキャリとしては出世した方だろう。

「おめでとう」

「ありがとうございます。で、殺人事件と言ってましたが、それは……」

「会ってくれたらすべて話すよ」

「今、署を出たところです。あなたの事務所に寄っていいですか？」

「待ってるよ」

竹花は資料となるものを用意した。

十五分ほどで、チャイムが鳴った。竹花はじっと隆一を見て微笑《ほほえ》んだ。だが隆一に笑みはなかった。

事務所のソファーに隆一を座らせた。「もう仕事は終わったのか」

「ええ」

「じゃ、飲むだろう」

「いえ」

「お茶はどうだい？　俺、茶を淹《い》れるのが得意なんだよ」

「話を聞かせてください」

竹花は缶ビールを手にして、彼の前に座った。

隆一をじっと見つめた。体型は昔と変わっていないが、頬に肉がつき、髪が少し薄くなっていた。

竹花はビールで喉を潤すと、カリマンタン島の採掘権に関する話をした。

「採掘権の権利を国から譲り受けたという会社の社長なんて存在しない。大使館員も偽者。ふたりとも、日本在住で、ひとりは通訳らしい。もうひとりは門仲で、料理屋をやってる男だ。書類は本物だという話もあるが、その辺のところは不明だ」

隆一は、竹花の用意した資料をゆっくりと読んでいる。

「金を出した人間については書かれてませんね」

「そこに書いてある通り、ブローカーが絡んでる。小杉義一という男が殺され、栃木の山中で遺体が発見された事件があったろう」

「ありましたね。でも、僕は詳しいことは知らない」

竹花は榎木田という元付けのことを教えた。「三千万を出した金主が誰かも突き止めてある」

「でも、この資料によると、その三千万が奪われてしまった」

「小杉は、根来の話がまったくのでたらめだということをつかんだに違いないんだ。殺しの動機としては十分だろうが」

隆一が鼻で笑った。「これだけじゃ、警察は動けないですよ」

「知ってる。詐欺話だけじゃ逮捕できない。実行したという証拠がなくっちゃな。そこには書かれてないが、或る金持ちが、この詐欺話に乗っていて、いくら出すかは分からないが出資するらしい。その現場を押さえられれば、最低でも詐欺未遂は成立するだろう」

「しっかりと内偵しないと動けません。それに、これは二課が担当する事案だし」

「内偵にそんなに時間がかかるとは思えない。取引の現場に根来を呼び出すように俺が仕向ける」

「一種の囮《おとり》捜査みたいなものですね」

「警察が、これをやればそうなるだろうが、探偵の俺がやる分には、警察に迷惑はかからんだろう？」

　隆一は真剣な目をして考え込んでいる。

「小杉って男の殺人事件だが、殺されたのは都内、たとえばだが、被害者の家かもしれない。となると、警視庁や地元の北沢署の人間が栃木県警に協力するんだろう？」

「向こうから申し出があればね」

「神崎というブローカーが、元付けを通してだが、いろんなところから金を集めているらしいが、はっきりしたことはつかめていない。瀬田に住んでいる牧村潔とかいう男が出資者のひとりだということは分かってるんだが」

　隆一が溜息《ためいき》をついた。「被害届も出ていないんじゃねえ」

「そこに書いてある神崎ってのは、昔は君の同僚だ。警察時代は楢山って名乗ってたマルボウだ」

田上の眉が引き締まった。「あの檜山雅人《まさと》なら知ってますよ。第二本所署にいた頃、不法就労の外人ホステスの手入れの情報を多摩崎組に流したのではないか、と疑われ、逮捕されたんですが、証拠不十分で不起訴処分になった。他のふたりの刑事は実刑を食らったんですがね」

「神崎は根来とかなり親しいという話だ。根来の考えだした詐欺を神崎が知ってると俺は睨《にら》んでる。そして、小杉の事件に神崎が深く関与している気がする。証拠はないがね。神崎は外人ホステスが好きらしいなあ」

竹花は六本木の外人クラブで会った話を田上に教えた。それから、用意しておいたヒマワリの種を口に運んだ。

「これなかなかいけるんだよ。食べてみるか」

「何ですかこれ」

「ヒマワリの種を炒ったものだ。ロシアではマーケットで売ってるそうだ。神崎も好物だって言って食べてたよ」

隆一が一粒、口に運んだ。「あっさりとしてるけど、後を引きますね」

隆一が栃木県警の捜査内容を知るわけがないし、隆一は捜査に協力できる立場にはない。しかし、小杉のアパートに落ちていたのと同じ種を、警察官である隆一に食べさせたかったのだ。

「しかし、よく電話くれたな」

「昔、殴られた借りを返そうかと思ったんですよ」

「執念深い奴だな」

「じゃないと刑事は勤まらない」

「婦人警官と結婚したのか」

「辞める時は二課の刑事でした。でも、なぜ女房が警官だったって分かったんですか？」

「電話での応対で感じたんだ。しかし、いい相談相手が身近にいるじゃないか」

「家では仕事の話はしません」

「もったいない。女のおしゃべりは、ほとんどが騒音だが、思いも寄らない一言が、男の仕事の役に立つこともあるし、男を駄目にすることもある」

「相変わらず、女遊びをしてるみたいですね」

「もう六十一だよ。で、子供は？」

「七歳になる息子がひとりいます」

「君はいくつになった」

「五十一です」

沈黙が流れた。隆一は腰を上げる気配すら見せない。

「竹花さん、僕ももう中年男です。姉さんと何があったのか教えてくれませんか。何を聞いても怒ったりしませんから」

「昔、教えたはずだよ。それ以上、話すようなことは何もない。別れたい男と別れたくない女がぶつかった。それだけのことにすぎん。男と女の関係は、時として非情な結末が待ってるもんだよ」

「そういう考え方が、僕には理解できない。僕は妻を裏切るようなことはできない。一生、大切にしていくつもりです」隆一はきっぱりとした調子で言った。

「それは素晴らしいことだよ」

竹花の携帯が鳴った。遙香だった。

「仕事、終わったけど寄っていい？」

「いいよ」

携帯をテーブルに置いた。隆一の視線を感じた。

「また犠牲者を見つけたんですね」

「私情はこの際、ケツの穴にでも仕舞っておけ。いいか、君の管轄外のことだが、俺が偶然知り得た事件は、捜査に値する。上司に話して、本気で調べるか、調べさせてくれ」

「十年以上前のことですが、あなたのことを調べました。だけど、叩《たた》いても埃《ほこり》はでなかった」

「俺は隠すのが上手なんだよ。だけど、探偵の違法行為なんかにとらわれてたら、本当に悪い奴らを見逃しちまうぞ」

隆一が壁に貼《は》ってある探偵の届出証明書に目を向けた。「あなたが悪さをしたら、容赦なくしょっぴきます」

「おめこぼしっていうのもな、文化なんだよ。不倫と同じように」

竹花がけたたましい声で笑った。

隆一が竹花を睨んだまま立ち上がった。

「相変わらず不愉快な男ですが、今回の件はきちんと調べてみます」

「俺がネタ元だってことを忘れるなよ」

「失礼します」

竹花は座ったまま、田上に敬礼した。

十九

午前八時前に竹花は、隣に遙香が寝ているにもかかわらずテレビをつけた。

ベーブの殺害事件が、ワイドショーで報道されるに決まっている。

遙香は寝返りを打ったが、起きる様子はなかった。

それほど待たずして、ベーブの事件が取り上げられた。

「昨日、売りに出ていた中古車販売店で、男性の射殺死体が発見されました。亡くなったのはボルチモア在住の日系アメリカ人、ジョージ・イチロー・マツイさんで、職業は自動車の販売業者だということです。現場に山下リポーターが行っていますので、さっそく呼んでみます。山下さん、よろしくお願いします」

遙香が目を覚まし、上半身を起こして画面に目をやった。

昨夜、竹花の話を聞いた遙香は、すぐに真澄に電話を入れた。しかし、真澄は出なかった。遙香は、竹花にいろいろと質問をぶつけてきた。竹花は知っていることはすべて話した。

江戸川区の中古車屋について、真澄が知っていたかどうか遙香に訊いてみた。遙香は首を横に振った……。

竹花の横で、遙香も画面に見入っていた。

山下という中年のレポーターが話し始めた。

発見者はその店の所有者だという。

店の前が駐車場になっていて、まだ値札のついた車が何台も並んでいた。

店は五ヶ月前に売りに出され、車も転売されることになっていたという。しかし、この不況でなかなか買い手がつかず、そのままになっていたらしい。

中古車屋は四つ角にあるようだ。隣はビニールハウスである。江戸川区の名産、小松菜を作っている農家かもしれない。右の方を走る通りの向こうは更地。中古車屋の正面の通りを渡ったところには住宅が建っていた。大きな家はなさそうだ。

「いつ頃、殺害されたかは分かってるんですか?」メインキャスターの女がレポーターに訊いた。

「遺体の状態からすると、亡くなられて三日ほど経っているとのことですが、はっきりしたことはまだ発表されていません」

「周りの方で銃声とか、叫び声とかを聞いた人はいないんですか？」

「低い爆発音のようなものを聞いたという住人の方がいらっしゃいました。ですが、気になるような音ではなかったそうです」

「マツイさんが、日本の或る暴力団と以前から深い関係にあったという話が入ってきてるんですが、その点はどうなんでしょうか」

「その点については何のコメントも発表されていません」

「ありがとうございました」

スタジオでは、被害者の、不自然な出入国に話が及んだ。しかし、誰もこれといった興味のある発言はできなかった。

遙香を寝室に残し、竹花は事務所に向かった。そして、中里に電話を入れた。

「今、こっちから電話をしようとしてたところだ。一体、これはどういうことなんだ」中里は興奮していた。

「何とかして搭乗者名簿を手に入れるべきでした。でもこれで、ベーブは二度とあなたの孫には手を出せなくなった」

「馬鹿野郎」中里が怒鳴った。「警察が、真澄と死んだ亭主のことを見逃すはずないだろうが。真澄は面倒なことを背負いこむことになる」

「それはそうですが、ともかく親権問題はなくなった。法律上、どうなっているかは調べてみないと分かりませんが、おそらく、親権は真澄さんに移るでしょう。アメリカでは、真澄さんのやった行為は誘拐とみなされている。しかし、もうそのことに触れる人間はいなくなった。確かに警察の事情聴取を受けることになると思いますが、それがすめば、すっきりする。あのままだったら、ベーブは新たな計画を立てて、健太君を取り戻そうとしたでしょう。真澄さんは不安を抱えて、これからの人生を送らなければならなくなったでしょう」

「さっき真澄から電話があった。泣いておったよ。いくら犬猿の仲になった相手でも、同じ屋根の下で暮らしてた男だからショックだったらしい。あの子は気持ちの優しい子なんだよ」

「ベーブとは何度か会ってますが、嫌な奴じゃなかったですよ。真っ直ぐに悪い方向に走った。そういう男でした」

「総会屋にもそういうのがおったよ」

「こんな時に、お願い事をするのもなんですが、例の件を、早めに実行に移したいんですが」

竹花は、名前を告げずに刑事と話し合ったことを教えた。

「興味を示したのか」

「部署が違うので、何とも言えませんが、その刑事は正義感が強い。だから、何らかの方法で警視庁の二課に伝えると思います」

「警察が動くという確証もないのに、そんなことをしても無駄だろうが」

「動いてくれない場合は、中里さんに被害届を出してもらって」

中里が小馬鹿にしたような笑い声を立てた。

「俺と新浦に協力してくれませんか」

中里が舌打ちした。「今日のうちに、新浦を家に連れてきてくれ」

竹花は後ほど伺いますと言って電話を切った。それから新浦に電話を入れた。午後二時に新浦を連れて中里邸を訪れることにした。

電話中に、コーヒーミルが豆を砕く音が聞こえてきた。遙香はハムエッグとサラダを用意してくれた。

やはり、話題はベーブの殺害事件だった。

「土地鑑がある奴の犯行だよ。あの中古車屋が潰れたままになっていること、周りに防犯カメラを設置しているようなところがないこと。それから、店の前の展示場には売り物の車が何台も置いてある。ということは、あそこに車で乗り付けても目立たない。犯人はよく考えて、あそこにベーブを誘《おび》き出したとしか思えない」

「でも、車を使ってるなら、Nシステムを調べたら、車の動きは分かるんじゃないの」

竹花は顔を上げ、にやりとした。「いいところに気づいたな。だけど、Nシステムはナンバーは読み取っていても、運転者の顔は撮ってない。ただ、今は、至る所の幹線道路にNシステムが設置されている。Nシステムのネットワークができているようなものだと俺に教えてくれた奴がいる。だから、この車が怪しいとなれば、都内のNシステムの録画を検証して、動きをつかむことができるらしい。だが、盗難車じゃなかったら、車を特定するのはかなり難しい」

犯人が用心深い人物だったら、足のつかない車を用意し、幹線道路を上手に避けて、犯行現場に行き、帰路につく時も注意を怠らなかったはずだ。

遙香が渋谷に買い物に行くと言って帰っていった。

午後二時少し前、後楽園の駅で新浦と落ち合い、中里の家に向かった。

道中も話題はベーブのことだった。

「多摩崎組が絡んでるのは間違いないな」新浦が言った。「使用された拳銃が、五、六年前、多摩崎組の若いのが持ってたものだからな」

「その線が一番濃厚だな」

新浦は、ベーブの事件にそれほどの興味を示さなかった。中里に対する頼み事のことで頭が一杯なのだろう。

玄関に迎えに出てきたのは中里自身だった。

応接間に通された竹花は計画を語った。新浦も時々、口をはさんだ。中里は黙って聞いていた。

「どうですか？ 話に乗ってくれますか」

「あんたらに頼まれたら断れんだろう。しかし、俺が警察に協力することになるとはね」

そう言いながら、テーブルの上の箱を開け、小切手を取り出した。

或る銀行が振り出したヨテだった。

「これをちらつかせるのはかまわんが、相手に渡すのはなあ」

「ちらつかせるだけで結構です」竹花が言った。

新浦が中里を見つめた。「相手の手に渡ったら、未遂じゃなくなる。中里さん、渡してもらえませんか」

竹花が新浦に目を向けた。「新浦さん、警察は、相手に渡した金を取り戻すようなことはしてくれないんだ。刑事事件としてしか扱わない。取り戻すには民事訴訟を起こすしかないんだよ」

中里がうなずいた。「裁判は面倒だ」

「新浦さん、未遂でもかまわないじゃないか。出資した人間がいれば、詐欺罪でも引っ張れるんだから」

新浦は押し黙ったままである。

「君は、どうしてそこまで入れ込んでるんだい」中里が訊いた。

「義憤です」

竹花は天井を見上げて、ふうと息を吐いた。

新浦は、ふたりの説得に負けて、不承不承納得した。

二十

何事もなく時がすぎていった。隆一からはその後何の連絡もなかった。

再び、新浦と共に根来の事務所を訪ねたのは、中里の家を訪ねた四日後のこと。ねばっこい雨が降り続く蒸し暑い日だった。

根来は、鼠《ねずみ》のような目に笑みを溜《た》め、竹花たちを迎えた。作り笑いだが、本当の笑顔が想像できない表情だから、作り笑いと決めつけることが間違っているのかもしれない。

「根来さん、相手は金を出す気になってます」新浦が言った。

「いやに決断が早いね」

新浦がちらりと竹花を見た。「すべて竹花さんのおかげです。相手は俺のことは今ひとつ信用してませんが、竹花さんの言葉には耳を貸すんです」

「しかし、当事者から話を聞きたいと言ってます」竹花は煙草をくわえた。「納得できたら、その日に契約してもいいそうですよ」

根来がじろりと竹花の手許を見た。竹花は小さくうなずき、煙草に火はつけなかった。

「できたらインドネシア大使館の方にも同席してほしいそうです」

「何で」根来が眉をひそめた。

「見ず知らずの人との取引ですから安心したいんでしょうよ」と新浦。

「忙しい人だから出てこられるかどうか」

「あなたが採掘にかける情熱と大使館の人間のお墨付きがあれば、十中八九、相手は金を出しますよ」竹花は自信たっぷりの口調で言った。

「仲介することで、竹花さんにも何か得があるんですか？」

「相手は、竹花さんにもコミッションを払えと俺に言ってきてるんです。俺は当然承知しましたよ。この件がうまくいったら、俺はあなたの会社に雇われるんですからね。これでしょぼいブローカーから足が洗えます」

「神崎さんも役員になるそうですね」竹花の声は穏やかそのものだった。

「この間、神崎に会ったんだってね」

「ええ。探偵にとってああいう人は貴重だから、もっとお近づきになりたいですね」

根来が新浦に目を向けた。「榎木田が犯人に決まってるじゃないか。なのに、まだあの事件が気になるのか」

「もう止めにしようと思ってます。死体遺棄を認めたってことは、殺ったに決まってますからね」

「話を出資の件に戻しましょう」竹花が口をはさんだ。「これまでどれぐらい金が集まっているのか、相手は知りたいと言ってます」

「後一億、集まれば、スタートできる」

新浦が驚いた顔をした。「初耳ですね」

「あなたも分かってるだろうが、最後の最後で、出資者が手を引いてしまうことがほとんどだろう。ところが、神崎が、各方面から三億五千万、集めた。あいつの元付けはきちんとした人だからな」

「三億五千万。それはすごい」竹花はしきりと感心してみせた。

「竹花さんの知り合いが、一億五千万。いや、一億出してくれれば、後の五千万は、私で何とかするつもりだ」

「ともかく、相手と会ってください」竹花が煙草を弄びながら言った。

根来が少し考えた。

その沈黙を破ったのは、ドアが開く音だった。神崎が現れたのだ。

「あんたら、来てたのか」

神崎はサングラスを外し、鋭い目でまず竹花を見た。

「いいところにきた。新浦が知り合いになった人が出資してくれるかもしれないそうだ」

「ほう。それはそれは」神崎が根来の横の席に躰を投げ出すようにして座った。

「竹花さん、今、相手と電話で話せますか？」

「多分」

「すぐに連絡を取ってくれませんか」

竹花は、まず電話帳編集画面を開き、念のために中里の名前の部分を中村に変えた。それから中里に電話をした。

「この間はどうも。例の出資の件で、相手の方と会ってるんですが、あなたと話をしたいと言ってるんです。受けてくれますか……。じゃ代わります」

竹花は携帯を根来に渡した。

「初めまして、根来寛次と申します。新浦、竹花両氏のお話ですと、私の壮大な夢に出資いただくご意志がお有りとか……。三億五千万です……。（中里は長々と話しているようで、根来は口をはさまずに聞いていた）……。それは用意できます。大変失礼なことを申すようですが、あなたのお金の出所に問題はないでしょうね……。（中里がまた何か言っている）……。分かりました。すべて新浦、竹花両氏に一任ということですね。……。じゃお名前だけでも……。そうですか、失礼します」

電話会談が終わった。携帯が竹花に返ってきた。

「神崎、出資者との契約書のコピーを、相手方に見せていいか。当然、名前と住所は消すがね」

「いつ会うんです？」

「まだ決めてない」

「で、いくら出資してくれるんですか？」

「まだはっきりしていない。三億五千万を集めた証拠を見せないと、話には乗れないそうだよ」

「見せてあげましょう」

挑まれたのだから受けて立つ。そんな雰囲気が神崎に漂っていた。

「会見の場には、俺も参加していいかな」神崎が続けた。

「何であんたが」竹花が神崎を睨んだ。

「どんな人物か興味がある」

「だったら、あんたの出資者も呼んでこいよ。そうすれば相手はもっと安心するだろう」

神崎がちらりと新浦を見た。「俺が抱えてる金主のひとりをあんたは知ってるよな」

「ああ。あいつはいくら出資したんだ」

「一億」

「あいつは、何もしなくても食える身分だからな。まあいいだろう、あんたも来ていいよ。これから一緒に会社を立ち上げるんだからね」

根来が竹花を見た。「竹花さん、ここまできたら、相手の名前を教えてくれてもいいでしょう」

「会った時、彼が自ら名乗るでしょう。日にちに関しては、大使館員の都合もあるでしょうから、後日、話し合って決めましょう」

竹花はマラドーナの写真を見ながら腰を上げた。

外に出た竹花の視線が鋭くなり、辺りを見回した。

「何を警戒してるんだ?」新浦が訊いた。

「警察が内偵を始めていてくれればいいと思ってさ」

「知り合いの刑事からは何も言ってこないのか」

竹花は首を横に振った。

「神崎が自らも出席したいって言ってくれてよかったな」

「あいつら急いでるな。今度の件を最後にして、トンズラする気がする」

「本当に三億五千万も集めたのかな」

「どうだかな」

新浦が腕時計を見て言った。「俺、病院に行かなきゃならないんだ」

「調子はどうなんだ」

新浦は肩をすくめてみせ、神田駅に向かって歩き出した。

新浦と別れた竹花は駅近くのラーメン屋で、チャーハンを食べた。食べ終わった時、遙香の兄から電話が入った。

「お仕事中、すみません。今、よろしいでしょうか」

「大丈夫だよ。何かあったのか」

「遙香のことで、お願いごとがあるんですが」

会って話したいというので、六本木の本屋の入ったビルの二階にあるルノアールを指定した。

タクシーで六本木の交差点を目指した。

勝彦はすでに、奥の喫煙エリアでコーヒーを飲んでいた。竹花を見ると、立ち上がって頭を下げた。

竹花はレモンティーを頼んだ。注文した品が来ると、竹花は煙草に火をつけた。

「で、遙香さんのことって……」

「竹花さんとお付き合いしてること、遙香から聞きました」

「将来のない男との付き合いに反対かい」竹花が笑った。

「とんでもない。むしろ、よかったと思ってます」

「まさか、嫁にもらってくれなんて言うんじゃないだろうな」

勝彦が口許をほそめて微笑んだ。「それが理想です」

「おいおい」

「理想は叶《かな》わないから理想でしょう」

「俺と遙香さんの年の差は、富士山でたとえるなら、八合目辺りにいるのが俺で、彼女は三合目にいる。距離がありすぎる」

「前にも言いましたが、あいつはお父さんみたいな歳の男が好きなんですよ」

「不健全だな。関係を持った俺が言うのも何だが、ちょっと年上ぐらいと付き合うのが健全なんだ」

「なぜです？」

「安心感も尊敬の念も薄い関係で、相手の弱い面もよく分かるからさ。だからぶつかり合うんだけど、反面、同じ時間、同じ空気を吸ってきたから、ぶつかり合いに疲れ果てると、自然に分かり合えるようになる」

「でも、大概はぶつかり合ったところで破局がきてしまうんじゃないんですか？」

「俺の言ったことも理想だよ。遙香さんは……」

「竹花さん、俺に気を使わないでください。付き合ってるんですから、〝さん〟をつけない方が自然です。遙香は、俺の前じゃ、あなたのこと〝竹ちゃん〟って呼んでますよ」

竹花が吹き出した。「何だか間が抜けるな」

「〝花ちゃん〟よりましでしょう」

竹花は曖昧に笑って、ティーカップを口に運んだ。「話を戻すとだな、遙香は、俺のような盛りを過ぎた男に安心感がもてる。だから付き合ってる。そういう若い女が増えたことは知ってるよ。カレセンって言葉が一時、話題になったくらいだからな」

「遙香のこと好きですか？」

「好きだよ」

「だったら、お願いがあります。今、やってる仕事を辞めるように強く言ってください」

「この間、そういう話が出た時、辞めろと言ったよ。でも、人の言うことは絶対にきかないって相手にもされなかった」

「あいつはそういう女です。俺が言っても駄目でしたから」

「だったら、俺が説得しても無駄だろうが」

「竹花さんのクールなところ僕は好きですよ。でも、この件に関しては、探偵の仕事をやってる時みたいに熱くて非情になってほしいんです。逮捕された後の嫌な思いを、遙香は想像できないんですよ」

竹花は心の中で笑った。中里も新浦も、自分のクールな性格に触れたことがあった。そして、今回は勝彦までが……。善し悪しは別にして、他人との距離の取り方が、自分は人とだいぶ違っているらしい。

「君は何かで捕まったことがあるのか」竹花は淡々とした調子で訊いた。

「大麻で一度」

「どうして捕まったことがあるって分かったんですか？　遙香が？」

竹花は首を横に振った。「何となくそんな気がしただけだ。分かった。俺が辞めさせてみせる」

勝彦と別れた竹花は歩いて事務所に戻った。エレベーターに乗ろうとした時、ふたりの男が降りてきた。男たちの視線が竹花に注がれた。

髪をベリーショートにした男が言った。

「探偵の竹花さん？」

「そうだよ」

ふたりは警視庁、捜査一課の刑事だった。話しかけた男が中田、ずんぐりとした猪首《いくび》の若い方が川口だった。

「サッカーの元日本代表が、警察に再就職したみたいだな」

「そんなこと言われたの初めてです」中田が口許に笑みを浮かべた。「お伺いしたいことがあるんですが、事務所にお邪魔してもいいですか」

「どうぞ」

事務所に通し、ソファーに座るように促したが、飲み物を出したりはしなかった。

竹花はデスクの回転椅子《いす》に腰を下ろした。

「で、用件は？」

「奥宮真澄さんをご存じですね」

「ええ。拉致されようとしていた息子さんを助けましたよ」

「現在、どこに住んでるかご存じですか？」川口刑事が訊いた。

「知りません。俺も行方を追ってるところです」

「江戸川区の中古車屋の店内で日系人、ジョージ・イチロー・マツイさんが射殺された事件はご存じですよね」中田の口調は実に穏やかである。

「もちろん。あの男が真澄さんの離婚した旦那であることも、彼と真澄さんの間のトラブルも聞いてます」

拉致されそうになった後、真澄を一旦、この事務所に連れてきたことを話した。

「……ここに一泊させてあげてもよかったんですが、見ず知らずの男のところには泊まりたくなかったんでしょう。彼女は出ていきました。以来、会ってません」

「被害者には会いましたか？」川口が言った。やや高圧的な口調である。まだ警察という権力組織にいることを意識しているようだった。それが却《かえ》って、ヤクザで言うならば、チンピラの存在に似ている気がしないでもなかった。

「ホテルに呼び出されましたよ」

竹花は一瞬、嘘をつこうとしたが止めた。大概のホテルには、廊下にも防犯カメラが設置されていて、最低でも三ヶ月は保存している。当然、ホテル側に録画テープを提出させ、分析しているはずだ。だから、下手な嘘は却って面倒を招くだけだ。

「彼はなぜ、あなたを呼び出したんですか？」中田が訊いた。

「あなたと同じ質問を、もっと荒っぽい口調でしてきましたよ」竹花は机に頬杖《ほおづえ》をついた。

「警察は、誰が拉致をしようとしたかつかんでるんでしょう？　マツイに頼まれた暴力団が、ここにも来ましたよ」

「拉致現場にいたのは偶然ですか？」川口が口を開いた。

「いや、仕事中でした」

「どんな？」

「法律が変わって、探偵にも守秘義務があることぐらい知ってるでしょう？」

「探偵には何の権限もないんですよ」

「それでも守秘義務はある。ひどい法律だと思いませんか？」

「探偵が法律を守らないからですよ」

「そういう時は〝一部の探偵が〟と言わないとまずいんじゃないの。え？」

「川口君」中田が後輩をたしなめ、えびす顔を竹花に向けた。「で、なぜ、警察に通報しなかったんですか？」

「被害者が嫌がってたからですよ。子供に怪我はなかったし、お母さんがおおっぴらにしたくないと言えば、部外者はそれ以上、踏み込んだことはできない」

「子供を助けた方がもうひとりいたそうですね」

「ええ、通りすがりの人が協力してくれた」

「その人の名前は？」

「新浦さんです」

竹花は、以前、彼と会ったことがあることを話した。

「彼はどこに住んでいて、何をやってる人なんですか？」

「落ちぶれてね。今は山手線や公園で暮らしてる。ようするに宿無しですよ」

「連絡先は分かりますか？」

竹花はうなずき、新浦の携帯を鳴らした。

「どうした？」新浦の声に力はない。

竹花は事情を説明し、刑事に携帯の番号を教えていいかどうか訊いた。

「いいよ」

電話を切った竹花は、刑事に新浦の携帯の番号を教えた。

「殺しに使われた拳銃、多摩崎組の若いのが、投資会社社長の殺害に使ったものだったそうですね」

中田はそれには答えず、「ここに来たヤクザというのは紀藤幸一郎ですか?」

「そうだよ。五年前の事件の犯人は自首し、今は服役中だろう。自首する前にそいつが拳銃を誰かに渡したか、組の者に預けたかしたんですかね」

「捜査中のことを話せないことぐらい、竹花さん、分かってるでしょう」中田が薄く笑った。

竹花は軽く肩をすくめてみせた。

「またお邪魔させてもらうかもしれません」

中田が上着のボタンを止め、立ち上がった。川口は、竹花に陰湿な視線を送ってから背を向けた。

中里に電話を入れ、いずれ彼の名前が捜査線上に浮上する可能性があるかもしれないと伝えた。

「俺のことを話してもいっこうにかまわんよ。真澄との関係も含めてな」

「必要とあらば話します」

その日は、竹花から遙香に電話を入れた。留守電だった。仕事が終わったら会いたいと吹き込んでおいた。

深夜遅く、遙香がやってきた。途中でトルコ料理屋で買ったケバブを手にしていた。

それをツマミにして、酒を飲んだ。

「珍しいね、竹花さんから私に電話くれるなんて」

「話があってな」

「何？」

「午後、兄貴に会って頼まれたんだ」

遙香の顔が曇った。「話の内容、想像つくよ」

「そろそろ今の仕事、辞めろ。マジで捕まったら面倒なことになる」竹花は強い口調で言った。

「生活の面倒みてくれる？」

「見てやる」

遙香が大口を開けて笑い出した。

「何がそんなにおかしいんだい」

「竹花さんに似合わない」

「何が？」

「そういう言葉よ」

「俺が甲斐性《かいしょう》なしだって言いたいのか」

「違うよ。愛人を囲うような男の台詞《せりふ》がぴんとこないだけ」

「俺は生活の面倒はみても、遙香を囲う気はない。可愛い野良猫がエサにありつけなきゃ、世話するだろう。それと同じだ」

「私、男に面倒みられるのは趣味じゃないの。世話になるってことは、自由が束縛されることにもなるでしょう？　自分で稼いでれば、何をしようが、人にとやかく言われずにすむもの」

「生活の面倒をみるからって、遙香の自由を束縛することなんかない。俺も自由でいたいから」

「そういうところが私と合うのよね」

「付き合いを続けていきたかったら、今すぐに辞めろ」

「もしも私が捕まったら、付き合い止めるの」

「探偵の付き合ってる女が前科者じゃ困る。ただでさえ探偵って商売は評判が悪いんだから」

「私、シャワー浴びてくる」

竹花はグラスに残っていた酒を飲み干すと、食べ物の残りや食器を片付けた。

シャワーを終え、すっぴんになった遙香は、パンツ姿のまま冷蔵庫から缶ビールを取り出した。その後ろ姿に、竹花は欲情した。

竹花も歯を磨いてから、缶ビールを手にしてベッドに入った。

寝転がったまま飲もうとしたら、ビールが口許から溢《あふ》れ、首筋を濡《ぬ》らした。

「シーツ、いつ洗濯した？」

「忘れたな」

「新しいのプレゼントするよ」

「自分で買った新しいシーツで、寝られなくなるようなことは止めろ」

遙香が黙った。

竹花は煙草に火をつけ、天井に向かって思い切り煙を吐いた。

「何で探偵になったの？　正義のため？」

「正義が一番、人を殺すと言った作家がいたよ」

「じゃなぜ？」

「俺の家は水道屋だった。蛇口の水漏れやトイレのつまりを直してた。俺は跡を継いだだけだよ」

「人間の配管工事やってるっていうの」

「家業が潰れたから、違った形で跡を継いだんだよ」

遙香が少し躰を起こし、竹花を見つめた。つぶらな光が、枕元《まくらもと》のライトの灯《あか》りに鈍く輝いていた。

「それってマジな話？」

「どう思う？」

遙香が躰を元に戻した。「そんなこと、どっちだっていいことだよね」

「そうだよ」

「でも、正義のためじゃなくて探偵をやってるんだったら、私が前科者になっても付き合えるでしょう？」

「どこからそんな覚悟が生まれたんだい？　ヤクザの女だったことでもあるのか」

「カジノが合法化されないのがよくないのよ」

「それはこの間も聞いた。ともかく、俺のために辞めろ。これ以上、しつこくは言わないから」

「ここに住んでいい？」

「いいよ」

「その言葉が聞きたかった。でも、一緒には住まないから安心して。竹花さんの自由を奪う気ないから。分かった。辞めるよ。その代わり、今夜は三回抱いて」

遙香の柔らかい肌が竹花にまとわりついてきた。

竹花は遙香の希望を果たせなかった。しかし、違法カジノで働くのを辞めるという言葉を遙香が撤回することはなかった。

チャイムが鳴っているのに気づいたのは、遙香だった。午前七時を少し回ったところだった。

上半身裸のままドアスコープをのぞくと、田上隆一の顔があった。

ドアを開けた。キラキラ・ミュールに隆一の視線が落ちた。それから、竹花を見つめた。

「まあ、入ってくれ」

「他の人間がいるところでは話せない」

「相手は寝てるし、ドアを閉めれば聞こえない。コーヒー飲むか」

「いりません。すぐに退散しますから」

「遠慮はいらんよ」

「相変わらずですね」隆一が憎々しげに言った。「汗臭いですよ」

「こっちは準備が整ってるが、お宅は？」

「二課が内偵してます。焦点は死体遺棄で勾留《こうりゅう》中の榎木田です。彼に、あなたから提出されたインドネシア人の写真を見せました。確かに、大使館員とジャカルタにある会社の社長と紹介されたそうです」

「あのふたりの身元は洗ってあるんだろう？」

「ええ。ですが、それだけじゃ詐欺として立件できない」

「だろうね」

「榎木田が預かった三千万が、根来の手に渡っていれば、令状を取れると思うんですが、その三千万の行方が分からない。明らかに詐欺行為が実行されてはいるんですが、金主の平山正武は根来とは会ってません。榎木田の話を信用して金を出しただけですからね。逮捕しても起訴まで持ち込めるかどうか、持ち込めても公判が維持できるか危うい」

「昨日、根来に会った。俺の紹介した金主に会う気になってるよ」

「日取りが決まったら、すぐに知らせてくれますね」

「当然だろう。あんたらの代わりに囮捜査をやってるようなもんだからな」

「この件に関しては、あなたに警察官として感謝しています」

「警視総監みたいな発言だな」

「ともかく、金の受け渡しが行われれば、少なくとも詐欺未遂で引っ張れる」

「小杉殺しの件はどうなってるんだ。榎木田は殺しを認めたのか」

「さあ、その辺のことは僕には」

隆一が誤魔化しているのは明らかだった。

隆一を送り出した竹花は、ベッドに戻った。眠れないと思っていたが、いつしか意識がない状態になっていた。

二十一

丸の内にあるホテルの一室から、竹花は日比谷公園を見つめていた。

根来は大使館員を装ったバタオネを連れてきていた。中里は山田という弁護士を同行させている。新浦と神崎も来ていた。

竹花を含めて、それぞれが名刺交換をした。

バタオネの名刺は、偽物のようには見えなかった。名刺にはアナク・カセレと印刷されていた。

根来寛次と中里が相対した。

根来は茶色のスーツ姿。中里は和服だった。

中里は、自ら素性を教えた。

「あの中里さんですか」根来は顔を綻ばせ、竹花に視線を向けた。「大名の末裔で茶畑を持ってる。よくもあんな嘘がつけましたね」

竹花は肩をすくめて見せただけで口は開かなかった。

根来は、嘘をつかれたことにまったく怒っていなかった。むしろ、元総会屋が金を付けてくれるかもしれないことを喜んでいるように見えた。一般市民から出資を募るよりも、出元が怪しいかもしれない人間に出資させた方が、訴えられる可能性が低い。むろん、闇《やみ》に生きる人間に刺客を送り込まれる可能性はあるが、その覚悟はできているのだろう。

中里の横に新浦が座り、神崎は窓辺の肘《ひじ》掛《か》け椅子に腰を下ろしていた。

「……港まで約七百五十キロあるんですが、すでに、世界最大の石炭会社が採掘権を得ている場所もあります。埋蔵量は三千万トン……」

根来の口調は、顧客に新しい金融商品を勧める銀行員を思い出させた。

「ここに分析表があります。普通製鉄に使う石炭は三千八百キロカロリーぐらいですが、ここの石炭は約四千キロカロリーあります」

「どこの製鉄所と話をしているんだね」

「鉢山製鉄です」

「鉢山製鉄との話はどれぐらい進んでるんだね」

「私の学校の先輩が、今の専務でして、そっちの方は心配いりません。ご不明のところがあれば、彼に訊《き》いてくださって結構です」根来は、名前を教えた。

中里がメモした。それから、他の出資者との間の契約書のコピーに目を通した。

「あと一億五千万足りないね。私にそれだけ出させようというのかね」

「そうしていただけると願ってもないことですが、ご無理であれば、五千万を用意していただけると助かるんですが」

「残りはどうするんだね」

「或る銀行から五千万の融資を得られる話になっています。後は親父《おやじ》が目黒に持っている土地、農機具の貿易会社を経営している兄貴などに頼んでかき集めるつもりです」

中里はすぐには口を開かず、書類を見ていた。それから、書類を山田弁護士に見せた。山田弁護士は鼻眼鏡にして、しっかりと読み始めた。

「連帯保証人はどなたなのかな」中里が訊いた。

「投資顧問会社を経営している私の親戚《しんせき》です」

中里がバタオネに目を向けた。「なぜ、大使館員のあなたが、今回の件に関《かか》わってるんですか？」

「採掘権を持っている会社の社長が私の従兄弟《いとこ》なんです」バタオネはたどたどしい日本語で答えた。

本当はもっと流暢《りゅうちょう》にしゃべれるのだろうが、あまりにもうまいと却《かえ》って怪しまれると演技をしている気がした。

「なるほど」

根来が上目遣いに中里を見た。「で、どれぐらい出資していただけるのでしょうか」

「あなたがどれぐらい残りの金が集められるかを見てみたいね」

根来の顔に落胆の色が浮かんだ。しかし、それはほんの一瞬のことで、すぐに笑みを浮かべた。

「お気持ちは分かります。しかし、ご検討の上で結構ですが、五千万、出資していただけないでしょうか」根来が頭を下げた。

「竹花君、どうかね」

「私に訊かれるんですか？」

「こういうことは長く検討していても始まらん。即決するか止《や》めるかだ」

「俺は占い師じゃないですよ。だけど、話に乗ってもいいんじゃないですか？　噂《うわさ》によると、中里さんは、一日に競艇で二千万使ったこともあると聞いてますから」

中里が大声で笑った。「どこからそんなことを聞いてきたのかね」

「調べるのが俺の仕事ですから」竹花はにっと笑った。

中里はバッグの中から、額面二千万のヨテを取り出し、彼の前に差し出した。そして、腕を組むとこう言った。「今ひとつふんぎりがつかん」

「絶対にご迷惑をおかけするようなことはありません」

「連帯保証人の資産がはっきりすれば、五千出してもいいが」

「それには二、三日かかりますが」

「いくらでも待つよ。私は竹花君の顔を立てて付き合っているだけだから」

中里が書類とヨテをバッグに収めた。そして、軽く膝《ひざ》を叩《たた》き、立ち上がった。

「それじゃ私はこれで。連絡、待ってますよ。竹花君、どうするかね」

「一緒に出ます」

「私も」新浦が言った。「根来さん、後で事務所に寄りますが、何時頃だといらっしゃいますか」

「夕方には戻ってるよ」

「それじゃ後ほど」

「親父が戦争中、ボルネオ島、つまり今のカリマンタン島に行ってるんだ。近いうちに行ってみるかな」中里が言った。

「その際は、私におっしゃってください。便宜がはかれると思いますから」

ロビーまで下りると中里が弁護士に言った。「協力ありがとう」

「ちょっとスリリングでしたよ」そう言い残して、山田弁護士は去っていった。

竹花と新浦はタクシー乗り場まで中里を送った。根来と神崎、それにバタオネは部屋に残っているようだ。

警察が、近くに張り込んでいるはずだ。竹花は隆一の携帯を鳴らした。

「今、商談が終わった。奴らの書類を手に入れたよ」

「私も今、ホテルの正面玄関のところにいます。でも、私は部署が違いますから、ただ見てるだけですがね。張り込んでる刑事に伝えておきます」

ロビーのところにある喫茶店で、根来たちがエレベーターから降りてくるのを待った。三人が降りてきたのは、十五分ほど後だった。コーヒーの勘定を新浦に任せて、後を追った。バタオネは歩いて、地下鉄の方に向かった。根来たちはタクシー乗り場に並んだ。バタオネに男が三人、近づいた。

神崎がそれに気づいたらしい。根来が周りに目をやった。動揺が顔に表れていた。

竹花はゆっくりとタクシー乗り場に向かった。根来が神崎に何か言い、乗り場を離れようとした時、四人の男が取り囲んだ。

「根来寛次さんですね」

「そうだが」

「ちょっとお話が」刑事はこっそりと、警察手帳を彼に見せた。

「どういうことですか？」

根来の前にいた客がタクシーに乗った。先頭になった根来と神崎だが、その場を動けない。

竹花と根来の間に外国人のカップルが並んでいた。刑事が彼らを先に行かせた。

「カリマンタン島の石炭採掘の件についてお話があるんです」刑事がそう言ってから、神崎に目を向けた。「神崎さんも一緒に」

これまで取り乱したことなど一度もなかった根来の顔が土気色に変わり、かすかに躰が震えていた。神崎の様子はまったく変わらない。ふたりは声を荒らげることもなく刑事たちに同行した。

ふと見ると、田上隆一が、玄関の隅に立っていた。竹花は軽く手を上げたが、田上はそれにはまったく反応しなかった。

その日のうちに逮捕状が出たらしく、夕方のテレビのニュースで報じられた。

「インドネシアのカリマンタン島、この島はボルネオ島という名前で日本人には馴染《なじ》みのある島ですが、その島の石炭の採掘権を巡った詐欺未遂事件で、警視庁は、今日、元A銀行支店長、根来寛次容疑者と元警視庁の警察官だった神崎雅人容疑者、それから、インドネシア人の飲食店経営者、ヨハン・バタオネ容疑者、同じく自称通訳のインドネシア人、アブドゥル・ビルマン容疑者を逮捕しました。主犯の根来容疑者は、五億円で良質な石炭の採掘権を譲り受けられるという架空話で、文京区に住む七十四歳の男性から二千万円を騙《だま》しとろうとした疑いがもたれています。出資者を信用させるために、ふたりのインドネシア人を大使館員と採掘権を所有している会社の社長に装わせて、数名の出資者から金を集めていた模様で、余罪についても、警察は厳しく追及している模様です」

根来と神崎、それにバタオネの写真が流れた。ビルマンの写真はなかった。

中里に連絡を取った。警察が事情聴取にきたという。中里はすでに被害届を提出したと言った。新浦の携帯を鳴らしたが、不在着信だった。

神崎の住まいに家宅捜索が入れば、必ずやヒマワリの種が見つかるはずだ。栃木県警が今度の詐欺事件に関心を持っているのは間違いない。ヒマワリの種に気づいてくれれば、神崎は小杉殺しでも取り調べを受けることになるだろう。

二十二

新浦から電話が入ったのは午後十時半すぎである。勝彦の店で飲んでいると言ったが、まるで呂律《ろれつ》が回っていなかった。いきなり「乾杯」と言って電話を切ってしまった。かけ直すと新浦ではなく、勝彦が出た。

「竹花さんに会いたがってるみたいですよ」

新浦の声が耳に届いた。

「あいつ、何を言ってるんだい？」

「社会保障制度について語ってます」

「ひとり語りの酔っ払いの相手に閉口してるのか」

「そんなことはありませんが」

〝竹花か。名探偵、竹花……〟

そんな声が聞こえてきた。

「人は酔うと、誰かに電話をしたくなるのが、アル中に向かう第一歩だそうだ」

「こちらにいらっしゃいますか？」

「行くよ」

勝彦の店には徒歩で向かった。

新浦はトイレに近いカウンターにいた。

ボックス席、それから窓際のカウンターにそれぞれカップルがいて、談笑していた。

そんな雰囲気を新浦が壊している。

新浦は珍しくスーツ姿ではなかった。黒いTシャツに、薄い生地のブルーのブルゾンを着ていた。

店内には『サティスファクション』が流れていた。ローリング・ストーンズではなく、歌っているのはブリトニー・スピアーズだった。

「大成功、大成功、乾杯」

新浦はテキーラのグラスを竹花にかざした。

「いらっしゃいませ」勝彦はほっとした様子だった。

「どこに行ってたんだい。夕方、連絡したんだぜ」竹花が言った。

「あんたと飲みたかった。俺があんたを呼び出したんじゃないぜ。だけど、あんたといると好きなだけ飲めないから、ひとりで飲んでた。だから、飲むなとは言わせない」

新浦は幼稚な理屈を口にして、グラスを空けた。

竹花はラフロイグをオンザロックで頼んだ。

「死に急いでるのか」

「死に急ぐ必要がどこにある。俺は自分の気分を大事にしてるんだ。飲みたい時には飲む。

躰《からだ》を守りたくなったら守る」

竹花は何も言わず、目の前に置かれたグラスを手に取った。

「改めて乾杯するか」新浦が、酔いに溶け出した眼《め》を竹花に向けた。

竹花はグラスを新浦に向けた。

「一件落着だな」

「うまくはまってくれたよな」新浦がにんまりとした。

「後は小杉の件がどうなるかだ」

新浦がうなずいた。「神崎はしぶといから否認し続けるさ。だけど、根来は落ちる」

「根来が絡んでいればな」

「奴と神崎が、小杉に秘密を知られ殺した。小杉ともめている榎木田を利用し、犯人に仕立てあげた。そういうことだよ」

おそらくその通りだろう。榎木田のアパートに小杉を運んだ神崎たちは、どうやってドアの鍵《かぎ》を開けたのだろうか。ピッキング？　彼らにその技術がなくても、できる人間を雇えばすむ。しかし、たかがピッキングにすぎないとは言え、外部の人間を雇うと、秘密が漏れる可能性が高くなる。神崎たちはそんなリスクを冒すだろうか。

いずれにせよ、一筋縄ではいかない事件である。

「遙香のこと、マスターから聞いたぞ」新浦が言った。

勝彦がにこやかに微笑《ほほえ》んだ。「今日、経営者に辞めることを伝えると言ってました。やっぱり、竹花さんの言うことだけはききましたね。ありがとうございます」

「あんたも稼がなくっちゃな」新浦がつぶやいた。

「遙香、竹花さんの世話にはならないって言ってました」

「そう言われても面倒をみるのが男だよ」新浦が煙草《タバコ》に火をつけた。「女は自分を綺麗《きれい》に見せることでナルシシズムを感じるが、男は違う。女をかまうことで、男の美学がくすぐられるもんだよ」

勝彦が竹花たちに顔を寄せ、小声で言った。「今の男の子は全然違いますよ。ワリカンは普通だし、デート代を女の子が払ったりもします」

「お金がある方が払う。或る意味、理にかなってるね」竹花が淡々とした口調で言った。

「本気でそう思ってるのか」新浦が不満げな顔をした。

「理にかなっていると言っただけだ」

「俺なんか、学生の頃、テレビを質屋に入れてでも金を作って、女の子をいいところに連れてったけどな」

「テレビという質草を持ってるだけでも、あんたは豊かな学生生活を送ってたってことだな」竹花は勝彦に目を向けた。「俺たちが学生の頃は、自宅から通ってる奴は別にすると、テレビも電話も冷蔵庫もないのが普通だったんだよ」

「らしいですね。それは『神田川』ってフォークをきいて知りました」

「『神田川』ね。懐かしい」

新浦がブリトニー・スピアーズのエッジのきいた声に負けないくらいの声で、『神田川』を口ずさんだ。

カウンターで飲んでいたカップルが勘定を頼んだ。払ったのは女だった。

歌うのを止《や》めた新浦が、女の会計を待っている男に向かって言った。

「情けないな、女に払わせるなんて。お前はヒモか」

女が新浦を睨《にら》んだ。「あなたに関係ないでしょう」

男は何も言わず、平然とした顔をしていた。

「ヒモにも格好いいのと悪いのがいるんだよ。お前はオカマみたいな奴だな」

男の目付きが変わった。

「やる気か、坊や」新浦が立ち上がった。

竹花が、新浦に背中を向けて、彼の前に立ちはだかった。

男は憎々しげな目で新浦を見ていた。殺気だってはいるが、ひ弱さしか感じられない。

却って、こういう青年が逆上した時の方が何をするか分からない。

「行きましょう」女が男の腕を引っ張った。

男が恨みがましい視線を残して、女と一緒に店を出ていった。

「新浦さん、営業妨害だぞ」きつく言って竹花は席に戻った。

「いつからこんな世の中になったんだ」

新浦はつぶやき、躰を揺らしながらスツールに腰を乗せた。瞬間、バランスを崩した。

新浦はスツールごと、仰向《あおむ》けに倒れた。

ボックス席に、男と一緒にいた女が悲鳴を上げた。勝彦がカウンターから素早く飛び出してきた。しかし、竹花はスツールから降りようともせずに、倒れて苦しがっている新浦を見ていた。

ポケットから滑り出た携帯や小銭入れ、それに小銭とレシートのようなものが、周りに散乱している。

勝彦の手を借りて上半身を起こした新浦はうなだれている。そのまま寝てしまいそうな感じだ。

「新浦さん、起きてください」

勝彦の声に反応した新浦が言った。「気持ちが悪い」

竹花がスツールを降りた。勝彦の代わりに、新浦を立たせ、トイレの前まで連れていった。そして、彼をトイレに押しやり、ドアを閉めた。勝彦が床に落ちていた新浦の所持品を拾い、カウンターの中に戻った。

スツールに座り直した竹花が小声で勝彦に言った。

「向こうの客の分、俺が払うから取るなよ」

「いいんですか?」

竹花がうなずいた。

勝彦が拾ったものをカウンターに置いた。レシートが目に入った。どこで何かを買ったのかは分からないが、かなり長いレシートだった。見るともなしに見た。スーパーマーケットのレシートだった。竹花の心臓がことりと鳴った。スーパー・キャット、目白店。

日付は一昨日の午後三時九分になっていた。

やわらかい天然水、バター、キャベツ、トマト、リンゴ、バナナ、ハム、ドーナツ、ハンドソープ、シャンプー、あんず、煙草、納豆、トイレクイックル。

公園や山手線で眠っている宿無しにトイレクイックルが必要か？　公衆便所の掃除しているなんてことはあるまい。

商品名が詳しく明記されているものもあった。バターは小岩井の製品だった。モッチーニという商品名に目が釘付けになった。

健太が食べていたチョコレートである。

新浦と共に真澄の足跡を追って下落合の聞き込みをやった時すでに……。

想像もしていないことは、これまでの探偵生活でも起こっていた。しかし、これほどまでに、竹花の胸に矢を射た驚きはなかった。

ボックス席にいたカップルがレジに向かった。

「ありがとうございました」

カップルの明るい声がしても、竹花は振り向きもしなかった。

「竹花さん」

勝彦に呼びかけられ、我に返った。

「迷惑をかけたね」

帰ってゆくカップルに微笑んでみせたが、頰《ほお》は引きつっていた。

カップルが出ていった後、勝彦に新浦の様子を見てきてほしいと頼んだ。

勝彦がトイレに近づいた。

竹花は新浦の携帯を手に取った。開こうとした瞬間、トイレのドアが押し開けられた。

竹花は携帯を元に戻さざるをえなかった。

虚脱感が躰を襲った。

新浦は座ろうとせず、カウンターの上の所持品をポケットに押し込んだ。そして、ぽつりと言った。

「俺は帰る」

「どこに帰るんだい」竹花は彼を見ずに訊いた。

「始発まで、そこの公園のベンチで寝る」

そう言いながら、ズボンのポケットからふたつ折りの財布を取り出した。

勘定は新浦に任せることにした。新浦の財布の中の金は、真澄から出たものだろう。

「俺も帰るよ」

竹花の方が先に外に出た。新浦につかみかかりたい衝動に駆られている。大きく息を吸った。すると、怒りの風船がいっぺんに破れた。残ったのは脱力感だけだった。

へべれけの新浦を相手にしたくなかった。飲んでいない時の新浦と話したかった。

「じゃ、お休み。また連絡するよ」肩を落として、振り向きもせずに新浦は公園に向かった。

街路灯の光に、新浦の力なく歩く影が映っていた。新浦がトイレの近くに寝転がるのを見届けてから公園を出た。しかし、帰路につくつもりはなかった。

公園の門の辺りに立って、新浦が動き出すのを待った。探偵の仕事の大半は待つことだが、今回はそれほど待たずにすむ気がした。

果たして、新浦はすぐに公園を出た。十分に距離をおいて尾行を始めた。新浦は外苑《がいえん》東《ひがし》通りを渡り、タクシーを拾った。

竹花は赤信号を無視して、横断歩道を渡った。クラクションが怒っている。

新浦を乗せたタクシーを目で追いながら、空車に飛び乗った。

飯倉片町《いいくらかたまち》を右折し、新一の橋方面に向かっている。

竹花は首を傾《かし》げた。目白が目的地だったら、交差点を渡らずに、赤坂八丁目の方に向かった方が早い。しかし、新一の橋を右折して青山一丁目に出るルートも、少し遠回りだがあり得ないことはない。

だが、新浦を乗せたタクシーは新一の橋をまっすぐ越えてしまった。

真澄の住んでいたマンションを目指しているのか。だが、それも外れた。

三の橋歩道橋のところを右折。タクシーは道なりに右に曲がっていった。少し距離をおいて、竹花を乗せたタクシーも同じコースを辿《たど》った。

新浦を乗せたタクシーが停車していた。

「停《と》まってくれ」竹花が運転手に指示した。躰を屈《かが》めて様子をうかがった。新浦がタクシーを降り、通りの向こうのマンションを見上げている。

別れた息子と妻の住むマンションを見にきたのだ。拉致事件が起こったあの夜と同じように。

「おたく警察の人？」運転手が竹花に訊いた。

「まがい者だよ」

「探偵さんかい」

「……」

「あの人、何してるんですかね」

「余計なおしゃべりはするな」

ほどなく、新浦はタクシーに戻った。表通りに出たタクシーは新一の橋に引き返してゆく。後を追った。

青山一丁目を権田原《ごんだわら》の方に直進し、四谷三丁目を左折した。やがて新浦を乗せたタクシーは明治通りに出た。

ほぼ間違いなく、新浦は目白周辺を目指している。

千登世橋の交差点から目白通りに入り、駅前を越えた。そして、レシートにあったマーケットを通りすぎたところで、新浦はタクシーを降り、建物の中に消えていった。

竹花もタクシーを降り、新浦の消えた建物に近づいた。細長い小綺麗なマンションだった。

エレベーターが二階で停まったところだった。二階には二世帯しか入っておらず、郵便ポストに名前が出ているのは一軒だけ。高橋《たかはし》とローマ字で書かれていた。もう一室の方に新浦と真澄親子が暮らしているのか。

何であれ、こんな時間に呼び鈴を鳴らす気はなかった。

子供の目の前で新浦をやり込めることはしたくない。

事務所に戻った竹花はまた酒を飲んだ。笑いがこみ上げてきた。自分が新浦にころりと騙されていたことがおかしくなってきた。

二十三

翌日の午後、竹花はスカイラインで目白を目指していた。しかし、運転しているのは竹花ではなかった。遙香だった。

出がけに遙香から電話があった。明け方まで働いていて、今日は休みだという。カジノを辞めることにしたが、明日と明後日《あさって》だけ、休みを取っているディーラーがいるので出勤してほしいと頼まれたそうだ。

昨夜、飲み過ぎた竹花はまだ酒が残っていた。スカイラインを運転したいと言っていた遙香にハンドルを握らせることにしたのだ。何であれ、尾行や監視はひとりよりもふたりの方がいい。

遙香は自分でダビングしたCDを持参した。彼女の大好きな『Wind of Change』を録音してきたという。

しかし、カーステレオが壊れていてかけることができなかった。

「なーんだあ」遙香が残念がった。

最初、ぎこちなかった運転だったが、遙香はじきに慣れた。

「大したもんだな。この車、かなりクセがあるんだけど」

「そう？　全然感じないけど。それで、目白で何をするの。真澄さんを見つけたの？」

竹花は何があったかを遙香に話した。

遙香の驚きようといったらなかった。興奮して、前を走る車に追突しそうになったくらいだ。

「竹花さん、かたなしね」遙香が笑った。

「まったくだよ」

「新浦の演技には恐れ入った」

「でも、どうやってあのふたりがくっついたのかしらね」

竹花はくわえ煙草のまま目を閉じた。健太が拉致されるのを救った後、竹花の事務所に来た。それから、ふたりは一緒に退散した。その後、新浦が助けると言ったのだろうが、文無しの新浦がどうやってあのマンションを見つけたのか。よく分からない。

「でも、何で言わなかったのかしら」

「いろいろな理由があるんだろうなあ」

「中里さんに知れるのが嫌だったんじゃないのかな」

「それが一番の理由だろう」

「それにしても、竹花さんと私には話してもよかったのにね」

「今日のうちに新浦と話すよ」

問題のマンションを通りすぎ、車をUターンさせた。新浦も真澄も、竹花の車を見ている。できるだけ遠くに停めておきたかったのだ。

「これからどうするの？」

「待つだけだ。真澄さんと健太君だけが外出してくれるといいんだけど。遙香、寝不足だろう？　寝てていいよ。必要な時には起こすから」

「眠くない。何だか興奮してる」遙香の目は生気に満ちていた。

竹花はマンションの入口から目を離さない。

新浦がひとりで出てきた時はむろんのこと、三人がそろって外に出てきた場合でも声をかけることに決めた。後者の場合は、真澄親子と新浦を切り離せばいいのだから。

「遙香、何でもいいから、食料品を買ってきてくれないか。どれだけ待つことになるか分からないから」

「オッケー」

遙香が車を降りた。竹花は運転席に移動した。車の流れが竹花の視界を時々遮った。

大型トラックが行きすぎた直後だった。

親子連れが目白駅の方に向かっていくのが見えた。

目を凝らした。少年と手を繋《つな》いで歩いている〝パパ〟は、新浦に相違ない。宿無しだった彼は着替える服が限られている。彼は、昨夜とまったく同じブルーの薄手のブルゾン姿だった。

遙香の携帯を鳴らした。彼女はすぐに出た。

「新浦と真澄親子が現れた。すぐに戻っても……。ちょっと待って」

新浦たちは、マーケットの手前を右に折れた。

「マーケットを出たら、左に入る道があるだろう。彼らは、そっちに曲がった。様子を見ていてくれ。俺は車を駐車場に入れてくるから」

「私が声をかけようか」

「それは俺の仕事だ」

百メートルほど先にコインパーキングがあることを、竹花はすでに目で確かめてあった。

そこにスカイラインを入れると、目白通りを渡った。

マーケットの横の裏道の入口に立った。新浦たちの姿もなく遙香もいなかった。裏道は途中まで真《ま》っ直《す》ぐだが、その後、左に曲がっていた。

新浦たちはどこにいくのだろうか。

遙香の携帯を鳴らした。

「今、どこだ」

「真澄さんたち、真っ直ぐに同じ道を歩いてる」

「そこで待ってろ」

竹花は裏道を進んだ。まったく急いではいなかった。

方角的には新目白通りに向かっていることになる。通りを渡れば西武新宿線の下落合駅がある。しかし駅を目指しているとは考えにくい。

行き先はおとめ山公園ではなかろうか。よもや、それが間違えていても、痛痒《つうよう》はまったくない。後で新浦を呼び出して問い詰めればすむことだから。

遙香と落ち合った。三人の姿は視界から消えていた。

「追いかけなくてもいいの」

「行き先の見当はついてる」

「どこ？」

「おとめ山公園。真澄さんが使ってた公衆電話のある公園だよ」

「三人の後ろ姿がすごく幸せそうだった」

竹花は、遙香が持っていたレジ袋を手に取った。そして、ゆっくりと新目白通りに向かって歩き出した。

「おとめ山公園って言うんだから、昔、若くて美しい乙女が棲《す》んでたの？」

「違うんだ。尊敬の意味をこめる時に使う〝御〟に、留めるの〝留〟と本当は書くんだ。江戸時代の将軍家の狩り場だったから、庶民が入れない山だったそうだ」

「竹花さんって博学ね」

「今回のことでネットで検索したから知っただけだ。こんな公園があることすら知らなかったよ」

　この一帯は狭い路地が多い。路地のさらに路地を通り、おとめ山公園を目指した。この間と同じように、中学校の脇の門から公園に入った。

　ナラやクヌギなどの木々を渡る風が心地よい。鳥の囀《さえず》りが聞こえる。

「気持ちいいね。都心にいるとは思えない」

「確かにね」

「手、繋いで」

「仕事中だ」

「警官だってカップルを装うじゃん」

　竹花は遙香の手をにぎった。「そういうカップルがカジノに来ないうちに辞める決心ついてよかった」

　公衆電話のある近道に出た。

「真澄さん、ここから電話をしてたのね」

「遙香のおかげで、ここが見つけられたんだよ」

「竹花さん、運のいい女を見つけたと思わない？」

「まったくだな」

門を潜《くぐ》ってすぐのところに、せせらぎがあり橋が架かっている。

期せずして、竹花と遙香は足を止めた。

木立の間から、ブランコと滑り台が見えた。

「もう一回」健太の明るい声が聞こえた。

健太が滑り台に登るのを新浦が助けた。

「よし、と言ったら滑ってこい」

新浦はそう言い残して、滑り台の下まで走った。

「よーし、思い切って」

健太が躰を仰向けに倒して滑ってきた。砂場に着く寸前、新浦が健太を抱え上げた。

健太がまた愉《たの》しそうに笑った。真澄はその姿をデジカメに収めている。

健太がブランコまで走った。

「走っちゃ駄目」真澄が息子に声をかけた。

健太の乗ったブランコを新浦が揺らした。動きがどんどん速くなった。

「オジサン、もっと」

「駄目よ。危ないから」真澄が言った。言葉とは裏腹に声はすこぶる穏やかだった。

「これぐらい平気だよな、男の子だもんな」新浦の声も弾んでいる。

竹花は遥香を見て口許《くちもと》を緩めた。「帰ろう」

「うん、そうしよう」遥香がしめやかな声でうなずいた。

野鳥の囀りが風に乗って聞こえてきた。

竹花たちは公園を出て、同じ道を戻っていった。

「あんなに愉しそうな真澄さんを見たの初めて」

「新浦、まるで本当の親父みたいだったな」

「ハズバンド、死んでくれてよかったね」

あっけらかんとした調子でそう言った遥香を竹花がまじまじと見つめた。

「だってそうじゃない？」

竹花は苦笑する外なかった。

事務所に戻る途中、マクドナルドに寄った。外で食べるよりも、事務所に戻ってゆっくりしようと言ったのは遥香だった。

食事の前に遥香がシャワーを浴びた。ハンバーガーとビールで夕食をすませると、遥香は寝室に向かった。音楽が聞こえてきた。

車の中で聴くはずだったCDをかけたのだ。

『Wind of Change』が静かに流れ出した。

竹花は田上に電話を入れた。だが、留守電だった。何も吹き込まずに切った。

竹花も寝室に入った。

なぜか、猛烈に遙香を抱きたくなった。愛《いと》おしいという思いと、犯したいという気持ちがない交ぜになっている。

なぜそうなったのか自分でもよく分からなかった。

黄昏時《たそがれどき》の交わりが終わってもふたりは抱き合っていた。

「あの親子と新浦を見て、遙香はどう思った?」竹花が訊いた。

「どう思ったって?」

「家庭を持ちたくなりはしなかったか?」

「竹花さん、彼らを見て、私と一緒になりたくなったの?」

「俺は今のままで満足してる」

「私もよ。前と気持ちは変わらないよ。結婚する気もないし、子供をほしいとも思わない」

「結婚はさておき、後になって子供がほしかったって言った女、何人か知ってるよ」

遙香が少し考えた。「いつか私もそういう気分になるかもしれないけど、今のところはほしくない。きっと私、超ジコチュウなんだと思う。仕事もしたいし遊びたいし、子供もほしいって女、一杯いるけど、何でもかんでもいっぺんにできないよね。子供のために自分の生活を犠牲にしてもいいって心から思えた時、子供を作る。そう思えた時、私に子供を作って」

「その頃には、俺は、錆《さ》び付いた乾電池みたいになってる。リモコンにはめても、音楽も聴けないし、テレビも映らない」

遙香が笑い出した。「大丈夫よ。あと十年は保《も》つよ」

「俺はね、保てばよし、保たなければそれもよしって気分で生きてるんだ」

不思議なことに気づいた。遙香が自分で焼いたCDは、同じ曲しか入っていないらしい。

遙香がハミングをした。そして、声を出すのを止めると、遙香は躰を寄せてきた。

二十四

その夜、遙香は泊まらずに九時前に帰っていった。明日も、早番なのだという。

田上からは何の連絡もない。新浦を事務所に呼びつけることにした。しかし、新浦の携帯はまったく通じなかった。切られているか、電波の届かないところにいるらしい。

十一時すぎにチャイムが鳴った。

見知らぬ男がふたりドアスコープの向こうに立っていた。口ひげを生やした丸顔の男と薬物に冒されたように痩《や》せた男だった。いずれも若く、いずれも視覚に頼らずに生きている深海魚のような目をしていた。

「どなた?」

「重要な話がある」

「紀藤の使いか」

「ああ」

ドアを開けた。

「ちょっと付き合ってもらおうか」

「なぜ？」

丸顔の男の口が竹花の耳にニンニク臭い息を吐きかけた。口ひげが耳たぶをくすぐった。

「あんたの大事な女を預かってる」

竹花の目付きが変わった。

「さっきまでやってたんだろうよ。女の顔にそう書いてあったよ」

「振り込め詐欺の電話で息子の振りをする奴がいくらでもいる時代だぜ。遥香を誘拐したって証明できるか」

「女がどうなってもいいのか」

竹花は男の言葉を無視して、事務所に戻った。ふたりの男が土足のまま、後についてきた。携帯を手にすると、遥香にかけた。コール音がするものの彼女は出ない。

「出ねえだろうが。え？」口ひげの男が低い声で言った。

由々《ゆゆ》しき事態になっている。しかし、竹花は鉄面皮を装った。

「遥香、寝てるんじゃないのかな」

口ひげの男が苛立《いらだ》った。携帯を取り出すと誰かにかけた。

「俺ですが、竹花は俺の言ったことを信じないんですよ。女がどうなってもかまわないみたいで……。分かりました」

竹花はソファーに座り、平然と煙草を吸っていた。

「電話に出ろ」

渡された携帯を耳に当てた。「竹花だが、あんたは」

「紀藤だよ」

「遙香を拉致したんだって」

「お前、彼女に愛情の欠片《かけら》もないのか」

「欠片ぐらいはある。星屑《ほしくず》みたいに心に散ってるさ」

紀藤が短く笑った。そして、紀藤と一緒にいるらしい遙香に声をかけた。

「竹花はさ、お前がどうなってもかまわんらしいぜ。冷たい奴だな」

遙香の声は聞こえない。

「紀藤、俺に何の用だ」

「お前、ハジキをどうしたんだい？」

「はあ？」

竹花はまるで意味が分からない。

「ベーブを殺《や》ったハジキのことだよ。お前が盗んだんだろうが。とぼけてると、お前の女がダッチワイフみたいに動かなくなるぜ」

しばし沈黙が流れた。

「竹花さん……」遙香の声がした。

「紀藤、俺がなぜ拳銃《けんじゅう》を持ってるんだ。まったく理解できないよ」

「さっきの奴に代われ」

口ひげに携帯を投げ返した。

「……。はい、分かりました」

電話を切った口ひげは、竹花に一緒に来てもらおうと命令口調で言った。

竹花が寝室に向かおうとすると、止められた。

「着替えるんだよ。こんな格好じゃ外に出たくない」

「何、気取ってんだよ」

丸顔の男にぐいと肩を押された。

スウェットパンツのポケットに財布と携帯を入れようとすると、丸顔の男に携帯だけを取り上げられた。

抵抗する気はなかった。

焦げ茶のワンボックスカーが路上に停まっていた。痩せた男の方がハンドルを握った。竹花は丸顔の男と共に後部座席に乗った。目隠しはされなかった。

ワンボックスカーは芝公園から首都高に乗った。汐留《しおどめ》ジャンクションもすぎ、六号線に乗った。一時間ほど走って、三郷《みさと》で一般道路に降りた。

周りにほとんど建物らしきもののない場所をワンボックスカーは走っている。石材屋とコンテナ倉庫の他は、畑とビニールハウスしか目に留まらなかった。

「もうじき着きます」

丸顔の男が携帯で紀藤に伝えた。

フェンスで囲われた駐車スペースにワンボックスカーが入った。柏田《かしわだ》設備と書かれた看板が目に入った。車の流れる音がひっきりなしに聞こえていた。見上げると間近に高速道路が走っていた。駐車スペースの奥に白い建物が建っている。

白い建物の右半分にシャッターが三枚下りていた。シャッターの下りている部分が倉庫で、左側の磨《す》りガラスの窓とドアがある部分が事務所のようだ。

駐車スペースに車は一台も停まっていない。

ドアに鍵はかかっておらず、丸顔の男に腕を取られた竹花は大人しく中に入った。倉庫の方から灯《あか》りが漏れている。

竹花は、洗面所のある細い通路を通り、倉庫に連れて行かれた。

果たしてそこは資材置き場になっていた。管やパイプ、それから配管に使うチャンバーなどが床に置かれていた。工具や部品を収めたスチール製の棚が至るところにある。かなり奥行きがある。

紀藤が丸椅子《まるいす》に腰を下ろし、煙草を吸っていた。その後ろに筋骨隆々の、額縁のような真四角の顔の男が立っていた。彼の手には拳銃が握られていた。ワルサーＰＰに似たオートマチックだ。おそらくマカロフだろう。

ていた。

資材置き場は吹き抜けになっているが、木製の階段があり、二階部分にも資材が置かれていた。

遙香が階段の隅の方に腰を下ろしていた。階段の手すりの桟に後ろ手錠をかけられている。タオルが口を被《おお》っていた。

竹花をここまで連れてきた男ふたりは、竹花の後ろに立っている。

遙香と目が合った。涙目だったが、薄く微笑んだ。

「彼女を帰してくれれば、何でもしゃべる」

紀藤が遙香を見た。「冷たい奴じゃなくてよかったな。ハジキはどこだ」

竹花の顔が歪《ゆが》んだ。「答えられるものなら答える。あんたが言ってること自体、俺には意味が分からない。ベーブを殺した銃をなぜ俺が持ってると思ったんだい？」

紀藤が怒りを抑えたような声で言った。「えらい迷惑をかけられてるんだ」

「俺が理解できるように話せ」

「女を向こうに連れていけ」

筋骨逞《たくま》しい男が、手錠を手すりの桟から外し、再度手首にかけた。

「面白いものを見せてやるよ」紀藤がねっとりとした目をして竹花を見た。

遙香は、パネルヒーターが立てかけられている通路を通り、奥に連れて行かれた。

そこに黒いカーテンで仕切られている箇所があった。

「止まれ」

遙香は言われた通りにした。

紀藤が竹花を見た。「一緒に来い」

カーテンのところに向かう紀藤の後についていった。竹花の後ろには筋骨隆々の男がいた。

紀藤がカーテンを引き、中の電気を点《とも》した。

ガラス張りの六畳ぐらいの部屋に、天井まで達する太い木が三本斜めに生え、葉をつけた枝を広げていた。

よく見ると、枝に何かへばりついている。トカゲである。かなり大きい。二メートルぐらいはありそうだ。緑がかっていて、躰に斑点《はんてん》かイボのようなものが見られた。赤外線装置が設置されている。

オオトカゲは、ふたつに大きく割れた舌を出したり引っ込めたりしている。

「何、これ」遙香が躰をよじって、すがるような目を竹花に向けた。

「ハナブトオオトカゲっていうそうだ。ちょっと恐竜に似てるだろう。俺は子供の頃、恐竜が大好きだった。だが、気持ちが悪いなあ、やっぱり、本物は。だけど、ダッチワイフよりは可愛《かわい》いかもな」紀藤が大声で笑い出した。

「なぜ、こんなものがここに」竹花がつぶやくように言った。

「この会社の土地は借金のカタに或る人の物になった。社長の趣味だったんだ。このオオトカゲを飼うのは違法じゃない。地方自治体の許可が下りれば飼えるそうだ。こんなお荷物どうしようもないから、殺してしまおうと思ったんだが、妙なところから、このゲテモノを買いたいという話が入ってきた。かなりいい値で引き取るって言うもんだから、このままにしてある。許可が下り次第、先方が引き取りに来る。こいつな、日本で飼えるオオトカゲの中じゃ一番凶暴なんだってさ」そう言いながら、紀藤自身がガラス戸の錠前を外した。「女を中に入れろ」

「嫌あ‼」遙香が悲鳴を上げ、激しく暴れた。

竹花が、隣に立っていた紀藤の首に素早く手を回し、引き倒した。紀藤が仰向けに倒れた。筋骨逞しい男が、竹花を軽々と持ち上げ、床に投げ捨てた。うずくまった竹花の脇腹に蹴《け》りが入る。一発ではすまなかった。ぐったりとなった竹花を、男がつかみ起こした。

「もういい、そのぐらいにしとけ」

丸顔の男に抱き起こされた紀藤が喘《あえ》ぎながら言った。

男の筋肉がゆるんだ。竹花は立て膝をついた格好で、紀藤を睨みつけた。

「ハジキはどこだ。言え」

「言ってるだろう。俺は知らないんだ」竹花はヒステリックな声でわめいた。

竹花の感情は沸点に達していた。

「入れろ」

遙香がオオトカゲの部屋に押し込まれた。遙香は叫び、ガラスを両手で叩いて、助けを求めている。

「女が興奮すると、トカゲも興奮する。嚙《か》みつかれても死にはしない。だけど、聞くところによるとだな、口ん中に細菌を繁殖させてるらしい。だから、嚙まれるとえらいことになるそうだよ」

トカゲが舌を出し入れしながら、ゆっくりと木から下りてきた。

「紀藤、俺には分からないんだよ。本当だ。信じろ。頼むから、遙香を出せ。この通りだ」

竹花は跪《ひざまず》き、床に頭をすりつけた。

沈黙が流れた。

「出してやれ」紀藤が静かに言った。

痩せた子分がドアを開けた。

部屋から出た遙香はその場に倒れ、泣き出した。

紀藤が鍵をかけた。

「ションベン、もらしてるよ」筋骨逞しい男が、嫌らしい目を遙香の股間《こかん》に向けている。

「あのな、ベーブ殺しが、俺たちの組が殺ったとサツだけじゃなくて、あいつの組織の人間も思ってる。それがどれだけ、俺たちに迷惑なことか、あんたには分からんだろうな。ベーブはアメリカのマフィアのメンバーだったんだぞ」

「そもそもあの拳銃は、以前、あんたの組の若いのが殺しに使ったもんだろう。江戸川に捨てたって情報があるが、あれは嘘だったんだな。しかし、どこにあったにせよ、そんなもんが俺の手に入るわけがないだろうが」

「捕まった組のもんは、ハジキ持参で自首するつもりだった。それが盗まれたって言ってた。車上荒らしにあって」

「俺がその犯人かい？」竹花は紀藤を見て短く笑った。

「盗んだ奴は分かってる。あの事件を起こした奴の仲間や舎弟に訊いてみた。するとだな、斉藤政次《さいとうまさつぐ》っていう若いのが持ってたっていうんだな」

「斉藤政次なんて奴、俺は知らない」

「自首した奴の弟でな、今、恐喝で拘置所にいる。あいつ、あんたに会いに行こうとしたらしい。その直前に、まさにあんたの事務所のあるビルの前で、職質かけられ、結局、捕まったって、俺は聞いてるよ」

「確かに、この間、俺の事務所の前で、捕まった奴がいた。子供の拉致未遂の時にいた奴だった」

「そいつが斉藤政次だ。あいつ、拉致の時、あのハジキを所持してた。あんたらの反撃を食らった時、それを奪われたっていう話だ」

竹花は呆然《ぼうぜん》として口がきけなかった。

「あんた、マジで知らんのか」

竹花は答えない。

「あんたがくすねたんじゃなかったら、一緒にいた奴がやったことになる」

泣き続けている遙香のことも、躰の痛みも一瞬、忘れた。

真澄の家の前で乱闘した際、細い目の男がぐったりとなっていたのは覚えている。車の陰になっていたし、竹花も他の奴とやりあっていたから、どんなことが起こっていたかはまるで知らない。あの時、密《ひそ》かに隠していた銃を取りだそうとした。それが新浦の目に留まった。新浦が銃を密かに我が物にし、誰にも言わずに隠し持っていたとしたら……。

「奴の名前、俺たちは知らない。当然、ヤサもな。あんたは奴と付き合いがあるんだよな」

「竹花さん、教えちゃ駄目」遙香が消え入るような声で言った。

丸顔の男が、竹花の携帯を紀藤に渡した。

「あいつの名前は？」

「………」

「言え」

「新浦大二郎だ」

紀藤が竹花の携帯を調べた。「新浦ね、なるほど」

「ヤサはどこだ？」

「よくは知らん。後ろポケットに財布が入ってる。そこにあいつの名刺が突っ込んである」

名刺に書かれた住所に新浦がいるはずはない。時間稼ぎにしかならないかもしれないが、名刺を差し出したのだから、それ以上、疑うことはないだろうと判断したのだ。

丸顔の男が財布の中から、新浦大二郎の名刺を取り出し、紀藤に渡した。

「おそらく、住まいもそこだろうよ」竹花が言った。

「素直だな。もっとも、あんたがあいつを庇《かば》う理由なんかないもんな」

「もういいだろう。俺たちを帰してくれ」

「こいつらを縛っておけ」

階段の手すりの桟に竹花と遥香は後ろ手錠で縛られた。一段目のステップのところに縛られている遥香は腰を下ろせたが、二段目のところに繋がれている竹花は中腰にしかなれなかった。

「お前は残ってろ」

紀藤が筋骨逞しい子分に命じた。

「事務所にいてもいいですか？」

紀藤は少し考えてからうなずいた。それから竹花に目を向けた。「俺たちが戻ってくるまでオオトカゲでも観賞してろ」

紀藤が、赤いキーホルダーを、監視役の男に渡した。

「騒いだら、トカゲの小屋にぶちこめ」

彼らが資材置き場から出ていった。ほどなく車のエンジンがかかる音がした。

やがて事務所からかすかにテレビの音が聞こえてきた。

高速を走る車の音が耳に届いた。

竹花たちが繋がれている桟は七センチほどの角材。揺らしてみたが、階段が崩落でもしない限り、手すりから手錠が抜けるはずもなかった。

電気は消されていたが、オオトカゲのいる部屋のカーテンは開けっ放しになっていた。オオトカゲが斜めに傾いた枝にへばりついているのが目に入った。

オオトカゲの小屋の灯りが、資材置き場にまで、かすかにだが届いていた。目が次第に慣れてきた。

三郷から北池袋までどれぐらいかかるか分からないが、一刻も早くここを脱出しなければ。

竹花は周りを見回した。手錠の鎖を切れるものを探した。目の前のスチール製の棚に乗っているものをひとつひとつ見ていった。床暖房のコントローラー、パイプの継ぎ手、ボンベ、圧力ゲージ……。他にも工具が下段に乗っている。何に使う工具なのかは全体が見えないので判然としない。目一杯、右足を伸ばした。階段が軋《きし》んだ。手首に手錠が食い込んできた。しかし、工具まで足は届かなかった。荒い息を吐きながら、階段の下を覗《のぞ》いた。巻かれた管が置かれてあった。エアコンの排水用のドレンホースらしい。ホースといってもフニャフニャしてはいない。ある程度の固さがある。足でたぐり寄せた。それを利用して工具を床に落とすことができれば、足が届く。汗びっしょりである。

両足を使って、巻かれているホースをほどよい長さに伸ばし、先を改めてフック状に曲げ、腰を下ろせるだけ下ろした。手錠で手首を吊《つる》されているのと同じ状態だから、激痛が走る。工具の上に、ドレンホースのフック状の部分が乗った。さらに奥に滑らせる。そして、両足でホースを思い切り引いた。コンクリート床に工具が落ちる金属音がした。竹花は事務所に通じるドアの方に視線を向けた。事務所にいる男がやってくる気配はなかった。

しかし、竹花はがっくりと肩を落とし、それ以上、工具を引き寄せようとはしなかった。頬を垂れた汗が床に落ちてゆく。

「どうしたの？」遙香が声を殺して訊いてきた。

「あれはパイプカッター。チェーンを切ることはできない」

「あそこに赤い柄が見えるけど、あれ何？」

竹花は遙香の方に躰を寄せた。

棚の左端の床のところに、工具の赤い柄の部分がほんの少し顔を覗かせていた。床と棚の底の間には、かなりのスペースがある。棚の端に金属棒が立てかけられていた。

「よく分からないが、遙香の足で届くか」

遙香が躰を寝かせるようにして、足を伸ばした。棚の下からはみ出た柄の先に触れた。しかし、引き寄せることはできない。

「これを使ってみて」

ドレンホースを足で、遙香の方に押しやった。

遙香は竹花がやったように長さを調節し、フック状の先端を、赤い柄の工具の上に運んだ。

「工具の向こう側まで、ホースの先を押しやって。ゆっくりだぞ」

遙香は必死に言われた通りにした。

「先が向こう側に落ちたみたい」

「ホースを両足で思い切って引き寄せて」

遙香が言われた通りにした。工具が顔を出したが、立てかけてあった金属棒にドレンホースが触れた。金属棒が硬い音を立てて床に転がった。

竹花は動きを止めた。足音がした。ドアが開いたのが棚の隙間《すきま》から見えた。

男が棚の陰から、顔を覗かせた。

「な、いくらでも払うから助けてくれないか」竹花は情けない声で頼んだ。

男は遙香しか見ていない。「こうやって縛られてるのを見ると、たまんねえ。やりてえよ」

「やらせてやっても逃がしてくれないでしょう?」遙香が言った。

男は、遙香に湿った目を向けた。女が縛られている姿に興奮している。おかげで、床に転がっている金属棒にも、ドレンホースにも目はいかなかった。もっとも、物が至るところに散らばっているので、ドレンホースや金属棒が、以前、どこにあったかなど覚えているはずもないが。

男が遙香の乳房を軽く揉《も》んだ。

「もっと触って」遙香が挑むような視線を男に向けた。

「我慢するしかねえんだよ」そう言って立ち上がった男は、事務所に戻っていった。

顔を出した工具は、柄の長さが十五センチほどのカッターだった。鉄筋カッターに違いない。

「それなら切れる」

遙香が足で引き寄せようとした。だが、うまくいかず、却《かえ》って、柄の部分を棚の底の隙間にもぐり込ませてしまう結果となった。その状態では、先をフック状にしたドレンホースを使うと、さらに奥に入ってしまう危険性がある。

転がった金属棒は、管を天井に吊す時などに使うものらしい。その棒で、棚の下を遙香に浚《さら》わせようかと思ったが、両足でそれをやるのは不可能に近い。もっと長い棒が必要だ。

竹花は周りを見回した。

「金属棒をこっちに転がしてくれ。そっとやれよ」

階段下にホースだけではなく、アイボリー色のドレンパイプが束ねて置かれてあった。足を伸ばせば届くが、引き寄せることはできない。

金属棒をパイプの穴に入れることができれば、パイプを引き寄せられるかもしれない。

竹花は靴も靴下も脱いだ。長さ六、七十センチある金属棒を指に挟み、ドレンパイプの穴に差し入れた。そして、そっと持ち上げた。パイプが、差し込まれた金属棒を伝って、竹花の足のところまで下りてきた。足の裏でパイプをさらに引き寄せる。二メートル以上あるパイプだった。

それをカッターが潜り込んでしまった棚の底に入れ、片方の足でパイプを軽く押さえ、もう一方の足で、力一杯浚った。カッターが遙香の足許まで滑り出てきた。

遙香の頰に笑みが浮かんだ。遙香が寝転がり、カッターを竹花の方に押しやった。竹花は、それを左足で引き寄せた。果たして鉄筋カッターだった。

問題は中腰の竹花には手が届かないことだった。

「私の手許にガムテープがあるんだけど使える？」

「長く伸ばしてから、こっちに転がして」

遙香が手錠をかけられた両手で、少しずつガムテープを伸ばした。

「そのぐらいでいいだろう」

ガムテープが転がってきた。足を使って、カッターに、伸びたテープの部分を貼《は》り付けた。それからテープのロールを足の指で挟み、持ち上げた。ロールの部分が手の指に触れた。

「ほう」竹花は安堵《あんど》の溜息《ためいき》をついた。

ゆっくりとたぐり寄せていく。やっとカッターが手に触れた。

鎖をカッターの刃で挟んだ。渾身《こんしん》の力を込めて、柄を握りしめた。鎖が切れた。

すぐに遙香の手錠の鎖を切り、竹花は靴下と靴を履いた。そして、棚に近づいた。カセットボンベを見つけた。横に置いてあった噴射口をそれに取り付ける。電子着火式のものである。レバーを押すと、火が勢いよく噴き出した。

「これを持ってろ。何かあったら、レバーを思い切り握れ」

「うん」

竹花はパイプカッターを手にしてドアに近づいた。相手を殴るには鉄筋カッターよりも重いパイプカッターの方が威力がある。

「悲鳴を上げろ」

遙香が屋根が吹っ飛びそうな大声を出した。

足音が聞こえた。

ドアが開いた瞬間、竹花がパイプカッターで、男の顎《あご》を思い切り殴った。強靭《きょうじん》な男は、足許をふらつかせただけで、すぐに体勢を整えた。手には拳銃が握られていた。遙香が男の首の辺りにバーナーを噴射させた。衣服から火が上がり、銃声が轟《とどろ》いた。金属製の何かをぶちぬいた音がした。パイプカッターで、もう一度顔面を殴りつけた。男が床に崩れ落ちた。衣服の火は消えてはいない。髪の毛の焼けるニオイがした。

バケツが目に入った。遙香に水を汲《く》んでくるように指示した。

のたうち回っている男の顎を蹴り上げた。遙香が男の躰に水をかけた。

息絶え絶えの男のポケットをまさぐった。鍵束と赤いキーホルダーが出てきた。携帯はなかった。

床に落ちていた銃を手にすると、竹花は男を立たせた。「今度はお前が、オオトカゲとすごす番だ」

遙香がオオトカゲのいる部屋の鍵を開けた。

竹花が男を中に蹴り入れ、弾倉を抜き、本体に残っていた弾も取り出すと、拳銃を投げ入れた。

遙香が鍵をかけた。

男は腹ばいになって喘いでいた。まだかすかに衣服から煙が上がっていた。

「おい、頼む。俺、爬虫類《はちゅうるい》が苦手なんだよ」

オオトカゲがゆっくりと木から下りてきた。

「見ろよ。お前とやりたいらしいぜ」竹花が言った。

男が首を巡らせた。大きくふたつに割れた舌を出し引きしながら、のそりのそりと男に近づいてきた。

男は目の前に落ちている銃を手に取った。竹花が弾を抜いたのを見ていなかったのか、それとも忘れてしまったのか、引き金を引いた。空打ちが続いた。

事務所に通じるドアに近づいた時、男の悲鳴が聞こえた。ハナブトオオトカゲが男に噛みついたのかもしれない。

竹花と遙香は事務所に入った。そこで、手錠を外した。竹花の携帯、それに遙香のバッグが、机の上に置かれていた。男の携帯もあったが、そのままにしておいた。

竹花は新浦に電話を入れた。

「おう。根来が小杉を殺したことを認めたな」新浦の声が綻《ほころ》んでいる。

「え？」

「テレビのニュース視《み》てないのか」

「今、どこにいる」

「友だちの家だよ」

「新宿区下落合三丁目……。そこに真澄さんと健太君と一緒にいるんだろう」

「何を言ってるんだい？」新浦の声が沈んだ。

「紀藤たちが、あんたを探してる。俺は、名刺にあった住所を教えて時間を稼いだ」

「時間を稼いだ？」

「今から事務所に来い」

「あそこはむさ苦しい」新浦の声は穏やかだった。

「じゃどこで会う」

「勝彦の店の前の公園にしようぜ」

「分かった」

電話を切ると、竹花は遙香を連れて外に出た。誰も歩いていない未舗装の道を寄り添って歩いた。

五百メートルほど行くと広い道に出た。高速の乗り口付近だった。しかし、なかなかタクシーは来ない。遙香が携帯からネットに入り、近くのタクシー会社を探した。

十五分ほどでタクシーがやってきた。

車中、ふたりは口を開かなかった。遙香の躰が震えていた。恐怖が去り、安心感が戻ってきた時にこそ、そうなるものだ。

遙香のマンションに着いたのは、午前二時半すぎだった。そこで竹花もタクシーを降りた。

「話が終わったら、うちにきて。ひとりでいるのが怖い」

「そうする」

遙香は玄関先に立って、遠ざかってゆく竹花を見ていた。

公園に着いた。周りを見ていると、声がかかった。

「ここだ」

新浦はきちんとしたスーツ姿で、トイレ近くのベンチに腰を下ろしていた。脚を組み、優雅に煙草を吸っている。

竹花は横に座った。そして、彼も煙草に火をつけた。

かなり離れたところにあるベンチにホームレスが寝そべっていた。

「念のために、真澄と健太を中里さんのところに預けてからここに来た」

竹花は口を開かなかった。

「さっき電話で言ったが、根来が自白した。神崎と共謀し小杉を殺したんだ。動機はやはり、小杉にカリマンタン島の話が真っ赤な嘘だと気づかれたからだ」

「三千万を奪ったのも根来たちか」

「そうだ。実行犯は神崎だったそうだ。初めから榎木田に罪を着せるために準備していたらしい。奴らは一億七千万ほど集めたって話だ。あんたの言った通り、詐欺未遂だけじゃすまなくなった」

「騙し取った金を持ってアルゼンチンにでも逃げるつもりだったのかな」

「多分な」

「どうやって榎木田のアパートに小杉を運んだんだろう」

「その辺のことはニュースじゃ分からなかった。いずれにしても、事件は解決したってことだ」

竹花は黙りこくった。もう小杉事件には興味はない。

「顔が腫《は》れてるな」新浦が静かに言った。

「あんたには完全に騙されたよ」

新浦がくくっと笑った。「だけど、俺たちの居場所を見つけた。大したもんだ」

「どういうことだったのか経緯《いきさつ》を教えてもらえますかね」

「あんたの事務所を出た後、託児所に子供を引き取りにいくのが不安だと彼女が言ったから、例のカジノのあるビルの近くで待っててやった。これは後で分かったことだが、オーナーに携帯で連絡を取ったが番号が変わっていた。それで、店に行き、店長に番号を訊いた。だが教えてもらえなかったそうだ。あ、そのことはカジノの店長から聞いたよな。店から出てきた真澄は途方にくれてた。だから、俺が住まいを見つけてやると言ったんだ」

「下落合のマンションの持ち主を知ってたのか」

「落ちぶれてもコネだけはあるんだ。あそこは、友人が女を住まわせてた部屋だった。俺は知っての通り文無しだけど、真澄はある程度の貯金があった。面倒な手続きなしに、俺の名前で借りたんだ。表札は出してないけどね」

「あんたも、それで山手線や公園で眠らずにすむようになったわけだ」

「2DKの部屋で、四畳半を俺が使わせてもらってた」

「そのうちに、ふたりはできたってことか」

新浦が天空を見上げた。「俺と真澄は寝てない。笑うかもしれないが、やる気がまるでわいてこなくてな。真澄もセックスを求めてくる様子はまるでなかった。息子が恋人みたいなもんだから」

竹花は、おとめ山公園で、遊んでいた三人の姿が脳裏に浮かんだ。

「放射線量の測定器、買ったか？」竹花は淡々とした調子で訊いた。

新浦の顔つきが変わった。「何で知ってるんだ」

「おとめ山公園の砂場は危なくないみたいだな」

「何でもお見通しってわけか」

「……」

「俺は真澄が好きだ。だから、健太と三人でずっとああやって暮らせれば幸せだと思ってた。だけど、そんなことがいつまでも続くとは考えてなかったけどな」

「昨日別れてから、俺はあんたを尾行した。それで、住まいが分かったんだが、下落合のマンションに戻る前、前の家族の住むマンションに寄ったよな」

「寄りはしない。ただ外から眺めただけだ」

「そうだったな」

「健太と遊んでると、子供だった頃の息子を思い出してばかりいたよ」新浦がスキットルを口に運んだ。

「俺には本当のことを言ってもよかったのに」

「あんたに教えたら、依頼人の中里に知らせる可能性があったじゃないか」

「俺は、こういう依頼の場合は、相手の許諾を得てからでないと、依頼人には教えない。初めからそういう約束で仕事を引き受けることにしてるって、真澄さんに言ったよな」

「でも、真澄を説得しようとはしたろう？」

「当然」

「だから言えなかった」

竹花は鼻で笑った。

「信じないのか」

「信じてるよ」

自分に真澄とのことを隠していた理由は他にもある。竹花はそんな気がした。秘密を持つことは、時として、気分を昂揚《こうよう》させるものだ。訳ありのふたりが、作り出した束の間の〝家族〟を持った。世の中から切り離された世界で、秘密を共有する歓《よろこ》びに、新浦だけではなく真澄も酔いしれていたのかもしれない。

「真澄さんも役者だな。俺に電話をしてきた時、あんたがどうしてるか訊いたりしてたんだから」

「あれは平野に行った日のことだな」

「そうだったっけ。何であれ、俺は、事が起こった時から、あんたに騙されてたんだよな。あんたは、必ず真澄を見つけ出すってえらく自信たっぷりだった。北見という学生の監視を途中で止めて銀座で悠然とシャンパンを飲んでいられたのも、真澄さんの居場所を知ってたどころか、一緒に暮らしてたんだから当たり前だよな。答えを知ってて、試験を受けてるようなもんだ。あんたの方が、根来よりも詐欺師の才能がある」

「あいつと一緒にしないでほしいね。無駄だって分かってたけど、ちゃんと学生の住まいをあんたに伝えたろう？」

竹花は鼻で笑った。「あれだって、真澄さんから北見の住所を聞いただけだろうが」

「まあね」

「よくもまあ、あれだけ振り回してくれたもんだ。あっぱれだよ」

「すまん。真澄と決めたんだ、このことは誰にも言わないでおこうって」

しばし沈黙が流れた。鬱蒼《うっそう》と茂った木立の向こうにかすかにミッドタウンの灯りが見えた。どこからか女の嬌声《きょうせい》が聞こえてきた。ホームレスは寝たままである。

「健太の拉致に関わった男が所持していた拳銃がベーブを殺したらしい」

竹花はがらりと調子を変えて言った。

「あの時、気を失って仲間に運ばれた奴がいたよな。拳銃はそいつが持ってた。紀藤は、その拳銃が、あの時、奪われたと思い込んでる。新浦さん、あれはオモチャじゃなかったよな」

新浦が立ち上がり、この間と同じようにジャングルジムに上った。てっぺんに腰を下ろし、再び天空を仰《あお》ぎ見た。

「俺は、子供の頃から高いところが好きだった。ニューヨークではエンパイアステートビル、パリではエッフェル塔、ともかく、高いところには必ず上った」

「転落するには高いところにいなきゃできないよな」

「俺が初めてあんたに会ったのは、友だちの妻の浮気調査の時だったな。俺は知ってたよ」

「何を？」

「俺の女房も、友だちの女房と同じように浮気してたことをだよ。あんたは調査の過程で、そのこともつかんでたろう？」

「どこの誰だかは分からなかったが、そういう男がいたことはつかんでた」

「それを知ってから俺はおかしくなったんだ」

「あんたに同情しろっていうのかい。どうしようもないヤワな坊ちゃんだな。シニア向けの〝戸塚ヨットスクール〟があれば、入会した方がいい」

「さっき真澄と健太を中里さんのところに連れていった時、中里さんに本当のことを話した。中里さんの顔ったらなかったよ。一緒にいた男が俺だろう？　文句を言えるわけはないが、がっかりしてた」

「当然だな」

「真澄は、俺の働き口を世話してほしいと、中里さんに頼んでくれた」

「真澄さん、これからもあんたと一緒に暮らす気でいるのか」

「そう言ってた。力強い男に振り回されるのに飽き飽きしていたから、盛りをとっくにすぎた俺みたいな男といるとほっとするんだろうよ。だけどな、俺はもう一度、世に出たいんだ。昼間、或る知り合いに会った。新しい会社を立ち上げるそうなんだ」

「どうせ怪しげな仕事だろうが」

「いや。今度は違う。詳しいことは話せんが、しっかりとした仕事なんだ。それがうまくいけば、俺は中里さんの世話にはならず、まともな世界に戻れる」

「〝それがうまくいけば〟ってこれまで何度口にした？」

「嫌味を言うな。俺の人生の伸びしろは残り僅《わず》かだ。これが最後のチャンスだ」新浦はまた呷《あお》るように酒を飲んだ。「あんただって、俺と歳《とし》はそう変わらん。伸びしろの少ない人生だって思うだろうが」

「お役ご免の日が近づいてる気はしてる。だけど、最後のチャンスを見つけようとは思わんな」

「先細りのままでいいって言うのか」

「鉛筆の芯《しん》は先細りだけど、鋭い」

「強がるなよ。尖《とが》った芯は折れやすい。歳を取って骨折すると厄介だろうが」

竹花の質問に、新浦は答えず、無駄な会話が続いている。そこに竹花は真実を見ていた。

竹花は一呼吸置いて、怒りのこもった低い声で言った。

「どうしてベーブを殺った」

「俺がベーブを？　拳銃のことなんか知らんよ。持ってた奴が嘘を言ってるか、あの時、路上に落ちたのを、誰かが拾ったんだろうよ」

「拾った見ず知らずの人間が、真澄と深い関係のある男を射殺したのか。そんな言い訳、誰が信じるか。見え見えの幼稚な言い訳を、いつもあんたの両親は信じた振りをしてくれたんじゃないのか。だが、警察相手じゃ、まるで通じないよ」

「ベーブが殺された場所に土地鑑なんかないぜ」

「あの中古車屋は売りに出されていた。売り買いにブローカーが絡んでた可能性もある。小さな物件かもしれないが、あんたが関係していて、あの店を見にいった。あり得ないことじゃないだろうが。余田さんに今から電話して訊いてみようか。奴が知らなくても、あんたと付き合いのあるブローカーに訊き回れば、おのずと分かるさ。あの時、拳銃を手に入れたんだろう？　いい加減に本当のことを言え」

新浦は口を開かない。

竹花は携帯を手に取った。

「電話なんかしなくていいよ。あんたの推理通りだよ。あの物件は小杉が扱ってた。大した物件じゃないが、確実だから、ふたりで金をつけようっていうことで見に行った」

「ベーブとあんたがどうやって接触し、ああいうことになったのか教えてくれないか」

「帰国したはずのベーブが、突然、あのマンションに現れた。俺は居留守を使った。ちょうど、真澄が息子を連れて中里さんのところに行っていた時だ」

「あの時、真澄さんの携帯が鳴った。あんたからの電話だったんだね」

「そうだ。俺がいいと言うまでマンションに戻ってこないように指示したんだ」

「それからどうした？」

「殺す計画を立てた。組織の命令をも無視して舞い戻ったってことは、何が何でも健太を連れて帰るつもりだってことがひしひしと感じられた。何とかできるのは俺しかいない。ベーブが死ねば、親権うんぬんもすべて消え、真澄と健太は大手を振って日本で生きていける。あのチンピラの持っていた銃を使うことに迷いはなかった。暴力団の所持していた拳銃だからな。チンピラから奪い取ったままではよかったが、その後は持てあましてた。どっかに捨てようかと思ったこともあったけど、捨てなくてよかった」

「どうやって呼び出したんだ？」

「翌日あんたから電話があり、ヒマワリの種の話を聞いたよな。あの後、真澄の携帯をこっそりと調べ、ベーブの携帯番号を知り、午前中に電話をかけた」

記憶違いでなければ、あの電話の後、しばらく新浦から連絡はなかった。調子が悪いので養生しているのだろうと思っていたが違っていたらしい。殺しをやった動揺を、病気を口実にし、気持ちが鎮まるのを待っていたのかもしれない。

「ベーブにはどんなことを言ったんだい」

「自分は紀藤たちと対立している組にいた人間で、真澄親子を匿《かくま》ってる男は、同じ組の者だって。真澄が違法カジノで働いていたことを利用して、闇社会と彼女が関係していると言ったものだから、ベーブは信じた。真澄を匿ってる奴に個人的な恨みもあり、金にも困っているから、健太の拉致に手を貸してもいいと持ちかけたんだ」

「ベーブはすぐには乗ってこなかったんじゃないのか」

「もちろんだよ。どうやって自分の携帯番号を知ったかと訊いてきたよ。俺は悠然とこう答えてやった。ポリスにも手づるはあるってね。紀藤に相談するわけにはいかないから、ベーブは困ってたな。だから結局その日の夜、俺と会うことに応じたんだよ」

健太をどうしても取り戻したかったベーブが、新浦の罠《わな》に引っかかったのは理解できる。

「あの中古車屋の周りには防犯カメラが設置されてるような建物はない。それにまだ売れ残りの車が表に並んでいたから、あそこに車を停めても目立たない」

「レンタカーを使ったのか」

「ああ。Nシステムをできるだけ避けて、あの中古車屋に行き、ベーブを待った。時間通り、タクシーでやってきた」

「あそこに間違わずに辿りつくのは大変だぜ。地図でも送ってやったのか」

「いや、まだホームページが残ってたから、見れば地図が出てくるって教えてやったんだ」そこまで言って新浦が短く笑った。「数年間のブローカー生活でしみついた垢《あか》のおかげで、俺は、いかにも組を辞めた元暴力団に見えたようだ。奪還する手立てを彼は訊いてきた。その前に、どうやって、真澄の居場所を知ったか奴に訊いた」

「俺も知りたいね」

「情報を渡したのは神崎だった。ベーブに情報を流し、金をせしめたんだ。ベーブは本気で帰国するつもりだったが、息子の居場所を知ったからシカゴ便をキャンセルし、同じウイングから出るソウル便に乗り、翌日の朝、東京に舞い戻ったって言ってたな」

「ベーブが情報を得たのは、帰国するその日だったのか」

「いや、前日の夕方だって言ってた」

自分がベーブとホテルで飲んでいた時の電話は神崎からだったのかもしれない。

「その日の夜にも、ベーブは、あの下落合のマンションに来たそうだ。だが、相手の男、つまり俺がいる可能性が高い。だから、改めて出直し、真澄と対決するつもりになったと言ってた」

「奴も、あんたがやったように、家族のいるマンションを眺めてたってわけか」

「赤坂第一署の刑事が、紀藤の組の上部組織の人間に面会に行ったのは、神崎が動いたからか」

「そうかもしれんな」

「そうだよ。真澄があんたに電話を入れたのは、根来が紹介したインドネシア人の正体が分かった日だった。ちょうどあんたがインドネシア人たちの跡を尾けて白亜のマンションの方に行った時、真澄から電話がかかってきた。真澄は、元の旦那のことを警察に話したいから、神崎に頼んでほしいと言った。俺は、当然、気乗りはしなかった。詐欺の片棒を担いでいるかもしれない奴だからな。だが、真澄は引かなかった。神崎は信用できない奴だが金さえ握らせれば、警察の情報を持ってくる男だし、真澄の件は神崎には関係ないから、俺は神崎に連絡を取ることにした。あの日の夕方、真澄と一緒に、赤坂で神崎に会った。神崎は、警視庁の捜査一課の係長を連れてきていた。そいつが真澄に付き添って赤坂第一署に行った。神崎には十万払った」

「なるほど。だから、あんなに早く刑事が、赤坂に本部のある精粋会に足を運んだってわけか。あんたは、俺が亀久橋に戻った時、様子が変だった。あれは病気のせいじゃなかったんだね」

「まあな。あんたと別れた俺はまっすぐに下落合のマンションに帰った」

「じゃ、真澄さんが俺に電話をした時、隣にいたのか」

「話は全部聞いてた。神崎とはその時すでに話がついていて、夕方、会うことになっていたから、ああいう電話をあんたにさせ、あんたの方からも紀藤たちに揺さぶりをかけてもらおうとしたんだ。電話を終えた真澄はほっとしたんだろうな。遙香にも連絡を取った。そして、俺と真澄の関係に辿りついた。皮肉なもんだよな」

結局、あの二本の電話のせいで、真澄がどの辺にいるか、あんたはつかめた。

「翌日、俺の前で大芝居を打ったな。真澄さんが旦那のことで警察に行くことに反対だと言い、俺が神崎に連絡を取ると言ったら、自分がやると言ったよな」

「神崎には、この件をあんたに話すなと口止めしたが、なるべくあんたには会わせたくなかった。だから、ああいう芝居を打つしかなかったんだ。騙してすまなかった」

竹花は力なく笑うしかなかった。

「神崎が真澄さんの住所を知るのは簡単だったな。紹介した刑事に訊けばいいんだから」

「まさか、あいつがこの件にまで鼻面を突っ込んできて、金にしようと考えるとは思いもしなかった。迂闊《うかつ》だったよ」

「ベーブは神崎にいくら払ったんだ」

「百万って言ってた」

「神崎に借金があるのは知ってたが、そんなに金に困ってたとはな。手数料や何か、それなりに金が入っていたはずだが」

「あればあるだけ使っちまう奴だったたってことさ」

「そのようだが、根来は何とかできたろうに」

「根来は、そこまで面倒みる奴じゃないから、当人が金をどこからか引っ張ってくる必要があったんだろうよ。盗んだ三千万だって、足がつくかもしれないから、根来は神崎に一銭も渡してないはずだ。仲間の神崎がピーピーしてる方が疑われずにすむとも考えたのかもしれんな。ともかく、神崎に隠れ家を知られたのが、すべての敗因だよ。それもあって、俺は……」

「神崎のいるロシアン・クラブに来なかったのはベーブの件があったからなのか」

「躰の調子が悪かったのは本当だよ。だけど、翌日、ベーブを何とかしようと思ってから、とても神崎に会う気にはなれなかった。あんたに悪いと思ったから、金は俺の方で用意することにしたんだ」

その金は真澄のものだろうが。そう言いたかったが口にはしなかった。

「素人がどうやってマフィアを殺ったのか知りたいね」

「あっという間の出来事だった」新浦がつぶやくように言った。

「忘れちまったのか」

「いや。よく覚えてるよ。奥の事務所に誘い、ソファーにベーブを座らせた。そこが一番音が漏れにくいと思ったからだ。俺は奴に同情的なことを言って、味方だということを強調してから一億を要求した。それはいくら何でも高すぎると笑ってたよ。安心したすきに、俺は彼の背後に回り、銃を懐から取り出した。そして奴の後頭部と首に至近距離から一発ずつぶちこんだ。動揺したよ。血飛沫《ちしぶき》を上げて倒れる人間を見たのは生まれて初めてだったからな」

「衣服にも血が飛び散ったろう」

新浦がにやりとした。「ああ。でも、着替えを用意しておいたから問題はなかった。ニュースで知って、俺は喜んだよ。あの拳銃で、多摩崎組の若いのが人を殺してるって分かったから。警察は今、躍起になって暴力団を壊滅させようとしている。その流れからいくと、警察の目は紀藤たちに向けられる。うまく行ってたんだがな」

「これからもシラを切り通せるぜ」

「そうするつもりだよ」

「俺が見逃せばの話だがな」

「俺は、これまであまり人の役に立ってこなかったが、今回は役に立った。真澄の大きな心配事を除去したんだから。その真澄が俺を必要としてる。俺はあの親子のためにも、まっとうになって頑張らなきゃならないんだ。あんたが、その邪魔をするとは思えん。スカイツリーが完成したら、健太を連れて上るつもりだよ」新浦が天を見上げた。「探偵・竹花の生き様が俺はちょっと羨《うらや》ましい。還暦を超えても、ひとりで淡々と生きてる。群れないし、孤独を友として生きてる。俺はあんたの一千倍も寂しがり屋なんだろうな。決して、家庭がないと不安なんだよ。あんたさえ黙っていてくれれば、今回のことで、俺が捕まることはないさ」

新浦は端《はな》っから自分が話さないと決めてかかっている。一旦《いったん》、心を開いた人間に疑いを抱かない。超高級マンションに住んで高級車を乗り回し、子供を有名校に通わせ、高い葉巻を吸っていた人間が、路上生活者同然の暮らしをするようになっても、どこかのほほんとしている。成熟ということをまるで学べなかった男なのだ。成熟を無視して世の中で成功するのはアートの世界だけだろう。残りは犯罪者になるしかないのかもしれない。

「俺はあんたの共犯者になる気はないぜ」竹花は静かに言った。

「俺を警察に？」

「当然だろう。あんたの甘えた根性と心中するなんてごめん被りたいね」

新浦が大きく息を吐いた。「そうかあ。それもしかたのないことだな」

竹花は煙草を、ゆっくりと靴底で押しつぶし、顔を上げた。

新浦の手に拳銃が握られていた。

ホームレスは眠り続けている。

竹花は何も言わずに、新浦を見つめた。新浦も竹花から目を離さない。

新浦は本気で引き金を引く気でいる。竹花にはそう感じられた。引き金が引かれたら、地べたに転がるしかないだろう。ベーブを殺った時よりずっと距離がある。素人が一発で相手を射抜けることは稀《まれ》である。そのことに期待するしかない。

睨み合いが続いた。

新浦が薄笑いを浮かべて何か言おうとした時だった。新浦の上半身が上下に動き始めた。口が大きく開いた。

「どうした？」竹花が声をかけた。

新浦がかすかに呻《うめ》いた。口から血が吹き出した。新浦に苦しげな様子はまるでない。血はだらだらと流れ落ちている。半端な量ではなかった。

竹花がジャングルジムに駆け寄った。その間に、新浦はジャングルジムから転げ落ちた。ホームレスが起き上がった。

新浦は銃を握ったまま喘いでいた。うっすらと頰に笑みが浮かんでいる。人を包み込むような、名状しがたい柔らかい笑みだった。

「竹花、俺にはまだやり残したことがたくさんあるよ」

「分かってる。分かってるからしゃべるな」

竹花は救急車を呼んだ。そして、銃を手にすると素早く懐に収めた。それから、躰を楽にさせるために、ベルトやボタンを外し、横向きに寝かせた。窒息を防ぐためである。

ほどなく救急車のサイレンの音が聞こえてきた。周りの店にいた客たちが路上に現れた。

竹花は、救急隊員のひとりに新浦から聞いていた病状を説明した。

「竹花さん」

勝彦の顔が庭園灯に浮かび上がっていた。

「新浦が血を吐いた」

ストレッチャーに乗せられた新浦が救急車の中に運び込まれた。しかし、救急車はなかなか出発しない。

かすかにマーラーのアダージョが聞こえてきた。新浦の携帯が鳴っているのだ。誰からの電話かは分からない。しかし、この時間に、彼の携帯を鳴らす人物は真澄以外には考えられない。

着メロとは言え、深く沈んだ音に、竹花の胸がじんじんと鳴った。

「何をやってるんだ。死んじまうぞ」竹花は隊員のひとりに詰め寄った。

搬送先の病院が見つからないのだった。

勝彦も怒りをぶちまけた。

結局、救急車が出発したのは、到着してから十五分以上経《た》ってからである。

病院は五反田だった。竹花はタクシーで病院に向かった。その間に、真澄の携帯を鳴らした。だが、警戒しているのだろう、出なかった。留守電に何があったか教え、病院の名前を告げた。すぐに真澄からかかってきた。すぐに駆けつけるという。

竹花が病院に到着した時、新浦は集中治療室にいた。真澄と健太が現れた時だった。廊下から白衣姿の男と看護婦がやってきた。

「新浦さんのお身内の方は？」看護婦が淡々とした調子で訊いた。

「内縁ですけど、妻です」真澄が言った。

「新浦さん、残念ですが助かりませんでした。静脈瘤破裂による出血死です」医者らしい若い男が沈痛な表情で目を逸《そ》らせた。

「すぐに運び込んでいれば、助かったよ」竹花が珍しく興奮した。

「我々は最善を尽くしました」医者が答えた。

「おじさん、病気？」

健太の一言に真澄が泣き崩れた。

竹花は後のことを真澄に任せ事務所に戻った。本当の家族に伝えてやらなければならない。拳銃を机の上に置くとファイルケースに収めてある、七、八年前の浮気調査の資料を探し、取り出した。

前妻と息子の住むマンションは分かっているが、何階に住んでいるかは知らない。旧姓を、当時の依頼人から訊き出したかった。

明け方だが、かまわず、以前の依頼人の家に電話をした。現在使用されていないというアナウンスが流れた。携帯を鳴らした。男が出たが、元の依頼人ではなかった。

新浦の妻が男と愉しそうにホテルから出てくる写真を見た。手がかりはこれしかない。

長い溜息をついてから、拳銃を手に取った。

二十五口径のコルトだった。小さいわりには殺傷能力の高い拳銃である。

マガジンを引き抜いた。空だった。スライドを引き、チャンバーを調べた。

竹花の頬に笑みが浮かんだ。そこにも弾は入っていない。おそらく、拳銃を奪った時点で、弾は二発しか入っていなかったのかもしれない。

新浦には撃つ気がなかったのか。それとも、弾がなくなっていることを知らなかったのか。ジャングルジムに上った新浦の表情を思い返してみても、竹花には判断がつかなかった。

いずれにせよ、新浦は長生きできないと悟っていたのだろう。いよいよ躰が駄目になるまでの短い期間を、真澄たちとすごしたかったに違いない。

竹花は頭を抱えた。ベーブの命を奪った拳銃をどうするか。新浦は、竹花に重い荷物を遺品として残していった。迷惑な男だ。竹花は肩で笑った。

神崎が教えてくれた紀藤幸一郎の住所を調べ、地図で場所を確かめた。

それから、薄い透明な手袋を取り出し、拳銃の指紋をすべて消し、それを、エアーキャップ、俗にプチプチと呼ばれる梱包材《こんぽうざい》でくるみ、さらに新聞紙に包んだ。そして、黒いビニール袋に入れ、ガムテープでぐるぐる巻きにした。

それを鞄《かばん》に入れると、タクシーで渋谷に向かった。

道玄坂で車を降りると神泉の方に向かった。途中で透明な手袋を嵌《は》めた。一見したら手袋を嵌めているとは見えない。

紀藤幸一郎の女、木下多恵の住んでいるマンションはすぐに見つかった。薄汚れた日当たりの悪そうなマンションだった。よく出来ているが防犯カメラはダミーだった。

二十五口径のコルトは厚みがない。三百ページほどある単行本よりも薄い。郵便ポストに入れることができるはずだ。

女の表札を確かめると、そこにビニール袋に入った拳銃を押し込んだ。

銃を手にした時の紀藤の慌てようを見てみたいものだと、竹花は頰をゆるませた。

その足で遙香のマンションを訪ねた。

遙香の住まいはワンルームだった。

小ざっぱりとした部屋だった。ベッドに大きな熊《くま》の縫いぐるみが置かれていた。遙香は抱き枕の代わりに、熊を抱いて寝ているのかもしれない。

ダーツが壁にかかっていた。玩具《おもちゃ》のルーレットが置いてある。

遙香はラブチェアーに座って、テキーラを飲んでいた。灰皿には吸いさしのシガリロが三本ほど載っている。

遙香がカードを手に取り、切った。見事な手さばきである。

「竹花さん、ぼろぼろの顔してるね」遙香が笑った。無理に作った笑みである。

「探偵らしい顔だろう？」

「テキーラでいい？」

「もっと強い酒がほしい気分だよ」

竹花は遙香のグラスを黙って横取りすると、一気にテキーラを飲み干した。そして、手酌《てじゃく》で注いで、また空けた。

「兄さんから聞いたよ。新浦さん、公園で血を吐いたんだって」

「手遅れだった」竹花はつぶやくように言った。「真澄さんに来てもらった。彼女、内縁の妻だと医者に言ってた」

「せっかく見つけた幸せだったのにね」遙香の目尻《めじり》が潤んでいた。

カードを切り続けている。

「ハートのエース」

遙香の言葉に操られたかのように、表になったカードはハートのエースだった。

竹花は酒を飲みながら、遙香がカードと戯れているのを見ていた。

「今日の仕事は休め」

「早番は無理だから、他のディーラーと交代して、夜、出ることにした」

「辞めた後のことは決めてるのか」

「しばらくは兄貴の店を手伝うつもり」

「家賃、払っていけるのか」

「今のところは何とか」

「困ったら遠慮なく言ってこい」

「頼もしい人がついてるから安心」

にやりとした遙香は、スペードのキングを鮮やかな手つきで竹花の前に出してみせた。

「スペードの5ぐらいに変えてくれ」竹花が笑った。

「でも、自分でやっていけると思うよ」

今度はハートのクイーンを出した。

「もう大丈夫？　あの男たちのことだけど」

「その心配はもうないだろう」

「なぜ?」

「それは言えないが、明日にでも、紀藤と話をする」

紀藤が犯行に使われた銃をどうするかは分からないが、銃は手許にあるし、新浦は死んだのだから、奴らが遥香に付きまとう理由はもうなくなった。

竹花は遥香のマンションに泊まった。遥香は熊の縫いぐるみの代わりに、竹花に抱きついたまま眠りに落ちた。

終章

午後も遅くなって、竹花は一旦事務所に戻った。

紀藤に電話を入れようとした矢先、向こうからかかってきた。

「いやに早いな。ハナブトオオトカゲと同衾《どうきん》した奴はどうなった」

「余計な心配はしなくていい。それよりも、お前、妙なものを俺の女の郵便ポストに入れたろう？」

「何の話だ」

「とぼけるな。北池袋のマンションに新浦なんて奴はいなかった」

「そうかい。名刺にそう刷られていたから、俺もそれを信じただけさ。で、妙なものって何だい？　オオトカゲの子供？」

「俺たちが探してたものだ」

「なるほど。拾い主が親切に届けてくれたんだな」

「お前が知らんのなら、新浦って奴がやったんだ。あいつ今、どこにいる」

「北池袋よりも、だいぶ離れた場所にいる」

「どこだ？」

「新浦さん、死んだよ」

「何？」

「静脈瘤が破裂して、五反田の病院で息を引き取った。嘘だと思うなら、病院に電話するなり行くなりして確かめろ」

「あいつが死んだ」紀藤はがっかりしたようだ。

「紀藤さんよ、あんたの女の住まいを知ってるって言うことは、内部の人間が持ってた可能性の方が高いぜ。ベーブのことも知ってる奴がな」

「あの拳銃を盗んで使ったのは新浦だよ。俺の女のとこに持ってきたのも」

「あいつは、あんたの女の居場所なんか知らなかったと思う」

「お前が教えただろうよ」

「俺も知らないよ。何であれ早く処分しちまった方がいいぜ。そんなもの持ってたら、あんたが疑われる」

「忠告ありがとうよ」紀藤はいきなり電話を切ってしまった。

紀藤が逮捕されるようなことがあれば、銃を警察に提出し事情を話すだろう。そうなれば面倒なことになるが、郵便ポストに拳銃を投げ込んだのが誰かは、まずは分かるまい。

一服してから新浦の元の妻が住むマンションを目指した。

健太が拉致されそうになった夜と同じように、ねばっこい雨が降っていた。

浮気をした時の写真を管理人に見せ、彼女の元の夫が病死したので伝えにきたと言った。

「旦那は新浦さんと言うんですが、奥さんだった人の旧姓が分からないし、再婚してるかもしれないので……」

「うーん、はっきりしませんが、九〇二号室の宇田川《うだがわ》さんに似てますね」

「ありがとうございました」

竹花は九〇二号室のインターホンを鳴らした。

「はーい」明るい女の声が出た。

「私、探偵・竹花という者ですが、元のご主人のことでお伺いしました」

「あの人とはもうとっくに縁が切れてます」女の声色が一変した。

「宇田川さん、立ち話で結構ですから、ドアを開けていただけませんか」

「新浦とはもう関係がないと言ってるでしょう？」

「新浦さん、今日の未明、五反田の病院で亡くなられました。そのことをお伝えしに
……」

ホールのドアのロックが外される音がした。

エレベーターを降り、九〇二号室のチャイムを鳴らした。

女が顔を出した。以前会った時とまったく変わらない気品に満ちている。

「探偵・竹花です。インターホン越しでは話しにくいものですから」

「何で死んだんです？」

「静脈瘤破裂が原因です。お伝えするのが、義務だと思ってやってまいりました」

「探偵の方がなぜ？」

「私、一度、南青山のマンションで奥さんにお会いしてます」

その時のことを、竹花は詳しく話した。女は顔色ひとつ変えずに聞いていた。

「お葬式には出る気ありませんよ」

「犬は元気ですか？」

「もう死にました」

「息子さんは？」

「生きてるに決まってるじゃないですか。あなた、何が言いたいんです？」

「お伝えできてよかった。奥さんの旧姓が分からなかったものですから、昔の写真を頼りにするしかありませんでした」竹花は穏やかな口調で言い、女が男の腕にすがって出てきた写真を見せた。

「これ、奥さんですよね。新浦さん、このこと私が言わなくても知ってましたよ」

「私じゃありませんよ」

女はヒステリックな声を出し、いきなりドアを閉めてしまった。顔が歪んでも、品が損なわれることはなかった。

ドアスコープに、竹花は不気味な笑みを残してエレベーターに向かった。

事務所に戻ると中里と話した。新浦の葬式は、中里が挙げることになったという。

「石川県に、彼の兄さんが住んでるはずですが」

「そうらしいが、連絡が取れん。それに、真澄の話だと、あの男を相手にする者は親戚中どこを探してもいないってことだから。明日、通夜をやる。来てくれるだろう？　茶毘《だび》に付した後、遺骨はしばらくわしが預かる」

「新浦家の親族を探して墓を見つけましょうか？」

「またわしから金を取るつもりか」

「安くしておきますよ」

「やってくれ」

「で、真澄さんたちは今は」

「元のマンションに戻った。近いうちに、うちの近所に引っ越させるつもりだ」

「明日、報告書をお渡しします」

「そんな面倒なものはいらんよ」

「きちんとした書類を作り、依頼人に渡すのは義務ですから」

電話を切ると、報告書作りを始めた。書く必要のないことは省き、調査費、必要経費についても細かく記した。領収書のないものもあったが適当に帳尻《ちょうじり》を合わせた。

携帯が鳴った。田上隆一からだった。

「世話になったな」竹花が礼を言った。

「こちらこそ」

「小杉は彼のアパートで殺され、榎木田のアパートに運ばれたのか」

隆一は黙っている。

「そのぐらいしゃべってくれてもいいだろうが」

「首を絞められたのは彼のアパートですが、息を引き取ったのがどこだかははっきりしてないそうです。ぐったりとなった被害者を、根来と神崎は抱えて車に乗せた。小杉が酔っている。そう見せかけたようです」

「榎木田のアパートにはどうやって入ったんだい？」

「神崎は先月、榎木田を麻雀に誘った。麻雀は翌日の昼まで続き、その間、榎木田は飲んでいた。メンバーは五人。神崎は時々、抜けたそうです。昼前に、奴は榎木田の飲み物に一服盛ったと供述してます。使った薬はハルシオンだったようです。眠くなった榎木田を神崎は送っていった。鍵を借りてドアを開けたのは神崎です。眠っている間に、奴は合い鍵を作った。榎木田はまったくそのことに気づいていなかったんですよ」

「榎木田は、小杉の死体が自分の部屋に転がっているのを発見して、人を雇って捨てさせたのは分かるが、なぜ、行方をくらましたんだい？」

「金主の平山に脅かされてたこともあったらしいですが、匿名の脅迫電話があったことで、恐ろしくなって姿を消したと榎木田は言ってます」

「電話の主は神崎か根来だな」

「根来がかけたと自白してます。声を変える装置を使って。小杉のアパートの床にヒマワリの種が落ちてたんですが、神崎の家にも同じものがありましたよ。この間、竹花さんに勧められたのもヒマワリの種でしたね」

「神崎の知り合いのホステスからもらったんだよ。同じものが、小杉のアパートの床に落ちてたとはね」竹花はすっとぼけた。

「カリマンタン島の石炭採掘の件ですがね、まったくの作り話じゃないらしいですよ。どこまで進行していたかは分かりませんが、動いているちゃんとした会社があるそうです」

「じゃ、根来の持っていた書類は……」

「通訳のビルマンの義理の兄が、向こうで採掘権を持ってる会社の社長なんです。ビルマンは、その会社から書類を密かに持ち出し、コピーしたようです」

小杉は電話で、書類は本物なんだな、と言っていたと、余田が教えてくれた。これで辻褄が合った。

「ビルマンは通訳としてよくインドネシア大使館に出入りしてたし、バタオネは一時、大使館でコックとして働いていたそうです」

「なるほど。で、根来と神崎は、騙し取った金を持って、海外に逃亡するつもりだったのか」

「よく分かりますね」

「根来にはアルゼンチンに別れた女房と子供がいるって聞いたから」

「根来は、別れた女房とよりを戻す気でいたらしいですよ。その女房っていうのが、元女優かなんかで金遣いが荒い上に、ひとり息子が向こうのギャング組織に入ってるってことです。支店長までは上り詰めたけれど役員にはなれず、銀行を辞めたまではよかったが、その後はじり貧の生活を送ってた。そんな状態で日本にいるよりも、向こうで家族と一緒に、いい思いがしたい。そう思ったんでしょうね。神崎は、贅沢ができればどこででも暮らせる男ですから根来についていくつもりだったようです」

神崎が金髪女をはべらせている姿を思い出した。騙し取った金で享楽的な暮らしをするつもりだったのだろう。

「根来も家族に会いたかったってことか」

「〝も〟って言うのは、他に誰か……」

「何でもない。こっちの話だ。話は変わるが、ジョージ・マツイの事件はどうなってるんだ。やっぱり、暴力団が関係しているのか」

「そのことで電話したんですよ。犯行現場の売買にブローカーが絡んでることが分かったんです。死んだ小杉さんと、未明に、五反田の病院で病死した新浦大二郎さんがね。新浦さん、犯行が行われた可能性がある日に、レンタカーを借りてるんですね。竹花さん、そのことで何か知ってるんじゃないかと思って」

「知らないよ」

「なぜ、あんな時間に新浦さんと公園で会ったんですか？」

「奴が、ジョージ・マツイの奥さんを匿っていたんじゃないかと思ったからだよ」

「匿ってたんですか？」

「そうなんだ。詳しいことは面倒だから今日は話さないが、俺はすっかり奴に騙されてた。とんだ恥をかいたってわけさ」竹花は短く笑った。

「まあ、管轄外のことですから、僕には関係ないですけど」隆一が口ごもった。

「けど何だい？　はっきり言えよ」

「いや、別に」隆一が一瞬、黙った。それからこう言った。「竹花さん、神崎に金を渡して警察の情報を取ってたんじゃないですか？」

「どうしてそう思うんだい」

「現職の刑事の中に、神崎と今でも親しく付き合ってる者がふたりほどいるらしいんです。そいつらから、神崎が情報を取ってるという噂がありましてね」

「そんなこと俺に訊かれても答えようがない。神崎を追及すれば分かることじゃないか」

竹花は平然と答えた。

「殺人事件に大がかりな詐欺事件。栃木県警も警視庁捜査二課も、警官の守秘義務違反になんか興味を持ってません。立件するとなると、それなりに時間がかかるし、部署も違いますから」

竹花は情報を得るために、神崎に金を渡したことはあった。しかし、すべて口頭での取引。その上、このことに深く関与していた新浦は死んでいる。だから、調べられることがあっても、尻尾をつかまれることはまずないだろう。

「竹花さん、これからはあまり無茶なことはしないでくださいよ」

「心配してくれてありがとう。近いうちに飯でも食わないか」

「またお電話します。今回のことではお世話になりました」

隆一は静かに電話を切った。

ベーブの殺害事件のことで、刑事が事情聴取にやってくる。隆一は竹花にそう言いたかったのかもしれない。しかし、新浦大二郎が犯人だと分かっても、今更どうすることもできない。竹花はデスクの上に脚を投げ出し、にかっと笑った。

零時を少し回った頃、勝彦の店に向かった。

雨は上がっていたが、気温は下がらず、胸苦しい暑さだ。

勝彦の店で、竹花は、遥香が最後の仕事を終えて戻ってくるのを待っているのだった。

店内には『Wind of Change』が流れていた。

「新浦さん、亡くなったんですってね」勝彦が目を伏せた。

「うん」

「とんでもない人だったけど、忘れられないキャラの人だったなあ」

竹花は黙ってグラスを空けた。

「遥香、ここで働くそうだね」

「あいつ、男の客に人気があるから、俺がひとりでやるより流行《はや》るでしょう。でも本当はカウンターの中に女は入れたくないんですよ」

「ガールズバーに通ってる人間らしくない発言だな」

「ガールズバーはバーであってバーじゃありません」勝彦が照れ笑いを浮かべた。「風営法逃れの女の店ですから」

竹花はお替わりを頼んだ。

「そうだ。ダッチワイフの件ですけど」勝彦が小声で言った。「引き取ってもいいっていう人がいるんです」

「それは何よりだ。案外、ダッチワイフって人気があるんだなあ」

「使い道が違うんです。知り合いの画家の友だちが、奇妙なオブジェを作ってるんです。是非、自分のアートにダッチワイフを使いたいそうなんです」

「その人、村上隆《むらかみたかし》みたいなアーティストを目指してるのかな」

「多分ね。で、いくらで譲ってもらえますか」

「取りにきてくれれば金はいらない」

「本当に？」

「只《ただ》でもらったもんだからね」

「じゃ、相手にそう伝えます」

遙香の仕事が終わる時間が迫ってきた。

「俺、公園で遙香を待ってる」

勝彦が竹花をじっと見つめてうなずいた。

竹花は公園に入ると、ジャングルジムに上った。新浦が座っていた場所に腰を下ろした。生暖かい風が頬を撫でた。煙草に火をつけ、空を見上げた。風が煙を攫っていく。月も星も出ていない暗青色の空をどれぐらいの時間、ぼんやりと眺めていたかは分からない。

嬉々《きき》とした足音が聞こえた。遙香が小走りに竹花の方に駆けてきたのだった。

遙香もジャングルジムに上り、竹花の隣に腰を下ろした。

「私のライバル、引き取り先が決まったんだってね」

「嫁に出すことにしたんだ」

「終わったよ。完全に足、洗った」遙香がすっきりとした調子で言った。

「変革の風が吹いてよかった」

遙香が『Wind of Change』を口ずさんだ。

Take me to the magic of the moment　〈魔法の瞬間へと導いてくれ〉

On a glory night　〈栄光の夜に〉

Where the children of tomorrow dream away　〈未来の子供達が夢を見続けるんだ〉

in the wind of change　〈変わり行く社会の風に吹かれながら〉

（©は九七頁）

風が強く吹いて、木立を揺らした。

新浦大二郎の躰にも一瞬、変革の風が吹いた。いや、変革の風ではない。地に足のついていなかった新浦は、蛮勇の風に操られ、天まで吹き飛ばされたのだ。

「今夜は飲み明かそう」竹花が遙香を見て微笑んだ。

大きくうなずいた遙香が先にジャングルジムを下りた。

竹花が地上に下りた瞬間、足許が揺れた。

遙香が、短い悲鳴を上げて竹花に抱きついてきた。

横揺れが続いた。

竹花はそのままじっとその場に立っていた。

大地に立っていることを、これほどまでに強く意識したのは生まれて初めてのことだった。

魑魅魍魎《ちみもうりょう》の巷《ちまた》の風に晒《さら》されても、自分は大地に立っている。

揺れが収まった。遙香が躰を離した。

それでも、微動だにしない。

全身に大地を感じながら、竹花は天を仰いだのだった。

解説

大矢博子

探偵・竹花が帰ってきた。

一九九二年、『探偵・竹花　ボディ・ピアスの少女』（光文社文庫）で登場した竹花は、当時四十二歳。その後、『失踪調査』（ハルキ文庫）で再登場したあと、しばらく〈長いお別れ〉に入る。

竹花が久しぶりに読者の前に現れたのは『ボディ・ピアスの少女』からちょうど二十年経った二〇一二年。竹花は六十一歳だ。それが本書『再会の街』である。タイトルの〈再会〉は、竹花と登場人物の新浦との出来事を表しているが、もちろん、読者との再会の意味も込められているに違いない。

懐かしい。嬉《うれ》しい。

正統派ハードボイルドヒーローが、待ち望んだ末に帰ってきてくれた。

まず、物語のアウトラインを紹介しておこう。

人探しの依頼を受けた竹花があるマンションを訪ねたとき、たまたまそこから出てきた母子連れが何者かに拉致されそうになった。思わず飛び込んだ竹花だったが、相手の人数に押されて埒《らち》があかない。そこに現れ、竹花に手を貸して母子を助けたのが新浦である。

彼女たちを襲ったのは、親権を持つアメリカ人の元夫が息子を取り戻そうとしてのことらしい。奥宮真澄・健太というその母子は、偶然にも竹花が探していた人物だった。真澄の父である元総会屋の中里からの依頼だったが、過去の確執もあり、真澄は中里に会いたがらず、そのまま姿を隠してしまう。

一方、新浦は、竹花が七年以上前に知り合った人物だ。当時五十代、超高級マンションに住み、高級品を身につけ、妻と息子とコリー犬と暮らしていた。それが今はひとりで、ブローカーのようなことをやっているという。しかも定住する家もなく、公園や山手線で寝ているというのだ。

新浦は真澄母子を見つけるのを手伝う代わりに、自分の仲間が失踪した事件について竹花に調べて欲しいと頼む。引き受けた竹花だったが、事態は思わぬ方向に——。

最初に言っておかねばならないのは、これは極めてオーソドックスな私立探偵ものであるということだ。依頼を受け、人探しをする。その過程で事件に巻き込まれる。ここで展開される事件は探偵自身のそれではなく、あくまで探偵は観察者だ。登場人物も事件も探偵にとって一過性のかかわりに過ぎず、彼は外側から事件にコミットする。

そこにはアクションやロマンス、推理と意外な真相などの、おなじみの要素がある。竹花はタフで、クールで、ワイズクラック（しゃれた減らず口）を叩《たた》く。群れず、媚《こ》びず、強固な価値基準（美意識と言ってもいい）を自分の中に持ち、決してブレない。ハメットやチャンドラーに始まり、日本でも七〇年代から九〇年代にかけて傑作が多く生まれた――そして最近ではめっきりその数が減った、実に正統派のハードボイルドの構造でありキャラクター設定である。ハードボイルドファンにはきっとご満足いただけるはずだ。

しかし当時の私立探偵小説と違うこともある。調査方法が現代の社会のありようを反映しているということだ。そこが面白い。昔のように個人情報は簡単に手に入らない。人々の警戒心も高い。たまった新聞の日付で失踪日を知るなんて芸当も最近ではできない。聞き込みの場面が減った。その代わり竹花はネット検索をし、iPod のビデオ機能で撮影をする。手がかりは Google のストリートビューだ。

九〇年代、聞き込みと人脈とアクションで調査していた私立探偵は、デジタル機器を駆使するようになった。もちろん背景となる社会のありようも変わった。それが本書の第一の魅力だ。しかし方法は変われど竹花は変わらない――いや、変わったか？　それが第二の魅力である。

竹花は藤田宜永の分身のようなキャラクターなので、当然といえば当然なのだが、正直言って最初に本書を読んだときには「竹花が還暦過ぎ？」と驚いてしまった。しかし読み進むにつれて、深く頷《うなず》くようになった。

冒頭の場面、拉致されそうになった真澄母子を助けるべく竹花が飛び込んでいく場面は『ボディ・ピアスの少女』の冒頭を彷彿《ほうふつ》とさせる。この冒頭だけ読めば、竹花が還暦を過ぎているとはとても思えない。

六十一歳で派手な立ち回りをし、愛車の八〇年型スカイラインGTを乗り回し、二十代後半の女性とのロマンスがある。四十代とちっとも変わらない。こう書くと、なんだか男のドリーム満載のように見えるので困ってしまうのだが、竹花の場合、実に自然なのだ。なぜか。歳《とし》をとって変わった部分も、ちゃんと書かれているからである。『ボディ・ピアスの少女』のときは起き抜けにコーヒーを三杯立て続けに飲んでいたが、今はソルマックとウコンになった。二日酔いの朝は出かける支度に二時間もかかり、そのことに自分で笑ってしまう。女性に「今夜は三回抱いて」と言われるも、「希望を果たせなかった」結末に終わる。

そういうことをさらりと書くのだ。そこに恥ずかしさや情けなさは微塵《みじん》もない。衰えた部分がある一方で、新たに獲得した知識や手腕もある。ポリシーや趣味嗜好《しこう》は変わらない。そのバランスが絶妙。高齢の主人公にありがちな「若い者（頃）には負けない」みたいな描かれ方をしていないのが何よりいい。他の世代に対抗する必要がないほど、自然体なのである。初期からの読者としては、同窓会で会った昔の同級生がかっこよく歳をとっていたような気がして、実に嬉しかった。

変化は肉体的なことだけではない。精神的な変化もセリフや行動に見てとれるが、そこで大きいのが新浦の存在だ。

新浦は六十三歳にもなって公園や山手線に寝泊まりしている身なのに、高級クラブで酒を飲んで悪びれない。煙草《タバコ》代にも事欠いてるのに、失踪した知り合いの一件を「たった三千万ぽっちの金なのに」と評し、億の仕事の話をする。そうしたら妻子も戻ってくるのではないかと言う。夢が捨てきれないお坊ちゃん気質。ありていに言って、バカである。けれど憎めない。むしろ魅力的だ。彼の立場は、世の基準に照らせば「負け組」あるいは「転落」と呼ばれるものだろうが、なんだか遊牧の民が「この広い大地すべてが私の家」と言うのにも似たおおらかさを感じ、彼の精神はとても豊かなのではないか、それは幸せなのではないかとも思えた。それともやはり悲しさの方が勝っているだろうか。実は、私の中ではいまだに結論が出ないのだが。

そんな新浦と竹花との間に交わされるほのかな友情は本書の読みどころのひとつだ。ふたりは生き方も、人生に求めるものも違う。その対比は、竹花が六十を過ぎているからこそ——しかも年齢に抗《あらが》わずにいるからこそ成立する。本書での竹花の行動は結果として新浦の夢をつぶすことになるのだが、それは竹花が、同時代を生きた者として、新浦がどうしても捨て切れなかった幻想の死に水をとってやる行為にも見えた。

二十年近い時を経て、私立探偵・竹花が蘇《よみがえ》った理由はここにあるのではないか。人と人とのつながりが希薄になる一方でつながりが求められ、価値観が多様化する一方でマイノリティが差別される今の社会。その現代社会の狭間《はざま》で生きる人を見つめるのに、自分だけの歴史に寄って立つアウトサイダーは適役だ。

これは藤田宜永の原点回帰であることは論を俟《ま》たないが、それだけではない。今の年齢の藤田宜永だからこそ書ける、今の年齢の竹花だからこそ可能な、新たなステージなのである。

ところで、ハードボイルドファンなら先刻お気づきだろう。本書『再会の街』は、藤田宜永版『長いお別れ』だ。作中の台詞「それでここまでえらくなれたってわけか」はもちろんレイモンド・チャンドラー『長いお別れ』からの引用だし、実際に竹花が村上訳の『ロング・グッドバイ』を読む場面もある。

そして何より、新浦はテリー・レノックスである。紀藤はメネンデスである。人生の敗残者として描かれる新浦が持つ魅力と秘密。紀藤が竹花の事務所で待ち構えている場面。そのあたりにも注目してお読みいただきたい。二重に楽しめるはずだ。

復活した竹花シリーズはその後、『孤独の絆』（文藝春秋）、『潜入調査』（光文社）、『帰り来ぬ青春』（双葉社）と精力的に発表されている。ぜひ、六十代のかっこいい竹花を味わっていただきたい。

（おおや・ひろこ／書評家）

Haruki Bunko
ハルキ文庫

ふ 5-3

探偵《たんてい》・竹花《たけはな》 再会《さいかい》の街《まち》

著者 藤田宜永《ふじたよしなが》

2015年5月18日第一刷発行

発行者 角川春樹

発行所 株式会社角川春樹事務所
〒102-0074 東京都千代田区九段南2-1-30 イタリア文化会館

電話 03(3263)5247(編集)
03(3263)5881(営業)

印刷・製本 中央精版印刷株式会社

フォーマット・デザイン 芦澤泰偉
表紙イラストレーション 門坂 流

http://www.kadokawaharuki.co.jp/[営業]
fanmail@kadokawaharuki.co.jp[編集] ご意見・ご感想をお寄せください。

JASRAC 出 1504739-501